독도 전쟁
1

독도 전쟁 1

2016년 1월 10일 초판 1쇄 발행
지은이 · 김하기

펴낸이 · 이성만
책임편집 · 정법안
디자인 · 김애숙

마케팅 · 권금숙, 김석원, 김명래, 최의범, 조히라, 강신우
경영지원 · 김상현, 이윤하, 김현우
펴낸곳 · (주)쌤앤파커스 | 출판신고 · 2006년 9월 25일 제406-2012-000063호
주소 · 경기도 파주시 회동길 174 파주출판도시
전화 · 031-960-4800 | 팩스 · 031-960-4806 | 이메일 · info@smpk.kr

쌤앤파커스(Sam&Parkers)는 독자 여러분의 책에 관한 아이디어와 원고 투고를 설레는 마음으로 기다리고
있습니다. 책으로 엮기를 원하는 아이디어가 있으신 분은 이메일 book@smpk.kr로 간단한 개요와 취지,
연락처 등을 보내주세요. 머뭇거리지 말고 문을 두드리세요. 길이 열립니다.

독도 전쟁

1

김하기 역사 장편소설

쌤앤파커스

조선 태종 2년(1402년)에 김사형, 이무 등이 제작한 세계지도로서 명나라에서 마테오리치에 의하여 제작된 '양의현람도(兩儀玄覽圖)(1603년)'가 들어오기 전까지 우리나라 사람이 갖고 있던 가장 뛰어난 지도이다. 현재 원본은 존재하지 않고 그 사본이 일본의 한 대학 도서관에 보존되어 있다.

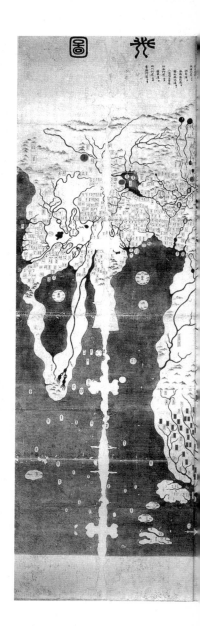

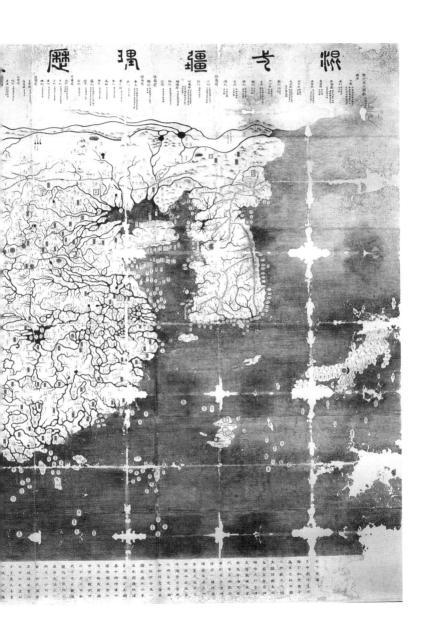

차례

혼일강리도

박어둔은 숙종에게 혼일강리도를 펼쳐서 보여주며 말했다.

"여기가 조선이고 이곳이 일본입니다. 그 가운데 섬이 우리 강토의 아들, 우산도(于山島, 독도)입니다."

"우산도는 과연 동해의 중심이군. 자네와 안용복이 이 섬을 지키지 않았다면 어찌될 뻔 했는가."

박어둔은 세계지도에 표시된 도시를 하나하나 손가락으로 짚으며 말했다.

"이 우산도에서 대경호가 출발하여 대마도, 대만, 필리핀, 안남, 말라카, 스리랑카, 캘리컷, 몸바사, 케이프타운, 탕헤르를 거쳐 이탈리아 로마로 들어갈 것입니다."

"박어둔 강수(선장), 과인은 바다를 지배하는 자가 세계를 지배한다고 생각하네."

"지당하신 말씀입니다."

"이번 서양원정을 마치면 중국 정화의 남해원정과 일본 하세쿠라의 유럽항해가 부럽지 않을 것이다."

"우리 조선도 중국, 일본과 어깨를 나란히 하는 해양강국의 반열에 오를 것입니다."

"일본관백의 서계와 로마교황의 친서, 아프리카 사자를 꼭 가져오너라."

"왕명을 받들어 시행하겠나이다."

숙종이 마지막으로 한비자의 말을 인용하며 무운장구를 빌었다.

"유연천리래상회요, 무연상면불상봉(有緣千里來相會, 無緣相面不相逢)이라, 천리를 떨어져 있어도 인연이 있으면 와서 만날 것이고, 인연이 없으면 마주 얼굴을 대하고 있어도 만나고 있지 않는 것이다. 박어둔, 그대가 살아 돌아와서 다시 만나기를 기대하네."

"성은이 망극하나이다. 반드시 성공하고 돌아오겠사옵니다."

박어둔은 왕에게 큰절을 하고 강녕전을 물러났다.

고래태몽

박기산(朴己山)은 하얀 돛단배를 타고 푸른 바다로 나갔다. 배는 하늬바람을 타고 동쪽으로 끝없이 나아가 울릉도와 우산도를 지나 해 돋는 부상까지 미끄러져갔다. 바다 끝에 작은 섬이 하나 떠 있어 올라가니 거대한 귀신고래 등이었다. 그는 고래에 올라타고 바다와 강과 연지를 지나 경주 박씨 종갓집 청남당으로 들어왔다. 고래가 방으로 들어와 대들보와 서까래가 무너지는 충격에 놀라 박기산은 꿈에서 깨어났다.

'휴, 꿈이었구나.'

박기산은 이마의 식은땀을 닦으며 놀란 마음을 추슬렀다. 너무나 생생한 꿈이어서 벽과 천장이 무너지지 않고 그대로 있는 것이 다행스러웠다.

옆에는 아내 윤보향이 평화로운 얼굴로 새근거리며 자고 있었다.

그는 머리맡의 자리끼를 당겨 마시며 생각했다.

'이 꿈이 길몽인가, 흉몽인가?'

고래가 집으로 들어온 것은 길하지만 경주 박씨의 종갓집 청남당이 무너진 게 불길했다.

멀리서 새벽 닭 우는 소리가 들렸다. 꿈속에서 고래 등을 잡느라 용을 쓴 때문일까? 오랜만에 사타구니에 힘이 몰려 묵직했다.

잠자는 아내 윤보향의 얼굴이 유달리 아름다워 보였다.

'고래가 집으로 들어온 게 태몽은 아닐까?'

그러나 박기산은 이내 고개를 저었다.

아내와의 사이에는 십 년째 아이가 없었다. 조선 여인네가 아이를 낳지 못하는 것은 남편이 아내를 내치는 칠거지악의 죄목 중 으뜸이다. 윤보향은 종갓집 며느리였기에 그 흠결이 더욱 무거웠다. 그는 아이가 들어서지 않는 것이 아내 탓이라고 생각하지 않았다. 뭔가 자신의 부족 때문에 아이가 없다는 것을 잠자리에서 느끼곤 했다.

하지만 아내가 무자(無子)의 책임을 모두 지고 종갓집에서 오랜 인고의 삶을 살고 있다. 잠자리에서도 죄인처럼 다소곳이 웅크리고 잤다. 그녀의 외로 돌린 긴 목선과 가는 어깨가 오늘 새벽 더 측은하게 느껴졌다. 몽실한 가슴과 팽만한 엉덩이도 애잔하게 보였다. 오늘 새벽 아내의 그런 모습이 맹렬하게 성욕을 자극했다. 박기산은 그녀의 비단 고쟁이 틈새로 비친 작은 연못을 보았다. 고쟁이를 벗기자 검은 솔숲 아래 작은 샘이 드러났다. 아내는 몸을 콩벌레처럼 동그랗게 오므렸다. 그는 복숭아빛 엉덩이에 양물을 밀어 넣었다.

윤보향은 '아' 하며 가녀린 신음소리를 내었다.

하지만 윤보향은 남편의 물고기가 바다 깊숙이 자리 잡고 있는 진주조개에 닿지 못함을 느꼈다. 그녀의 심해에 내려가 증오의 쾌락에 닿은 단 한 사람이 있었다. 겁간(劫姦)의 기억은 죽음보다도 싫었지만 남편의 힘이 느껴지지 않을 때 가끔씩 아랫도리로부터 자벌레처럼 스멀스멀 기어 올라왔다. 긴 소금방죽과 우람한 사내의 걸음, 소금이 끓어오르던 가마솥과 짐승처럼 거센 사내의 몰아침. 소금의 결정이 형성되는 소리가 뚜두둑 들리던 마채 염전의 벌막. 소금 땀을 흘리며 짓이기던 징그러운 사내.

그 자에 비하면 남편은 순수하고 투명한 결정체였다. 다만 짠맛이 없어 넣어도 맹탕이었다. 그러나 오늘 새벽은 달랐다. 남근이 점점 부풀어 올라 큰물고기가 되었다. 지금까지는 멸치, 꽁치가 되어 변죽만 헤집었다. 오늘 남편의 큰물고기는 마침내 고래가 되더니 힘차게 꼬리를 흔들면서 그녀의 심해저에 닿았다. 그녀의 바다에 이런 고래가 들어오기는 처음이었다. 그녀가 진주조개를 한껏 벌리자 빛나는 진주알이 굴러 나왔고 고래는 진주알을 삼켰다. 그녀는 처음으로 환희의 불을 밝힌 남편의 가슴에 얼굴을 파묻고 울었다.

하얀 소금밭

울산도호부 태화동. 태화강이 내려다보이는 언덕에 경주 박씨 종 갓집 청남당이 자리 잡고 있었다. 지붕 좌우의 용마루 치미가 거대한 독수리 날개처럼 치솟아 하늘을 날아가는 듯 웅장했다. 솟을대문에 는 태극문양이 그려져 있어 주자의 이념을 숭모하는 집임을 드러내 고 있었다.

울산 종갓집의 일들을 도맡아하던 도마름 장씨가 한여름에 고뿔에 걸렸다. 장씨가 더운 물을 마셔도 기침이 더 받아지자 옥동 한의원에 갔다. 한의사 이달은 진맥을 하더니 고개를 흔들었다. 장씨가 여름 상한(傷寒, 감기)을 잘못 키워 급성 뇌짐(폐렴)이 되었다는 것이다. 장 씨는 임시 단방약을 지어 먹었지만 여름을 넘기기 전에 죽고 말았다.

박기산은 장씨의 자리를 메워줄 새로운 도마름을 구해야 했다. 종 갓집 도마름은 마름의 우두머리로 작은 마름과 하인을 관리하고, 주 인의 재산을 관리하고 이익을 수납하는 자리다.

종갓집 청남당의 재산은 세 군데로 나뉘어져 있었다. 그것을 관리하는 세 마름은 마채 염전 천막개, 삼산 전답 김벌산, 범서 목재 김정대였다.

박기산은 세 마름 중 마채 염전을 관리하는 염간(鹽干, 제염장에서 일하는 사람) 천막개를 도마름으로 정했다.

박기산은 아내에게 말했다.

"염간 천막개가 우리 집에 올 거요."

윤보향은 천막개라는 말을 듣자 온몸에 소름이 쫙 끼쳤다. 작년 봄에 당한 겁간이 엊그제처럼 생생하게 떠올랐다. 원수는 외나무다리에서 만난다더니, 옛말이 그르지 않았다.

그렇다고 남편에게 자기를 겁간한 놈이라고 이실직고할 수 없었다.

"천막개는 일을 잘 하나요?"

"그만큼 부지런하고 일 잘하는 마름은 없소."

"도마름은 얼마나 주인에게 충성스러운가가 우선이지 않아요."

"그렇소. 천막개는 오랫동안 나를 충직하게 섬겨왔소. 혼인하기 전해남에도 함께 간 적이 있지 않소?"

윤보향은 해남 윤씨로 친정이 해남 녹우당이었다.

"하지만 왠지 집에 뱀을 들이는 것 같은 느낌이에요."

"왜 그렇게 생각하오?"

"그냥 그런 기분이 들어요."

"종갓집 재산은 그냥 기분으로 관리하는 것이 아니오."

"천막개는 정말 아닌 것 같아요."

"당신이 천막개를 잘 안단 말이오?"

"아니, 전혀 모릅니다."

"당신도 천막개를 보면 괜찮게 생각할 거요."

박기산은 아내의 어깨를 두드리며 말했다.

마채 염전으로 간 것은 작년 봄 시어머니 강팔댁 조말녀의 닦달에서 비롯되었다.

"이 집안이 어떤 집안인데? 경주 박씨 종갓집이야. 어떻게 네가 종가의 대를 끊어 먹는단 말이냐."

"……."

"사내꼭지란 놈은 늘 네 년 치맛자락만 붙잡고, 부실(副室, 첩)조차 들여놓지 않으려니!"

"어머니, 죄송해요."

"죄송하면 스스로 이 집을 나가거라."

시어머니의 구박이 하루 이틀이 아니었지만 이날만큼은 견딜 수 없었다. 윤보향이 눈물을 흘리며 보따리를 싸고 있는데 박기산이 들어왔다. 지난 수년 간 봐온 모습이라 남편은 아내의 손을 잡고 마방으로 갔다.

"마채 염전 구경이나 갑시다."

박기산은 말에 아내를 태우고 울산 외황강 하류에 있는 마채 염전으로 달렸다. 박기산의 말은 향마인 조랑말이 아니라 대륙 기마 혈통으로 이름은 거루였다.

둘은 소금물을 가두는 긴 마채 염전의 제방을 따라 말을 타며 바람을 쐬었다.

"어째 기분이 좀 나아지오?"

"예."

시어머니로 인해 죽을 것 같았던 기분이 시원한 바닷바람을 쐬니 한결 나아졌다.

"저 소금밭을 보시오. 다 우리 것이오."

박기산이 소유하고 있는 마채 염전은 규모는 작지만 여기서 생산된 질 좋은 울산소금은 경상도와 동해안, 남해안으로 공급되었다. 때로는 소금배로 소금과 인삼을 대만과 중국까지 수출하기도 했다. 마채 염전은 남편 박기산이 조상 대대로 물려받은 가업이었다.

윤보향이 남편에게 말했다.

"물려줄 자식이 없는데 이게 다 무슨 소용이에요."

"부인, 우린 죽으면 모두 빈손으로 가오. 영원히 남는 건 우리 둘의 사랑이오."

윤보향은 박기산의 말에 행복이 물밀듯이 밀려왔다. 끝없이 펼쳐진 하얀 소금밭과 넘실대는 푸른 바다를 보니 속이 탁 트이는 듯했다.

둘은 말에서 내려 소금을 굽는 염막으로 갔다. 그런데 갑자기 동래부사가 사람을 보내 만나자는 급한 기별이 왔다. 박기산에게 이런 일은 상시로 있었다. 한양, 충주, 상주, 경주로 수시로 훌쩍 떠나서 열흘이고 몇 개월이 지난 뒤에 돌아왔다.

남편은 염간 천막개에게 아내를 부탁하고 말을 채찍질해 곧바로 동래로 떠났다.

남편이 떠나자 윤보향은 다시 시댁 생각이 나 우울해지기 시작했다.

"마님, 어디로 모실깝쇼?"

막사발과 같이 걸걸한 목소리가 들렸다.

걸걸한 목소리의 주인공은 풍채가 좋고 체격이 건장한 염간 천막개였다.

"……."

윤보향이 대답하지 않자 천막개는 다시 물었다.

"마님, 울산 종갓집으로 모실깝쇼?"

"모처럼 예까지 왔는데 염전을 둘러보고 싶구나."

윤보향은 지금 심정으로는 시댁에 들어가기가 죽기보다 싫었다.

"그럼, 쇤네가 안내를 해드리지요."

천막개는 소금을 싣는 말을 끌고 와 무릎을 꿇고 말 옆에 엎드렸다.

윤보향은 천막개의 등을 밟고 말을 탔다. 구리쇠처럼 탄탄한 그의 등을 밟으니 발바닥의 감촉이 미묘했다.

천막개는 말구종이 되어 말고삐를 잡고 염전을 안내했다.

"우리 마채 염전은 천일염전이 아닙니다. 가마솥으로 소금을 졸여 내는 전오(煎熬)염전이지요."

그의 목소리는 걸걸하고 우렁우렁했다.

"저기 넓은 증발지에서 바닷물을 농축시킨 뒤 벌막의 가마솥에 부어 끓이지요."

무식한 줄 알았던 염간 천막개는 영리하고 말솜씨도 좋았다.

"그런데 저 많은 물을 어떻게 바다에서 끌어들이지?"

"조수간만의 차와 목도를 이용합니다. 가장 밀물이 높은 대조때 물을 끌어들인 뒤 물이 빠질 때 수문을 닫지요. 대조가 없을 때는 염수통으로 물을 퍼올리죠."

"그렇구나."

마채 염전은 전오염전만 있는 동해안에서는 규모가 제법 큰 염전이었다. 염부들의 그을린 몸들이 탄탄하고 목도를 멘 근육들이 울퉁불퉁했다.

윤보향이 말했다.

"여기 사람들은 다들 건강하게 보여."

"보기엔 그렇지만 고된 노역에 소금 일은 힘들지요."

"그렇구나. 그런데 이제는 돌아가고 싶구나."

"그럼, 마지막으로 저기 소금을 저장해 놓은 창고로 모시겠습니다."

천막개는 말을 이끌고 벌막을 지나 염창(鹽倉, 소금창고) 앞으로 갔다. 천막개는 다시 엎드렸다. 윤보향은 말에서 그의 등을 밟고 내려 염창 안으로 들어갔다. 염창에는 산더미처럼 쌓인 하얀 소금 산과 소금가마들로 가득 차 있었다.

천막개는 소금 산 사이를 걸어 창고 안 내실까지 걸어 들어갔다.

그곳에는 조선팔도의 지도가 걸려 있었다.

천막개가 말했다.

"이 지도를 보십시오. 우리 소금은 위로는 영해, 울진, 청진까지 올라가고, 밑으로는 동래, 가덕, 견내량, 남해, 순천, 제주를 거쳐 대만, 중국까지 갑니다."

윤보향은 창고 안으로 들어갈수록 어두워져 뭔가 으쓱한 느낌을 받았다.

"음, 알겠네. 그럼, 여기서 나가지."

"마님, 오래전부터 먼 발치에서 마님을 보면서 사모해왔습니다."

"응? 방금 무슨 말을 했지?"

"아름다운 마님을 보면서 사모했습니다."

"뭐라? 종놈인 네가 나를 사모해?"

"해남 녹우당에서 소금을 나르던 저에게 배숙 한 그릇을 주었지요."

천막개는 윤보향이 시집오기 전 주인 박기산을 따라 해남에 갔을 때부터 그녀를 보았다.

"난 기억조차 못한다. 천한 종놈이 어디 안전이라고 함부로 말하느냐!"

그녀는 다가오는 천막개의 따귀를 갈겼다.

"왜 천한 종놈은 사모하지도 못한답니까!"

천막개는 내실의 문에 빗장을 지르며 말했다.

"염간, 제발 여기서 나가게 해주게. 지금 일은 없었던 걸로 하겠네."

"들어올 때는 마음대로 들어와도 나갈 때는 마음대로 못 나갑니다."

"소리를 지를 테다!"

"소리를 지르세요. 여기서는 들리지도 않습니다."

천막개는 그녀를 우악스레 소금더미로 밀어붙였다. 그녀를 뒤로 돌린 뒤 치마를 걷어 올리고 거칠게 고쟁이를 내렸다. 그는 뒤에서 소금처럼 하얀 둥근 박 속으로 거대한 근을 밀어 넣었다. 마치 붉은 꼬챙이로 산적을 꿰어버리는 듯했다.

그녀는 소리를 지르는 대신 양손에 소금을 움켜쥔 채 이를 사려 물었다. 반가의 규수가 천한 종과 교합하는 것이 발각되면 이유를 불문하고 곤장을 맞아 죽을 것이다.

거대한 절구공이가 그녀의 온몸을 후려치는 듯했다. 바위덩어리 같은 천막개의 힘에 밀려 그녀의 몸은 점점 소금더미 속으로 들어갔다. 처음에는 고통스럽고 당혹했고 죽을 것 같았지만 저항을 포기하자 야생마 같은 천막개의 힘이 느껴졌다. 상어는 심해로 내려가 닫힌 진주조개를 부숴버렸다.

　그녀는 자기도 모르게 꽉 깨물었던 잇바디가 열려지며 '으'하고 신음소리를 내었다. 그녀의 아랫도리에서 짐승 같이 징그러우면서도 비릿한 고통의 쾌감이 올라왔다. 천막개는 짐승 같은 소리를 내면서 폭포수처럼 파정(破精, 사정)했다.

　천막개는 바지말기를 추슬러 올리며 말했다.

　"마님은 최고요."

　윤보향은 일어나자마자 다시 한 번 천막개의 뺨을 때리고 얼굴에 침을 뱉었다.

　"이 개만도 못한 놈!"

　천막개가 얼굴의 침을 닦고는 느물거리며 말했다.

　"같이 즐겨놓고는 왜 이러시나? 아주 좋아하는 것 같던데."

　"더러운 놈! 주인에게 이를 테다."

　"이르세요. 마님이 먼저 절 유혹했다고 말을 하죠."

　"말해라. 네 놈은 능지처사가 될 게다."

　"마님도 곤장에 맞아 죽을 겁니다."

　"난 나가는 길로 자결하겠다."

　"그럼, 그렇게 하시죠."

　천막개는 느물거리며 곰방대로 담배를 한 대 피고서야 내실의 빗장을 풀었다.

　그녀는 머리를 매만지고 옷을 추스른 뒤 염창을 빠져나왔다.

그 일 후 윤보향은 회임의 기미가 보이면 어쩌나 조마조마했는데 다행히 경수(經水, 월경)가 나왔다.

도마름 천막개

솟을대문이 삐걱 열렸다. 윤보향은 시장에 군소와 홍합, 고래 고기를 사러간 통님이 들어오나보다고 문간으로 고개를 돌렸다.

덩치가 큰 사람이 문간에서 멈칫하더니 쑥 들어와 허리를 절반으로 꺾으며 인사했다.

"마님, 천막개 인사 올립니다."

"새 도마름으로 왔다지."

"작년 봄, 마채 염전 소금창고에서 뵌 적이 있지요?"

윤보향은 천막개의 말에 가슴이 뜨끔했다.

윤보향은 눈을 내리 깐 채로 냉정하게 말했다.

"이곳은 염전과 달리 도마름으로서 지켜야 할 수칙이 있네. 첫째 집안에서는 항상 얌전하게 행동해야 되며, 둘째 안채와 내당에는 일절 출입을 삼가고, 셋째 음주와 가무, 투전을 금한다. 알겠느냐?"

"알겠습니다. 마님."

천막개는 굽실대며 대답했다.

윤보향은 집안에 들어온 천막개를 이제는 그저 지켜보는 일 외에는 다른 도리가 없었다. 이렇게 된 것은 다 자신의 업보라고 생각했다. 남편은 중키에 호리호리하나 천막개는 큰 키에 건장한 근육질의 남자였다. 천막개는 노동 중에 가장 힘들다는 염전에서 소금 짐을 지며 자라났다. 어깨가 떡 벌어지고 다리는 탄탄했다. 윤보향은 천막개를 철천지원수로 여기면서 이따금 남편과의 잠자리에서 해괴한 망상을 했다. 그 대가로 원증회고(怨憎會苦, 원한과 증오의 사람을 만나는 고통)의 죄업을 닦아야 하는 것이리라.

천막개가 도마름으로 들어온 뒤 집안 분위기가 달라졌다. 천막개는 수하의 사람들을 잘 다뤘고 스스로 열심히 일했다. 장씨의 죽음 이후 흐트러졌던 마름과 하인들의 기강이 다시 제자리로 돌아왔다. 천막개가 부지런하고 충직하다는 남편의 말이 맞는 것 같았다. 일찍 홀몸이 된 강팔댁 조말녀는 건장하고 풍채가 좋은 천막개에 은근한 호감을 가지는 듯했다. 세 끼 밥상을 떡 벌어지게 차려주고, 장삼과 핫바지도 좋은 천으로 만들어주었다.

더운 여름 강팔댁은 대청에 자두 한 접시와 우물에서 건진 수박을 썰어놓고 말했다.

"이 무더위에 쌀을 한 섬이나 메고 다녀?"

"소금에 비하면 아무 것도 아닙니다."

"아, 일 안한다고 누가 잡아가나? 더운데 시원한 수박이나 먹고 일해."

"웬 귀한 수박입니까."

"수박밭에서 잘 익은 놈을 골라서 따온 거야. 이 자두도 먹어봐.
맛이 그만이야."

강팔댁이 천막개의 팔을 잡아당겨 억지로 대청에 앉혔다.

대청에 앉아 수박을 먹고 있던 천막개는 마당을 지나가던 윤보향
을 보고 말했다.

"작은 마님도 수박 한 조각 드시지요?"

윤보향은 천막개와 얼굴을 마주치는 것조차 싫었다. 그런데 자두
를 보고 발길이 절로 대청으로 향했다.

"어머님, 그럼 자두 한 알이라도."

강팔댁이 잔소리를 해댔다.

"쟤 좀 보게. 일하는 사람 먹으라는데 눈치코치도 없이. 어서 들어
가지 못해!"

윤보향은 그제야 제 정신이 들며 황망히 방 안으로 들어갔다.

강팔댁은 천막개에게 말했다.

"장씨가 죽고 난 뒤 집이 절간 같더니, 천씨가 들어와 얼마나 집
안에 훈기가 나는지."

"그런데 작은 마님은 아이를 낳지 못하는감요?"

"보면 몰라. 엉덩이를 살랑살랑 흔들고 다니는 계집은 애기 집이
실하지 못해. 여시 같은 며느리 땜에 종갓집 대가 끊어지게 생겼어.

자, 천씨, 한 조각 마저 들게나."

천막개가 대청에서 과일을 다 먹고 일어서려는데 안방에서 윤보향이 나오며 "어머니!"하고 부르더니 배를 잡고 휘청했다. 윤보향은 배를 움켜쥐고 대청으로 나와 그예 까무러치고 말았다.

갑자기 벌어진 상황에 놀란 천막개가 말했다.

"큰 마님, 어떻게 할까요? 가마를 부를깝쇼?"

농번기라 하인들은 여름 일손으로 나가 집안에 가마 맬 사람도 없었다.

"아, 사람이 기절했는데 가마는 무슨 가마야. 빨리 업고 한의원으로 뛰어가."

죽음 앞에서는 반상과 남녀 구별이 문제되지 않았다.

강팔댁은 한 달 전 장씨의 갑작스런 죽음이 떠올랐다. 여름 고뿔을 대수롭지 않게 생각하다가 죽지 않았던가.

"우리집 며느리 참, 가지가지도 한다. 아이고, 내 팔자야."

강팔댁은 구시렁거리며 천막개의 등을 떠밀었다.

천막개는 쓰러진 윤보향을 등에 업고 옥동 한의원을 향해 바람처럼 달렸다.

태화강 긴 둑길로 달리는 도중 그녀는 의식이 돌아왔다.

그녀는 천막개의 등에 업힌 것을 알고 깜짝 놀라 소리쳤다.

"천씨, 뭣 하는 짓이야! 빨리 내려줘."

"쇤네는 내려 줄 수 없습니다. 큰 마님의 명령을 받아 업은 거니까요."

"난 지금 괜찮으니까 날 내려줘!"

"뒤에서 버둥다리치지 말고 가만히 계십쇼! 그럴수록 제가 더 느낍니다."

윤보향이 버둥거릴수록 천막개는 깍지 낀 두 손으로 그녀의 엉덩이를 더욱 단단히 옥죄었다.

그녀는 천막개의 등짝을 깨물며 소리쳤다.

"이 종놈아, 빨리 날 내려달라고!"

"더 세게 깨물어주십시오. 반항한 흔적이 남아야 피차 간에 좋습니다."

천막개의 변죽 좋은 언변은 도대체 어디서 나오는 것일까? 그녀는 몸이 다시 아파오는데다 발버둥 치다 탈진해 천막개의 등 뒤에 축 늘어졌다.

"마님, 그냥 조용히 듣고만 계십시오. 그날 소금창고에서 일어난 일을 기억하십니까?"

"……"

"작은 마님은 '더러운 종놈!'이라고 욕하면서 제 뺨을 때리고 얼굴에 침까지 뱉었지요. 그때 전 결심했습니다. 반드시 마님이 스스로 나를 찾아와 내 앞에서 옷을 벗도록 만들겠다고."

윤보향은 의식이 가물거렸지만 등 뒤에서 잠자코 듣고 있을 수만은 없었다.

"천하디 천한 종놈 주제에 못하는 말이 없구나. 내 눈에 흙이 들어오지 않는 한 그런 일은 없을 것이다."

"마님, 제가 도마름으로 들어온 것이 우연이라고 생각하십니까?"

"네 놈이 또 무슨 뚱딴지같은 말을 하려는 것이냐!"

"마님, 어찌 그리도 모르십니까? 그날 주인어른이 왜 마님을 염전으로 데리고 왔는지 생각해보지 않으셨습니까?"

그날 남편은 시어머니의 구박을 받은 울고 있는 그녀의 기분을 달래주려고 말에 태워 태화강변을 따라 마채 염전까지 갔다.

"전 그날 주인어른이 마님을 데려오는 줄 미리 알고 있었습니다."

"그게 무슨 소리냐. 염전에 있는 종놈이 어떻게 우리 일을 안단 말인가."

"그럼, 또 하나 알려드릴까요? 작은 마님이 아이를 못 낳는 분이 아니라, 주인어른이 아이를 못 낳는 석남이십니다."

"이놈, 곤장을 맞아 뒈질 놈! 천한 종놈이 입이 뚫렸다고 못하는 말이 없구나!"

윤보향은 준엄하게 꾸짖었으나 속으론 기가 막혔다.

오늘 아침 배가 아파 쓰러지지만 않았더라도. 며칠 전부터 몸이 아팠다. 온몸이 묵직하고 몇 걸음만 떼도 몸에 통증과 피로를 느꼈다. 한의원에 가서 진맥이라도 받아봐야겠다고 나섰다가 대청에 쓰러져 천막개의 등에 업히는 꼴이 되고 말았다.

"삼대독자인 주인어른은 양자로 들일 아이도 없습니다. 석남이라서 씨받이도 안 됩니다. 그래서 마지막 방법으로 씨내리를 생각하신 것입니다."

"씨내리라니 그게 무슨 해괴한 말이냐?"

"다른 남자를 데려와 부인에게 아이를 배게 하는 일을 말합니다."

조선 양반사회에서는 여자의 정조보다 대를 잇는 후사를 더 소중하게 생각했다. 그래서 씨받이도 안 되고, 양자도 없으면 씨내리를 두는 것이 허용되었다.

천막개는 작심을 한 듯 윤보향의 엉덩이를 꽉 잡고 말했다.

"저가 바로 경주 박씨 종갓집의 씨내리입니다."

마른하늘에 날벼락을 쳐도 분수가 있지 어찌 천막개가 종갓집의 씨내리란 말인가.

그녀는 견딜 수 없는 모멸감으로 신음소리를 내었다.

"아."

천막개는 그녀를 업고 더욱 빠른 걸음으로 달렸다.

"큰 마님도 알고 있습죠. 큰 마님이 소금창고의 일과 씨내리를 모두 조종하신 겁니다."

시어머니는 충분히 그러고도 남을 위인이었다. 시집온 지 십 년간 남편에게 소실과 씨받이를 들이라고 얼마나 들들 볶아대었던가. 씨받이가 안 되면 씨내리라도 할 사람이었다.

그런데 하늘처럼 믿었던 남편까지? 그럴 리 없겠지만 남편을 의심할 만한 일이 전혀 없는 것은 아니었다. 그날따라 남편은 동래부사가 부른다며 염전에 자신을 버려두고 휑하니 가버렸다. 천막개를 도마름으로 들일 때 자신이 극력 반대하자 뭐라 했던가.

"당신이 천막개를 잘 안단 말이오? 당신도 천막개를 보면 괜찮게 생각할 거요."

그녀는 천 갈래 만 갈래로 떠오르는 복잡한 상념 속에서 한 가지 의문이 생겨 고개를 벌떡 들었다.

"막개야! 너가 씨내리라면 소금창고에서 왜 나에게 그렇게 난폭하고 뻔뻔하게 행동했는가!"

아직도 천막개의 겁간과 상스러운 말이 그녀의 가슴에 깊은 상처로 남아 있었다.

"그것도 다 큰 마님과 주인어른의 지시였습니다. 씨내리는 본래 그렇게 한 뒤 마님으로부터 따귀를 맞고 침 뱉음을 당하며 떠나야 하는 불쌍한 존재입니다. 때론 주인으로부터 칼을 맞고 죽기까지 하지요. 그것이 씨내리의 슬픈 운명이지요."

"그런데 넌 왜 떠나지 않았느냐?"

"마님이 회임되지 않았잖아요. 남은 역할을 하기 위해 종갓집으로 들어왔습니다."

"이 무슨 망측한……."

윤보향은 더 할 말이 없었다. 씨내리의 일은 시어머니와 남편에게 결코 물어 확인할 수 없는 것이었다. 도대체 천막개의 말은 어디까지가 사실일까. 시어머니도 남편도 소금창고의 일을 이미 알고 있었단 말인가. 만약 천막개의 말이 사실이라면 시댁 식구들은 뱀처럼 차갑고 무서운 사람들이다. 그에 비해 아픈 자신을 업고 긴 방죽 길을 달리고 있는 이 천막개는 얼마나 곰처럼 우직한 인간인가. 사람의 생각이란 이렇게 간사한가. 방금 전까지는 더러운 짐승의 등에 올라탄 느낌이었는데 지금은 땀내 나는 그의 등이 믿음직스럽게 느껴졌다.

그녀는 다시 천막개의 등에 고개를 기대며 스르르 눈을 감았다.

천막개는 윤보향을 업고 뛰어서 마침내 옥동 한의원에 도착했다. 옥동 한의원은 맞배지붕의 초라한 한옥이었지만 의생 이달이 사 대째 가업을 이어 온 유서 깊은 의원이었다. 이달은 박기산과의 오랜 인연으로 종갓집의 주치의나 다름없었다.

윤보향은 침상에 눕자 심한 헛구역질을 했다. 이곳에서 도마름 장씨는 진맥을 받은 뒤 얼마 뒤 죽었다. 윤보향은 큰 병이 아닌지 느낌이 불길했다.

이달은 윤보향의 손목을 바꿔 잡으며 오랫동안 진맥을 한 뒤 물었다.

"마님, 최근 먹고 싶은 게 없었습니까?"

"글쎄, 오늘 신 자두가 그렇게 먹고 싶었긴 했는데."

"역시 맞군요. 지금 마님의 몸 안에서 강하고 힘찬 태맥(胎脈, 아이를 밴 여자의 맥)이 뜁니다."

"태맥이라니 무슨 말이오?"

"마님이 회임(懷妊, 임신)했다는 것입니다."

"이 의원, 십 년 동안 아이가 들어서지 않았는데, 설마 잘못된 진맥은 아니겠죠."

"틀림없습니다. 오늘 배가 아픈 것도 그 때문입니다."

"하긴 이번 달 경수가 좀 늦어지나 싶었어요. 남편이 동해바다의 귀신고래가 집으로 들어오는 태몽을 꾸었대요."

"틀림없이 고래와 같은 건강한 아이가 태어날 겁니다. 가실 때는 가마를 내어드리겠습니다."

윤보향은 뛸 듯이 기쁜 이 회임소식을 한양에 가 있는 남편에게 하루라도 빨리 전하고 싶었다. 씨내리 말도 천막개가 꾸며낸 거짓말임이 분명하게 느껴졌다. 마침 박기산은 천막개를 한양으로 올려 보내라는 전갈을 보내왔다. 그동안 윤보향은 남편에게 천막개를 멀리 어디론가 보내라고 입버릇처럼 말했다. 천막개를 명남당을 관리하는 하인으로 사용하려는 게 분명했다. 윤보향은 '당신이 꾼 태몽 덕분으로 회임했다'는 내용의 서신과 정성스레 짠 모시진솔 한 벌을 천막개 편에 보냈다.

윤보향의 서신과 모시옷을 받아들고 한양으로 올라가는 천막개의 생각은 복잡했다.

씨내리 이야기를 꾸며내어 윤보향을 겨우 자기사람으로 돌려놓았는데 회임이라니! 윤보향이 씨내리로 믿는 자기 앞에 스스로 옷을 벗는 일만 남았는데 아쉬웠다. 십 년 동안 없던 아이가 하필 지금 생기다니! 작년 봄 소금창고에서의 일만 잘 되었어도 자기 씨앗이 이 집의 후손이 되었을 텐데. 지독히 운이 없었다.

지금 주인 박기산이 갑자기 날 한양으로 부르는 것도 썩 예감이 좋지 않다. 윤보향이 끊임없이 한양의 박기산에게 도마름 직에서 자신을 해임하라는 서신을 끊임없이 써 올린 걸 알고 있었다. 한양으로 가게 되면 자신은 도마름 직에서 즉시 해임되고 명남당에서 마당쇠 일이나 하게 될 것이다. 천막개는 갑자기 진퇴유곡에 빠진 느낌이었다. 하지만 운이 없으면 운을 만들면 된다. 어차피 더 이상 떨어질 곳도 없는 천한 종놈이 아닌가.

명남당의 그림자

한양 북촌 한옥마을에 있는 박기산 저택은 조부 때부터 명남당이라 이름을 지었다. 울산 종갓집 청남당보다는 못하지만 대문을 열고 안으로 들어가면 넓고 화려한 연지 정원이 펼쳐진다. 연지 둘레에는 회양, 사철, 편백, 금송 정원수와 대추, 감, 앵두, 매화 과실수가 식재되어 있다. 수련과 부들 사이로 잉어가 유영하는 연지 위에 홍예교가 놓여 청남당까지 이어져 있었다.

"주인마님, 고산 윤선도(孤山 尹善道) 대감이 오셨습니다."

마당을 쓸던 천막개가 사랑채로 고했다.

명남당에서 모시진솔을 입고 혼자 장기를 놓고 있던 박기산은 자리에서 일어섰다. 윤선도는 같은 남인에다 사돈이 되었기에 허물없이 친교했다. 해남 윤씨인 윤보향은 윤선도와 육촌이고 윗대부터 울산과 해남은 교류가 잦았다.

윤선도는 홍예교를 건너 석대와 석등 사이를 지나 명남당으로 왔다.

박기산이 윤선도를 반갑게 맞이했다.

"윤 대감, 어서 안으로 드시지요."

"생일을 축하드리오. 벗들은 오지 않았소?"

"곧 오실 겁니다. 막개야, 상을 들여오도록 해라."

"예, 나으리."

천막개는 도마름에서 해임되어 한양 북촌 명남당의 마당쇠가 되어 잔심부름을 하고 있었다.

"원정을 참 아름답게 잘 가꾸어 놓았소."

"아이고, 이 원정이야 해남 녹우당에 비하면 남루하기 짝이 없죠."

박기산은 고산 윤선도의 재력에 비할 바는 아니지만 마채 염전을 소유한 영남의 명문가 집안출신이었다. 경주 박씨의 종손인 박기산은 통정대부(정3품)이고, 그의 부 박국생(朴國生)은 통정대부(정3품), 조부 박잉석(朴艿北石)은 가선대부(종2품), 증조부 박염훈은 정헌대부(정2품)로 대대로 당상관 벼슬을 한 명문가였다.

고산 윤선도는 4대 조부인 어초은이 해남 연동에 살터를 정한 이후 후손들이 고위 벼슬에 나아가고 재산은 만석에 이르는 호남의 명문 집안이었다. 윤선도는 인조의 아들 봉림대군을 가르치는 사부였다. 봉림대군이 효종으로 즉위하자 스승인 윤선도에게 경기도 수원에 저택을 하사했다. 윤선도는 그 집을 뜯어 자재를 배에 실어 해남으로 운송했다. 윤선도는 해남 연동에 집을 복원해 녹우당이라고 이름 짓고 해남 윤씨 종갓집으로 삼았다.

박기산과 윤선도는 서인 송시열에 맞서는 남인당에 속해 나이를 떠나 막역지우로 지냈다.

윤선도에 이어 남인당인 허목, 윤휴, 이서구가 명남당 사랑채에 들어왔다.

방에는 생일상과 술이 놓여 있었고 천막개가 두 개의 좌등에 불을 켜고 돌아갔다.

"고명하신 어르신들을 어린 제가 모시는 게 오히려 큰 광영입니다. 더욱이 울산에 있는 제 아내가 회임을 했다는 소식을 듣고 얼마나 기쁜지 모르겠습니다."

"하, 감축드립니다."

"그럼, 박 영감의 생일과 안주인의 회임을 감축하며 건배!"

"건배!"

모두들 주흥이 무르익었을 때 윤선도가 갑자기 문을 닫고 주위를 확인하며 말했다.

윤선도는 소매에서 서류를 하나 꺼내며 말했다.

"오늘 벗들이 모인 김에 긴히 할 얘기가 있네."

"무엇입니까?"

"이건 우암을 탄핵하는 상소문일세."

"아니, 우암 송시열(尤庵 宋時烈) 선생을 탄핵한다는 말씀입니까?"

모두들 놀란 표정이었다. 우암 송시열은 정치적으로 집권당인 서인의 영수였다. 게다가 학문적으로 해동의 주자라고 불리며, 조선 선비들의 중망(重望, 무거운 신망)을 받는 인물이었다. 말 한마디면 나는 새도 떨어뜨린다는 그의 위세를 왕도 감히 감당하지 못했다.

윤선도가 쓴 상소문 제목이 더욱 놀라웠다.

'이종비주(貳宗卑主 : 종통을 둘로 나누어, 왕을 비천하게 함)를 획책하는 역적 송시열을 탄핵함.'

송시열과 맞서왔던 미수 허목조차도 윤선도의 상소문을 읽으면서 손이 가늘게 떨렸다. 효종이 승하한 후, 어머니 조대비의 복상(服喪) 기간을 둘러싼 예송(禮訟, 궁중의례로 서인, 남인 간에 서로 대립함)이 벌어졌다. 서인의 영수 송시열은 '주자가례'에 따라 '차자(次子) 일년상'을 주장했다. '효종이 차자이기 때문에 어머니 조대비가 1년간 상복을 입어야 한다.'는 것이다. 이에 맞서 남인의 허목은 '장자 삼년상'을 주장했다. 차자라도 왕이 되는 순간 장자이기 때문에 삼 년간 상복을 입어야 한다는 것이다.

그런데 이러한 예송논쟁을 윤선도는 그동안 소외되었던 남인들의 정권 탈환기회로 여겼다.

"동지들, 이번 예송논쟁의 본질은 일 년상, 삼 년상의 문제가 아니오."

모두들 윤선도를 보며 침을 꿀꺽 삼켰다.

윤선도는 평소에는 자연과 벗하고 시조를 읊으며 사는 당대의 풍류가였다. 그러나 일단 정쟁만 만나면 날카로운 모사로 변신해 예리한 문필로 정국을 주도했다. 그 때문에 반대당으로부터 공격도 많이 당해 그의 생애 중 18년간을 유배생활로 보냈다.

윤선도는 주먹을 불끈 쥐며 말했다.

"왕실의 종통이 현 임금(현종)에게 있느냐, 아니면 경안군 석견(慶安君 石堅)에게 있느냐'하는 문제요."

경안군 석견은 장자 소현세자(昭顯世子)의 아들이다. 소현세자가 병들어 죽었다. 당연히 장자인 소현세자의 아들이 종통을 이어야 하나 그의 동생 봉림대군(鳳林大君)이 왕, 효종(孝宗)이 되었다. 때문에 효종의 아들 현종(玄宗), 현종의 아들 세자 이순까지도 모두 종통의 정통성이 부족했다.

윤선도가 말했다.

"우암이 '차자 일년설'을 주장하는 것은 경안군을 등에 업고 역모를 꾀하려는 것이오."

"윤 대감님의 말이 맞소."

모두들 윤선도의 말에 찬성했다.

하지만 내심 박기산은 불안했다. 호사다마라고 아내의 회임 소식을 들었는데 예송논쟁으로 화를 입지나 않을까 염려되었다.

"고맙소. 내 여기에 모인 벗들을 위해 시조를 하나 읊으리다."

고산 윤선도는 당석에서 시흥이 올라 오우가(五友歌)를 읊었다.

내 벗이 몇인가 하니 수석과 송죽이라

동산에 달 오르니 긔 더욱 반갑고야

두어라 이 다섯밖에 또 더하여 무엇하리.

허목이 물었다.

"오우가에 등장하는 대감님의 다섯 벗은 누구입니까?"

윤선도는 술을 들이켠 뒤 호탕하게 말했다.

"물은 허목, 솔은 윤휴, 대나무는 이서구, 달은 박기산이오. 모두 나의 곧은 벗들이지."

물인 미수 허목은 고학에 밝아 육경인 시경, 서경, 역경, 춘추, 예경, 악경에 통달했다. 그는 존군비신(尊君卑臣, 왕을 높이고 신하는 낮춤)의 이념으로 서인과 맞섰다. 이 이념은 왕권을 강화하려는 남인들의 이론적인 근거가 되었다.

솔인 백호 윤휴는 당대 우암 송시열과 학문적으로 맞설 수 있었던 사상적 거봉이었다. 우암 송시열은 윤휴의 평생 숙적이었다. 하지만 송시열이 '윤휴와 만나 3일간 토론하고 나니, 내가 30년 동안 독서한 것이 참으로 가소롭게 느껴졌다.'고 고백할 정도로 윤휴의 학문적 경지는 높았다.

대나무인 이서구 병조참의는 병법에 밝은 자로 무기개량에 관심이 많았다. 그의 실학사상과 실천적 경세학은 성호 이익과 다산 정약용으로 이어졌다.

동산의 달로 거명된 박기산이 윤선도에게 물었다.

"대감님이 거명한 사람은 넷입니다. 오우가의 오우 중 한 명은 누구입니까?"

"바위처럼 무거운 벗은 우암 송시열이오."

"예? 그게 무슨 말씀입니까?"

네 명은 모두 어이가 없는 표정으로 윤선도를 쳐다보았다.

우암이라면 방금 윤선도가 역적의 수괴이니 참하라고 상소한 자 아닌가. 그 자가 원수이지 어찌 대감의 벗이 될 수 있는가. 적당의 영수를 어떻게 바위처럼 변치 않는 벗이라고 말할 수 있는가.

윤선도는 태연자약하게 말했다.

"원수가 없는 사람은 벗도 없는 법이오. 우암이 있기에 내가 있소. 일전에 우암이 눈이 나빠 책읽기가 힘들다고 해 안경을 구해 선물했소."

그때 그는 안경집에 쪽지를 하나 넣어 보냈다.

'우암, 건강하시오. 우암이 바위처럼 강해야 저도 바위처럼 강해집니다.

외우 윤선도로부터'

세간에서는 윤선도를 '인위로 편당을 가르고 당색을 좇아 이익을 탐하며, 상소와 송사를 일으켜 반대파를 제거하는 협량(狹量, 도량이 좁음)한 자'라고 비난하기도 했다.

하지만 윤선도는 서인의 영수를 벗으로 인정할 정도로 대담한 인물이었다. 그의 자유분방한 시흥은 경계를 초월해 어느 당색이고 마음껏 넘나들었다.

다섯은 생일상을 파하고 원정으로 나왔다.

시흥이 척 걸리면 끝 간 데를 모르는 윤선도는 중천의 달을 보고 시조를 또 한 수 읊었다.

작은 것이 높이 떠서 만물을 다 비추니
밤중의 광명이 너만한 이 또 있느냐
보고도 말 아니하니 내 벗인가 하노라.

"달의 노래는 박 영감에게 드리는 것이오."

"암우한 저를 달로 생각해주시다니 몸 둘 바를 모르겠습니다."

"아니오. 그대는 달처럼 순수하게 빛나는 나의 소중한 벗이오."

윤선도는 박기산의 손을 잡으며 말했다.

윤선도, 허목, 윤휴는 생일상이 파한 뒤 돌아갔다. 병조참의 이서구는 사랑채에 남아 박기산과 장기를 두며 헤어졌다.

명남당 사랑채 처마 밑에 그림자 하나가 달라붙어 있었다.

서추재 김석주

해질 무렵 서인의 중직들이 김석주(金錫胄)의 집인 서추재로 모여들기 시작했다. 해질녘의 서쪽 하늘은 홍련이 타들어가는 듯 아름다웠다.

서추재에는 서인의 중직들인 송준길(宋浚吉), 김수항(金壽恒), 서만갑 등이 모여 있었다. 송시열이 들어가자 모두들 일어서서 그를 맞아 상석에 모셨다.

서추재의 당주 김석주가 입을 열었다.

"오늘 대감님들을 저의 누추한 집에 모신 이유는 말씀하지 않아도 다 아실 것입니다. 며칠 전 남인 윤선도가 우암 선생을 이종비주를 획책하는 역적이라고 상소했습니다."

서인들은 서로 경쟁이라도 하듯이 언성을 높이며 윤선도와 남인을 일제히 비판했다.

"역적이라니! 해동 주자에게 그 무슨 극악한 망발인가!"

"간악한 윤선도와 남인도당들이야말로 사지를 찢어 죽여야 할 역적이오!"

그때 송시열이 너털웃음을 터뜨리며 말했다.

"그만들 하시오. 남인들의 주장이 틀린 게 하나도 없소. 남인들의 주장대로라면 나는 역적 맞소이다. 주자가례 앞에서는 임금이나 백성이 모두 똑같소. 이것은 만고불변의 진리요. 공노(孔老, 공자와 노자)라 한들 둘째로 태어나면 둘째이지 장자가 될 수 없는 법, 따라서 효종은 차자이기 때문에 그 어머니는 일 년 간 상복을 입어야 하오. 차자를 장자로 바꾸는 자들은 지록위마(指鹿爲馬, 사슴을 가리켜 말이라 함)의 간신들이 분명하오. 허나 남인들의 입장에서 보시오. 왕의 특권을 인정하지 않는 나는 만고의 역적일 수밖에 없소."

김석주는 바위처럼 우직하게 주자가례만 내세우는 송시열이 답답했다.

"하오나, 대감님. 우리들이 현 왕의 종통을 부정하고, 정통성 있는 경안군을 왕으로 세우려고 한다는 것입니다. 대감님, 잠자코 있다간 우리 모두 앉은 채로 역적으로 몰려 죽습니다."

김석주는 일찍 송시열의 우암학당에 들어가 소과에 합격하여 젊은 나이에 진사가 되었다. 그는 젊은이답지 않게 권모술수에 능해 서인의 책사로 인정받았다.

송시열의 숙항인 송준길이 말했다.

"송 대감, 김석주의 말이 옳습니다. 우리도 흉당(凶黨, 남인)에 대응

하는 상소를 올립시다."

김석주가 말했다.

"상소만으로는 부족합니다. 상감의 마음은 이미 남인에게 기울어져 있습니다. 상감의 마음을 돌리고 남인을 누를 수 있는 확실한 계책이 필요합니다."

"확실한 계책이 뭔가?"

송준길의 물음에 김석주가 대답했다.

"확실한 계책은 방밖에 있습니다."

김석주가 문을 열자 모두들 방밖을 내다보았다.

"천막개라고 하는 남인 박기산의 종입니다."

김석주는 자신의 발쇠꾼(남의 비밀을 캐내어 알려주는 사람)인 천막개를 소개했다.

천막개가 고개를 조아리고 서추재 사랑채 안으로 들어갔다.

천막개의 고변

왕은 이번 예송논쟁에서 서인 대신 남인들로 환국(換局,정권을 교체함)하기로 작정했다. 차자도 왕이 되면 장자가 된다는 말은 자신의 종통과 왕권을 강화시키는 것이다. 인조반정 이후 장기집권하고 있는 서인들의 신권이 너무 강화되었다고 생각했다. 서인의 영수 윤선도를 탄핵하는 서인들의 상소가 올라왔지만 현종은 물리쳤다.

그때 왕명을 출납하는 승정원으로부터 고변이 들어왔다. 천막개가 주인 박기산을 역적으로 고변했다는 것이다. 일단 고변이 들어오면 모든 일을 중단하고 국문 정국이 된다.

왕은 그 순간 왕명을 내릴 수밖에 없었다.

"역적 박기산을 의금부로 잡아들여라!"

왕은 사정전에서 삼공과 의금부 도제조 및 추관과 사관을 입참하게 하고 의금부에서 박기산을 포박한 채 끌어내어 국문하기 시작했다.

"박기산에게 묻겠다. 팔월 초닷새 날에 남인 다섯이 박기산의 집

명남당에 모인 것은 분명하렷다?"

"그러하옵니다. 그날 소인의 생일을 맞아 모였습니다."

"그 다섯이 누군가?"

"윤선도와 허목, 윤휴, 이서구, 소인 박기산입니다."

"그때 사노 천막개도 집에 있었는가?"

"예, 있었습니다."

"천막개의 말에 의하면 윤선도와 허목, 윤휴가 돌아가고 난 다음, 병조참의 이서구와 단 둘이 남아 장기를 두면서 역모를 꾸몄다는데 사실인가?"

"전하, 그런 일은 천만 없사옵니다."

"네가 부인하니 천막개와 대질을 시켜야겠다. 천막개를 들여보내라!"

왕이 명령하자 천막개가 내시처럼 잔뜩 등을 움츠린 채 국문장으로 걸어 나왔다. 박기산과 눈이 마주치자 슬쩍 피했다.

왕은 천막개에게 엄히 물었다.

"너는 종인 주제에 감히 네 주의 행위를 고변했다. 진실만을 말하라."

"네, 알겠나이다."

"팔월 초닷새 날 명남당에서 박기산이 하는 말을 네가 정녕 엿들었단 말인가?"

"그러하옵니다. 모여서 역적모의를 한 것이 비단 그날뿐이 아니지

47

만 그날은 주인의 생일이기에 똑똑하게 기억하고 있습니다."

"무슨 말을 하더냐?"

"주인 박기산은 장기를 두면서 '장군!'을 불렀습니다. 그러더니 '나라를 빼앗은 것도 이 같은 이치니 어려울 게 없을 것이다'고 말하니 이서구 병조참의가 '생각보다 궁의 수비가 허술하니 수하에 있는 백명의 군관과 장령만으로도 가능하다'고 했습니다."

천막개의 말에 왕과 삼공들이 놀랐다.

"남인들은 원손 경안군 석견을 왕으로 삼고, 남인 병조참의인 이서구를 통해 군관과 장령을 움직여 대궐을 장악하고자 했습니다. 이들 반역의 무리는 상감마마와 서인들을 몰아내고 경안군을 등극시켜 남인 천하를 만들려고 했습니다."

천막개가 고변 내용을 말하자 단상에 앉은 사람들이 웅성거렸다.

왕이 추상같이 말했다.

"노비가 집주인을 역모자라고 고변하는 것은 하극상이다. 터럭만큼이라도 거짓이 있다면 당석에서 칼로 목을 벨 것이다."

"저가 비록 천한 종이긴 하지만 하극상을 왜 모르겠습니까. 하지만 제 주인보다 더 큰 주인이신 상감마마를 섬기는 백성이기도 합니다. 어찌 주인이라고 해서 상감마마에게 하극상의 말을 하는 것을 가만 듣고만 있겠습니까?"

왕은 박기산에게 물었다.

"네가 정말 이서구에게 경안군 석견을 왕으로 추대하고 남인천하를 만들자고 했는가?"

"전하, 결코 그런 일이 없사옵니다. 이서구와 둘이 남아 장기를 둔 건 사실이나 화포개량에 대한 이야기를 나누었을 뿐입니다. 천막개는 행랑채에서 구월이와 통정을 하고 있느라 저희들이 하는 말을 듣지 못했나이다."

"천막개가 행랑채에서 통정한 것은 어떻게 알았는가?"

"소인의 찬모가 알려왔습니다. 천막개는 울산에서도 하녀 통님이와 통정을 하는 등 평소 행실이 방정하지 못해 쫓아내려던 참이었습니다. 그런데 먼저 저에게 역모의 누명을 씌웠으니 참으로 통탄할 따름입니다."

"왠지 네 말은 구차한 변명처럼 들리는구나. 오늘은 이것으로 그만하고 내일 하도록 하자."

왕은 피곤한지 국문을 파했다.

윤보향의 회임

울산 박기산의 청남당에는 웃음이 끊이지 않았다. 삼대독자의 종
갓집 며느리 윤보향이 회임했기 때문이었다.

윤보향의 회임을 가장 기뻐한 사람은 시어머니 강팔댁이었다.

"암, 어느 씨앗이라고. 아가, 이제부터 몸조심하고 태교에 충실하
도록 하여라."

강팔댁은 윤보향이 힘든 일은 일절 못하게 하고, 태교 책을 읽도
록 했다.

조선은 태교에 관한 책이 풍부했고 교육도 엄격했다.

전통적인 태교는 엄마의 뱃속에서 자라고 있는 생명을 완전한 인
격체로 대했다. 뱃속에서 자란 십 개월을 존중해, 태어나자마자 아이
의 나이를 한 살로 인정했다. 나이는 생명이자 서열이며 존엄이다.
태아에게 나이 한 살을 부여한다는 것은 그만큼 뱃속의 아이를 존귀
하게 여기기 때문이었다.

강팔댁은 자신이 박기산을 임신했을 때 읽었던 태교 책을 벽장에서 꺼내 주었다.

"이건 정몽주 어머니의 태중훈문이고, 이 책은 소혜왕후가 지은 내훈이구나."

"고맙습니다. 어머니!"

"잘 읽고 태중의 아이를 위해 몸가짐, 마음가짐을 바르게 하여라."

조선은 교육의 나라였다. 태교부터 시작해 어릴 때 서당에서 익히고 커서는 서원에서 교육했다. 그래서 예로부터 해동에는 인재가 많다는 기록이 있었다.

"아가, 늘 좋은 생각만을 하도록 해라."

"예."

"먹고 싶은 건 없니?"

"없어요. 어머니."

"참 자두가 먹고 싶다고 했지. 잘 익은 자두를 한 소쿠리 씻어 오마."

늘 구박과 잔소리만 일삼던 시어머니가 이렇게 자상하고 다정다감할 줄은 미처 몰랐다.

윤보향은 남편이 어서 회임소식을 듣고 한양에서 내려오기를 일구월심으로 기다리고 있었다.

박기산의 몰락

사정전에서 두 번째 국문이 열렸다. 고변은 정쟁이 심할 때마다 올라오는 것으로 왕은 서인들의 정치공세로 판단하고 가볍게 끝내려고 했다. 그러나 병조참의 이서구와 경안군이 연루되면서 사건이 커졌다.

다음날 왕은 이서구와 박기산을 동시에 불렀다.

왕은 병조참의 이서구를 국문했다.

"이서구에게 묻겠노라. 그날 명남당에서 둘이 남았을 때 박기산과 더불어 화포로 궁궐을 공격하고 경안군 석견을 왕으로 추대해 남인 천하를 만들자고 모의했는가?"

"천부당만부당한 말씀이옵니다. 저는 평소 화란(和蘭, 네덜란드)인 하멜의 신식 화포와 조총에 관심이 많았습니다. 박기산 또한 화포와 조총에 관심이 많은데다 울산도호부 옥동의 공방에서 다양한 병장기를 만들어 병영과 수영에 공급하고 있습니다. 그래서 장차 있을지도 모르는 왜적의 침입에 대비해 화포의 사거리를 늘리고 서양식 조총을 도입하는 방법에 관해 의논했을 뿐입니다."

"그럼, 천막개 네가 들은 말은 어떤 것이었느냐?"

천막개가 말했다.

"쇤네는 그날 온향주와 마른안주를 올리고 나오다 들은 내용이 참으로 심상치가 않았습니다. 둘은 최신식 화포와 조총으로 무장한 군사를 일으켜 궐내로 쳐들어가 궁궐을 장악한 뒤 경안군 석견을 왕으로 추대하고 새로운 남인천하를 만들겠다고 말했습니다."

"박기산과 이서구는 그런 말을 한 적이 없다 하고 그 시간에 너는 행랑채에서 하녀 구월이와 통정을 하고 있었다고 한다. 어떻게 된 일이냐?"

"구월이와 통정한 사실이 없습니다. 설사 한들 손님이 든 그 시간에 하겠사옵니까? 오히려 구월이를 불러 둘이 함께 그 이야기를 들었습니다."

"그럼, 구월이와 네 놈과의 대질이 필요하겠구나."

"언제든지 대질시켜 주십시오. 하지만 상감마마, 천한 놈들과의 백번의 대질보다 경안군 석견과 주인 박기산을 한 번 대질하게 하는 것이 문제를 빨리 해결할 듯하옵니다. 둘은 함께 연경을 다녀온 사이로 친형제처럼 가깝게 지냅니다. 이미 이들은 7월 그믐을 거사일로 잡았는데, 그날 경성의 숙위(宿衛, 궁궐 호위)가 매우 삼엄하다는 소식을 듣고 날짜를 미뤄 가을에 다시 거사하려 했습니다."

천막개의 입에서 구체적인 날짜가 나오고 경안군 석견의 이야기가 나오자 왕의 낯빛이 표변했다.

경안군 석견이야말로 이번 예송논쟁의 핵심인물이었다. 남인이 경안군 석견을 업었다는 천막개의 고변은 거짓일 수도 있다. 그러나 남인이든 서인이든 결국 조선왕조의 종통은 자신이 아니라 인조의 원손인 경안군 석견에게 있다는 것 아닌가. 종통을 가진 경안군 석견이 존재하고 있는 한 언제라도 자신의 보위(寶位)가 위태로워질 수 있었다.

왕은 현실적으로 생각했다.

'고변의 진위가 중요한 것이 아니다. 이번 기회에 골칫덩어리인 경안군을 제거해야 나의 보위가 안전할 것이다.'

"경안군을 당장 이곳으로 끌고 오너라."

의금부 도제조가 경안군을 잡아 사정전으로 데려오자 왕의 눈빛이 달라졌다.

왕이 도제조에게 소리쳤다.

"왜 이 죄인만은 오랏줄로 묶지 않았느냐?"

"왕족이라 감히 묶을 수가 없었습니다."

"무슨 소린가. 대명률 앞에선 왕후장상이 따로 없다. 당장 묶어라!"

도제조가 황급히 경안군의 손발을 묶었다.

"경안군은 들어라. 박기산을 알고 있느냐?"

"연행길에 함께 해서 알고는 있사옵니다."

"그래, 그 먼 길을 동행했으니 둘 사이가 얼마나 막역했겠는가. 서로 역모도 꾸밀 수 있었겠네. 그려."

역모라는 말이 나오자 경안군은 낯빛이 파래졌다.

"전하, 그 무슨 말씀이옵니까? 오로지 주상의 은혜로 지금까지 연명해온 몸, 저는 역모는 꿈에도 생각한 적이 없나이다."

경안군은 청나라에 볼모로 갔다 온 지 8개월 만에 비명횡사한 인조의 장남 소현세자의 아들이다. 경안군 석견은 네 살 때 두 형인 석철, 석린과 함께 제주도로 유배를 떠났다. 두 형은 제주도에서 죽고 경안군은 구 년 만에 해배가 되어 한양으로 돌아왔다. 홀로 살아남은 원손 석견은 효종 말년에 가서야 겨우 사면되어 청나라를 오가는 사신으로 활약을 하기도 했다. 하지만 효종이 죽고 현종이 즉위하자 종통이 원손인 경안군에 있다는 예송논쟁에 휘말리면서 그의 목숨은 다시 풍전등화에 처하게 된 것이다.

왕은 경안군에게 다그쳐 물었다.

"정말 그런가? 너는 박기산, 이서구 두 사람과 역모를 한 적이 없단 말인가!"

"그러하옵니다. 전하."

"음, 박기산, 이서구 너희 둘도 정녕 이 경안군과 역모한 적이 없단 말이지?"

"결코 없사옵니다."

둘은 똑같은 목소리로 말했다.

왕은 경안군을 보자 몸서리를 쳤다. 서인의 상소와 천막개의 고변대로 정치적으로 소외된 남인들이 경안군을 주군으로 받들고 자신을 몰아낼 역모를 꾸몄다는 생각이 들었다. 아니, 그렇게 믿고 싶었다.

"네 이놈들! 어느 안전이라고 역모를 부인하는고! 이 놈들의 주리를 틀어라!"

대기하고 있던 추관이 박달나무 막대기 두 개를 가랑이에 어긋나게 끼운 뒤 힘껏 젖혔다. 박기산의 다리뼈가 으드득거리며 가랑이가 죽 찢어졌다. 큰 짐승 울음같은 비명소리가 사정전 하늘 위로 끝없이 메아리쳤다. 신문과 고문은 반나절이나 계속되었다. 결국 큰 덩치의 이서구가 주뢰형을 견디지를 못하고 '군사를 일으켜 궁궐을 친 뒤 경안군을 주군으로 모시려 했다.'며 먼저 자백했다. 박기산은 압슬형과 단근질까지 받고나서야 간신히 입을 열었다.

"제가 역모를 꾸몄습니다. 불충한 신을 죽여주옵소서."

사정전에서 왕은 박기산과 천막개에게 다음과 같이 교지를 내렸다.

'역적 박기산은 주살형(誅殺刑, 목을 베는 참수형)에 처하고 그의 아내와 가족은 모두 관비로 넘겨주도록 하라. 한양의 명남당과 울산부의 마채 염전 등 그의 모든 가산을 적몰해 역모를 고변한 종 천막개의 소유로 한다. 역모를 막은 공이 있는 천막개는 면천하여 정삼품 통정대부에 품수한다.'

박기산은 이마를 땅에 짓찧으며 통곡했지만, 천막개는 왕에게 감읍하며 조아렸다.

병조참의 이서구 사형, 경안군은 강화도에 위리안치, 윤선도, 허목, 윤휴는 천리 밖 유배형을 받았고, 명남당을 드나들던 그밖의 남인들도 모두 정배되거나 삭탈관직되었다.

　왕은 환국은 뒤로 미루기로 했다. 왕은 자신의 최대 위협인 경안군의 날개를 완전히 꺾어버린 천막개에게 경국대전에 부과된 상을 주었다. 경국대전에 따르면, 역모를 고변한 종은 면천해 당상관까지 오를 수 있으며 그 주인의 재산을 물려받을 수 있도록 규정되어 있다. 선초기에 노비들이 정변에 가담하여 일등공신이 된 예가 있고, 연산군 당시 중종반정 때 정막개라는 노비가 주인을 고변하여 주인의 재산을 물려받고 정삼품에 오른 적이 있었다.

　효종의 죽음을 기회로 삼아 서인정권을 탈환하려던 남인들은 다시 한 번 몰락의 깊은 늪으로 빠져들었다.

천막개의 금의환향

짚신을 신고 한양으로 쫓기듯 올라갔던 천막개는 주인이 타던 말 달단마 거루를 타고 한양에서 울산부로 내려왔다. 처음 그가 거루의 등에 오르려고 하자 말, 거루가 날뛰며 승마를 거부했다.

"미물인 너도 나를 천한 종이라고 무시하느냐? 거루, 난 이제 당 상관 영감이야. 옛날 네 주인은 잊어버려. 참수될 날만을 기다리고 있지."

천막개는 날 뛰는 말에게 먹이를 주며 끈기있게 구슬렸다. 마침내 얌전해진 거루를 타고 단숨에 한양에서 울산 청남당 종갓집으로 내려왔다.

양반 갓을 쓴 천막개는 짧은 곰방대 대신 긴 장죽을 들고 말구종 과 하인들을 앞세우고 종갓집 대문 앞에 서서 큰소리로 외쳤다.

"이리 오너라."

한양에서 영감이 내려왔다기에 강팔댁과 윤보향은 벗은 발로 뛰어

나갔다.

그런데 말을 타고 마당으로 들어온 영감의 모습은 박기산이 아니었다.

강팔댁이 말에서 내린 사람의 얼굴을 보고 뜨악한 눈으로 보며 말했다.

"아니, 자네는 우리 집 종 천막개가 아닌가? 우리 아들 말을 타고 오다니 어떻게 된 건가?"

"강팔댁, 난 옛날의 천막개가 아냐."

"큰 마님보고 강팔댁이라니 그 무슨 무례한 말을!"

윤보향이 꾸짖으며 나섰다.

"강팔댁, 윤보향! 난 이제 당신들의 종이 아냐. 내가 이 집의 주인이고 당신들이 나의 종이야!"

천막개는 긴 장죽을 흔들며 강팔댁과 윤보향을 제압한 뒤 하인들을 거느리고 사랑채 대청으로 올라갔다. 그러고 보니 옛날 곰방대를 피우던 그가 장죽을 들고 있고, 머리에 쓴 갓도 벙거지에서 챙이 넓은 통영 갓으로 바뀌어 있었다.

"이제 임금님의 교지를 읽겠다. 모두들 무릎을 꿇어라."

기고만장한 천막개의 태도와 임금님이라는 말에 강팔댁과 윤보향과 종들은 미심쩍긴 했지만 엉거주춤 마당에 엎드렸다.

천막개가 말했다.

"왕은 엄히 말한다. 경안군을 왕으로 세우려고 한 역적 박기산은 사형에 처하고 그의 아내와 가족은 모두 관비로 넘기도록 하라. 울산부의 청남당과 마채 염전 등 박기산의 모든 가산은 적몰해 천막개의 소유로 한다. 나라를 지키고 왕실을 보전한 공이 있는 천막개는 면천하여 정삼품 통정대부에 품수한다."

청천벽력과 같은 말에 청남당 종갓집 사람들은 그 말이 무슨 뜻인지조차 가늠할 수 없었다.

그나마 윤보향이 정신을 차리고 고개를 들어 물었다.

"나의 부군이고 이 집의 당주이신 박기산 대감이 역적이 되어 사형에 처해졌다는 말인가?"

"그렇다. 지금쯤 박기산은 주살형을 받아 목이 베어졌을 것이다. 이 집을 비롯해 한양과 울산에 있는 박기산의 모든 재산은 왕명에 의해 나, 천막개의 소유가 되었다."

윤보향이 고개를 쳐들고 천막개에게 말했다.

"임금님의 교지를 믿을 수 없다. 세상에 이런 하극상이 없다. 종이 주인을 발고해 주인을 처형하고, 노비를 만들고 재산을 빼앗는 것은 어느 왕조의 역사에도 들어본 적이 없는 일이다!"

천막개는 느물거리며 말했다.

"하극상이라고? 역적 박기산이 현왕을 내쫓고 새왕을 세우려고 한 것에 비하면 내가 주인을 고변해 내쫓은 것은 아무것도 아니다."

"나의 주인 박기산은 역모를 꾸밀 분이 결코 아니다. 어질고 총명한 임금님이 진실과 거짓을 분별하지 못할 분도 아니시다. 여기엔 반드시 천막개, 네 놈의 음모가 있을 것이다."

"닥쳐라. 역적의 아내가 되어 입이 열 개라도 할 말이 있다더냐? 세조 때 사육신의 난을 알지 못하느냐? 반역을 일으킨 사육신은 능지처참되고, 사육신의 처첩과 부모와 자녀들은 모두 공신들의 노비가 되고 그들의 재산 또한 적몰되어 모두 공신의 소유가 되었다. 이처럼 너희들과 종갓집 재산 모두가 공신인 이 천막개의 소유가 된 것이다."

사육신에 대한 천막개의 말은 사실이었다.

사육신과 그 연루자들의 처첩과 재산은 모두 사육신의 난을 진압한 공신들의 소유가 되었다.

세조 2년, 왕은 의금부에 다음과 같이 전지했다.

"역적들의 아들은 모두 죽이고, 성삼문의 아내 차산과 딸 효옥은 운성 부원군 박종우에게 주고, 이개의 아내 가지는 우찬찬 강맹경에게 주고, 하위지 아내 귀금과 딸 목금은 지병조사 권언에게 주어라. 또 유성원의 아내 미치와 딸 백대는 좌승지 한명회에게 주고, 박팽년의 아내 옥금은 영의정 정인지에게 주고, 유응부의 아내 약비는 예빈시 권반에게 주어라. 그리고 난신들의 가옥과 전답은 모두 적몰하여 공신들에게 나누어 주어라."

세조는 사육신의 역모를 고변한 김질을 정삼품 판군기감사에 임명하고, 사육신난의 연루자인 이윤원의 아내 대비와 그의 재산을 김질에게 주었다.

청남당의 사람들이 천막개의 말을 반신반의하며 일어났다 엎드렸다를 반복하고 있는데 대문이 열리며 울산도호부 부사가 시종들을 데리고 들어왔다.

"천막개 영감, 안녕하시오."

"오, 이맹균 부사, 반갑소이다."

"역적 박기산의 아내와 가족을 모두 관비로 넘기라는 왕의 교지가 내려왔소."

울산부사마저 왕의 교지를 이야기하니 윤보향과 강팔댁은 하늘이 꺼지는 듯했다.

권력이란 이렇게 무상한 것인가? 명절 때마다 종갓집 박기산을 찾아 인사했던 울산부사 이맹균이 종 천막개를 찾아와 고개를 숙이는 것이다.

이맹균이 천막개에게 말했다.

"천영감, 제가 이곳에 온 것은 울산도호부에 관비로 배정된 청남당의 두 여자, 역적 박기산의 어미 강팔댁 조말녀와 그의 처 윤보향을 신공노비로 데려가고자 함입니다."

"박기산의 어미, 조말녀는 울산부의 관노비로 끌고 가되, 윤보향은 나의 사노비로 삼아 이 집에 두려고 하오. 괜찮겠소?"

그러자 눈치 빠른 부사 이맹균이 잠시 생각하더니 말했다.

"그리하지요. 윤보향의 호적은 울산도호부의 관노비로 두되, 청남댁에 파견하는 것으로 처리하겠습니다."

"고맙소, 부사."

"통정대부가 된 것을 다시 한 번 감축드리오."

울산 부사는 교리를 시켜 강팔댁 조말녀를 끌고 나갔다.

윤보향은 한때 자신을 그리도 구박했던 시어머니였지만 관비가 되어 끌려가는 모습에 절로 눈물이 났다.

"어머님! 몸조심하시고 꼭 다시 뵈어요!"

"세상에 이런 사변이 어디 있단 말이냐. 아가, 너도 몸조심 하거라."

울산부사의 내방과 천막개의 기세에 눌려 종갓집 마님 윤보향과 집안의 종들은 모두 마당에 고개를 조아렸고 천막개의 종이 되었다. 그날부터 천막개는 통님이를 본부인으로 삼고, 한양의 구월이를 부실로 하고, 윤보향을 몸종으로 삼았다.

며칠 뒤 천막개는 윤보향을 종의 방에서 작은 마님의 방으로 불렀다.

천막개는 장죽에 불을 붙여 피며 윤보향에게 말했다.

"내가 전에 한 말을 기억하느냐? 반드시 네 스스로 옷을 벗게 만들겠다고 한 말을."

"씨내리라고 거짓말한 것은 똑똑하게 기억합니다."

"씨내리는 힘없는 종이 주인마님을 스스로 옷 벗게 만들려고 한 최선의 생각이었다. 이제는 그럴 필요가 없지."

천민으로 벙거지를 쓰고 짧은 곰방대로 담배를 피워야 했다. 하지만 지금 천막개의 갓은 유난히 넓고 장죽 또한 눈에 띄게 길었다. 담배를 넣는 대통과 입에 무는 물부리 사이의 설대 길이가 대나무 여섯 마디로 석 자나 되었다. 설대는 길어야 연기가 식어 담배 맛이 좋다고 하지만 그는 갓 챙이든 장죽이든 크고 길수록 양반의 권위가 있다고 생각했다.

"네 남편은 주살되어 이 세상에 없다. 네가 다시 예전의 마님처럼 이 방에서 살기를 원한다면 내 말에 따르는 것이 좋을 게야."

"……."

그는 버끔버끔 담배를 피면서 말했다.

"이제 벙어리가 되기로 작정했느냐? 옷을 벗어라. 나는 이제 네 종이 아니라 네 생사여탈권을 쥔 주인이다."

윤보향은 담배 연기를 맡고 기침을 하면서 말했다.

"저는 회임 중에 있습니다. 그리할 수 없습니다."

"회임? 그게 무슨 상관이 있는가."

천막개가 윤보향의 윗도리를 강제로 벗어젖히자 봉긋한 젖무덤이 나왔다.

순간, 윤보향은 은장도를 꺼내들고 눈에 새파란 불똥을 튀기며 말했다.

"가까이 오면 제 가슴을 찌르고 죽겠습니다. 역적의 아내로서 깨끗하게 자진하겠습니다."

윤보향은 자신이 종으로 부린 천막개의 몸종이 되느니 차라리 자살을 택하겠다고 결심했다.

천막개가 장죽을 흔들며 말했다.

"사육신이 죽고 난 뒤 지어미와 딸이 어떻게 행동했는지 아는가. 자신들의 부군과 아비를 죽인 공신들에게 종으로 들어가 몸을 바쳤지. 그런데도 수백 명의 여자들 중 단 한 명도 자진(自盡, 자살)한 사람이 없었네."

천막개는 천한 종으로 태어났지만 타고난 달변가였다. 그가 치열한 예송논쟁과 당쟁의 와중에서 주인을 고변하고도 살아남을 수 있었던 것은 세 치의 혀 때문이었다. 왕이 삼정승을 대동하고 친국하는 과정에서도 그가 얼마나 조리있게 역모의 과정을 풀어내었는지 무고라고 주장하던 남인 편당마저 박기산의 역모를 믿을 정도였다.

하지만 윤보향은 여전히 은장도를 놓지 않았다.

"은장도를 이리 주게. 네 몸속에 있는 아이마저 죽일 셈인가? 내 말을 고분고분하게 듣는다면 뱃속의 아이는 내가 잘 키워주지."

"……."

"어쩔 텐가. 오늘밤 죽은 남편의 절개를 위해 두 목숨을 죽일 것인가. 대저 절개란 무엇인가? 죽음에 몰린 약자들의 어리석은 선택일 따름이지. 게다가 당신은 나에게 한번 더럽혀진 몸이야. 부군에게 지킬 절개라도 있는 건가? 중요한 건 지금 살아 있다는 것과 생명이 있는 한 언제든지 새롭게 출발할 수 있다는 것뿐이야."

짐승 같은 천막개의 말이 윤보향의 모성을 자극했다.

그토록 열망했던 회임이었다. 삼대독자 종갓집에서 기다리고 기다리던 축복의 잉태였다. 하루아침에 죽어 마땅한 역적의 씨앗으로 바

꿰어버렸지만 어제나 오늘이나 동일한 생명이었다. 자신은 죽어도 괜찮지만 뱃속의 아이만은 죽이고 싶지는 않았다. 어미의 본능으로서 이 잔인한 운명을 타고난 생명을 보호하고 싶었다.

윤보향은 남편을 따라 죽어 마땅하지만 조금 망설였던 이유는 십 년 만에 잉태한 뱃속의 생명을 살리고 싶은 한 가닥 모성애 때문이었다.

윤보향이 칼끝을 떨면서 말했다.

"뱃속의 아이를 낳으면 정말 잘 키워줄 건가요?"

"난 한번 뱉은 말을 반드시 실행하는 사람이야."

"종이 아닌 당신의 아들로요."

"좋아, 내 아들로 거두어주지. 이제 칼을 줘."

윤보향은 칼을 건네주었다.

천막개가 옷을 벗어라는 눈짓을 주었다.

윤보향은 스스로 치마와 고쟁이를 벗어 나무 갈고리인 말코지에 걸었다. 그녀의 하얀 알몸은 회임한 몸 같지 않았다. 천막개의 눈에는 얼마 전까지 마님으로 섬겼던 몸이어서 더욱 선정적이고 도발적으로 보였다. 희고 풍염한 윤보향의 유방과 엉덩이는 천골인 통님이와 구월이와는 달리 우아하고 경건하기까지 했다.

처음 해남 녹우당에서 본 윤보향의 모습이 떠올랐다.

천막개는 주인 박기산을 따라 배에 소금을 싣고 해남으로 간 적이 있었다. 해남 윤씨 집안과는 윗대 때부터 영호남 간에 서로 교류가 있었다. 울산의 소금을 싣고 가 해남의 토산품인 해남옥, 진양주, 참게젓을 바꾸어 오곤 했다.

천막개는 소금가마를 해남 녹우당으로 옮기고 있었다. 소녀티를 갓 벗은 윤보향이 대청에 기정경단과 배숙을 가지고 왔다. 배숙은 배즙에 꿀과 생강과 대추를 넣어 달인 물이었다.

천막개는 여름 땡볕에 소금가마를 옮기느라 심한 갈증이 났지만 묵묵히 일했다.

윤보향이 박기산에게 말했다.

"드세요."

"고마워. 배숙이 참 달고 시원하네."

"저기, 땀 흘리는 염부에게도 한 그릇 줄까요?"

"그냥 나둬, 천한 종놈이 일하는 건 당연한데, 뭘."

"그래도 땡볕에 목마를 텐데, 한 그릇 줄게요."

윤보향은 녹우당에 소금가마를 나르는 천막개에게 배숙 한 그릇을 주었다.

천막개는 땀을 번들거리며 한 그릇을 단번에 들이키고는 윤보향에게 말했다.

"이 천한 종놈에게 이런 호의를 베풀다니 고맙습니다."

그 이후 윤보향은 박기산과 혼인해 울산 종갓집으로 시집을 왔다. 울산 종갓집으로 시집 온 날 족두리를 쓴 아름다운 윤보향의 얼굴을 한 번 보았고, 이후 마채 염전에서 염부와 염간으로 일하면서 봄날 소금창고에서 그 일이 있기까지 한 번도 보질 못했다.

천막개는 해남 녹우당에서 윤보향이 준 배숙 한 그릇을 마신 뒤 그녀를 사모하고 자신을 무시했던 주인 박기산에 대해 역모의 생각이 싹텄다고 느꼈다. 윤보향을 종으로 내치지 않고 첩으로 받아들여 청남당 안방에 그대로 살게 한 것은 녹우당의 배숙 한 그릇 때문이라고 생각했다.

그녀의 마지막 속곳까지 벗기고 눈을 감은 채 배를 잡고 모로 누웠다.

"윤보향, 혹시 당신이 열다섯쯤 내가 염부로 해남 녹우당에서 갔을 때 나에게 배숙 물 한 그릇을 준 걸 기억해?"

"아뇨."

"그럴 테지."

천막개는 깊은 곳에서 맹렬한 욕구가 솟아올랐다. 하지만 소금창고에서 겁간할 때와는 달랐다. 그는 무릎을 꿇은 채 경건한 마음으로 천천히 그녀의 몸을 애무하기 시작했다.

천막개는 언제까지라도 윤보향을 청남당에 머무르게 하고 싶었다. 하지만 윤보향 대신 안방마님으로 차고앉은 통님이가 문제였다. 강팔댁이 쓰던 안채 큰방을 차지한 통님이는 어제까지 자신의 주인마님이었던 윤보향에게는 차마 구박하지 못하고, 만만한 천막개에게 대놓고 윤보향을 내쫓으라고 밤낮으로 쪼아대었다.

"왜 윤보향이는 내보내지 않는 거요? 나한테는 돈 한 푼 쓰지 않더니 윤보향에게는 고기반찬에 패물까지 들이밀고! 그년의 거기는 금테를 두르고 있습디까? 나한테 그 절반이라도 해봐, 이 영감아. 그년이 아직도 당신 주인마님인 거여, 뭐여?"

"아따, 잡은 고기에 미끼 쓰는 것 봤남?"

"뭐여, 내가 잡은 고기라고 미끼를 쓰지 않는다고? 잡은 고기는 그물을 뚫고 나가버릴 테니 옛 마나님하고 둘이서 잘 사셔!"

무식한 통님이에게는 천막개의 달변도 통하지 않았다.

통님이는 열흘 안에 윤보향을 내쫓지 않으면 한양의 명남당으로 가겠다고 으름장을 놓았다. 한양의 명남당에는 벌써 전주 이씨 양반의 딸 이복춘을 부실로, 구월이를 첩으로 들여놓았다. 이 둘은 모두 회임까지 한 상태였다.

통님이가 한양에 올라가는 순간, 새로운 천씨 명문가를 이루려던 모든 계획이 산통 깨어진다.

천막개는 윤보향의 거취에 대해 고민했다. 하늘같았던 윤보향을 처음 손에 넣었을 때는 신비로운 성취감에 하늘을 날 것 같았다. 그러나 윤보향의 배가 불러올수록 기분이 떠름해졌다. 여자로서의 체형이 바뀌어 버린 데다 견딜 수 없는 것이 몸속에 옛 주인 박기산의 씨앗을 품고 있다는 사실이었다.

울산부사 이맹균으로부터 연락이 왔다.

통지문

조정의 경상도 너 관비수 조정에 따라 울산도호부의 관비 윤
보향을 동래부 교방청으로 옮기게 되었음. 노비색(노비를 관
리하는 관리)을 파견할 테니 윤보향을 동래 교방청으로 보내
주시기 바람.

울산도호부 부사 이맹균 수결

골치 아픈 문제를 한꺼번에 해결하게 하는 통지문이었다.

천막개는 이맹균의 통지문를 윤보향에게 보여주며 말했다.

"아무래도 동래 교방청으로 가야겠구나. 배도 점점 불러오는데 나
도 좀 더 붙들어두고 싶지만 어쩔 수가 없구나."

윤보향은 천막개에게 하소연했다.

"교방청이라뇨, 영감님! 이 집에서 저와 아이를 거둬주시기로 분
명히 약조하셨잖습니까?"

천막개는 베갯머리 약속 따위를 지킬 위인이 아니었다. 한양의 구월
이에게도 베갯머리로 명남당 안주인으로 들어앉히겠다고 약조했으나,
구월이 대신 전주 이씨 양반집 딸 이복춘을 안주인으로 들어앉혔다.

천막개는 뒷짐을 진 채 윤보향에게 싸늘하게 말했다.

"내가 울산부사의 명을 거역할 수는 없지 않겠나. 날이 밝으면 보
따리를 싸게."

현종 2년 신축년(1661) 8월 15일에 두 아이가 태어났다. 한 아이는 왕궁에서 태어났고, 한 아이는 기방에서 태어났다.

왕궁에서 태어난 아이는 현종과 명성왕후 사이에 태어난 숙종(肅宗)이었다. 어느 날 할아버지 효종의 꿈에 며느리 명성왕후 김씨의 침실에 어떤 물건이 이불로 덮여 있었다. 무엇인가 하고 이불을 들쳐보니 이불 속에 용이 누워 있었다.

효종이 꿈에서 깬 뒤 매우 기뻐하며 말했다.

"장차 원손을 얻을 길조로다. 꿈에 상서로운 용을 보았으니 원손의 이름을 용상(龍祥)이라 하리라."

효종은 태몽을 꾼 뒤 미리 아이의 이름을 짓고 출산을 기다렸다. 효종의 꿈대로 명성왕후가 회임해 신축년(1661) 8월 15일 경덕궁 회상전에서 왕자가 탄생하니, 궁중과 온 나라가 기뻐했다. 이 아이는 조선 19대왕 숙종으로 체구가 장대하고, 뜻이 깊고 굳세었으며, 지혜가 밝았다. 어린 시절부터 당대 최고의 학자인 송시열, 송준길, 김좌명, 김수항 등으로부터 제왕학과 사서오경, 주자를 배웠고, 최고의 무인으로부터 검도, 활쏘기, 말타기 등을 배워 문무를 겸전한 인물로 자라갔다.

송준길은 이 아이가 영특하고 행동거지 하나하나가 예모와 법도에 맞음을 보고 현종에게 고했다.

"상감마마, 왕실과 신민의 복이 실로 이 아이에게 있습니다."

신축년 같은 날, 윤보향은 남산만한 배를 움켜쥐고 울산부에서 동래부로 넘어가고 있었다. 동행하는 노비색과 함께 울산 남쪽 웅촌면 대대(大代)리 여우고개를 넘다 윤보향의 다리 사이로 양수가 터졌다. 윤보향은 여우고개 마루에 있는 빈 산전막 속으로 들어가 짚과 천으로 보금자리를 급히 만들었다. 사람이 좋은 노비색은 물지게를 찾아 계곡물을 지고 왔다. '응애응애'하는 애기 울음소리가 났다. 길 가다가 빈 산전막에 들어가 낳은 아이지만 울음소리는 우렁찼다.

박어둔이 태어나던 날, 윤보향은 산혈이 멎지 않아 짚을 몇 다발이나 더 깔아야 했다. 어미는 갓난아기의 입에 젖을 물렸다. 아이는 어미의 젖을 힘차게 빨았다. 윤보향은 하혈이 멎자 아이를 포대기에 안고 노비색과 함께 동래부로 하염없이 걸어갔다. 윤보향은 젖이 제대로 나오지 않아 마을을 지날 때마다 젖을 동냥하거나 동냥한 밥을 입안에서 잘게 으깨 아이에게 밥물을 먹였다.

'아, 이 아이에게 풀죽 한 그릇이라도 먹일 수 있었으면 좋으련만.'

아이를 안고 동래 교방청에 도착했을 때 동래기생들이 와서 모자를 보며 고개를 흔들었다.

"세상에 이런 상거지가 무슨 기생이 되겠다고 왔노."

"아는 또 뭐꼬? 이 숭악한 숭년에 왜 태어났누. 아이고, 불쌍한 것."

"기생이 혹을 달고 무슨 일을 할꼬."

"아이고, 우리야 아를 낳으면 다 뒷산에 묻어버린다 아이가."

행수가 윤보향에게 말했다.

"그래, 이 아를 키울 거가? 기생 자식을 어디다 쓸 거고. 아 하고 정 떼거라."

"……."

윤보향은 당분간 아이와 함께 북, 장구가 있는 악기방에서 기거했다.

악기방에서 갓난아이를 안고 며칠 간 망연자실 누워 있는데 행수가 다시 윤보향을 찾아와 말했다.

"그만하면 아와 이승의 인연은 맺었다. 내세에 좋은 곳에서 다시 맺도록 하고 이제 끊어라."

"……."

"우짤끼고?"

윤보향이 고개를 숙이자 눈물이 후두둑 떨어졌다.

"뒷산에 묻겠습니다. 며칠간만 더 말미를 주십시오."

"어차피 그 몸으로 일을 할 수도 없을 테니 그리 해라."

윤보향은 악기방에 있는 작은 청동방울 노리개를 아이에게 흔들어 주었다. 아이가 눈을 반짝이며 반응했다. 젖을 빠는 입술의 힘이 셌다. 아이는 고사리 같은 손으로 윤보향의 손가락을 잡고 매달렸다. 작지만 강한 힘이 느껴졌다. 뒷산에 묻어버리기엔 너무나 강한 생명의 기운을 느꼈다. 하지만 아비도 없는 축복받지 못한 탄생이었다. 그녀는 그렇게 아이와 며칠을 더 보낸 뒤 분연히 자리를 차고 일어났다.

잠시 뒤 기생오라비라는 이모악이 바지게에 삽을 들고 나타났다.

"포대기 주세요."

이모악은 바지게에 아이의 포대기를 담았다.

"저도 따라 갈래요."

"지금까지 따라온 사람은 아무도 없습니다. 그냥 계세요. 가슴만 아픕니다."

"우리 아이의 마지막 길에 함께 가렵니다."

윤보향은 주섬주섬 옷을 껴입었다.

박기산이 국가를 변란한 목적으로 이서구와 모의를 해 대역죄를 범했다는 것은 무리한 법 적용이었다. 박기산의 사형집행 직전, 영남 사림들이 천막개의 고변 지연을 문제 삼아 천막개도 역모에 가담한 것으로 탄핵하는 상소를 내었다.

"전하, 천막개도 역적입니다. 천막개는 역모를 인지한 뒤 지체 없이 고변해야 했으나 닷새가 지난 뒤에야 승정원 승지에게 고변했습니다. 적어도 지체한 오일 동안 천막개도 역모에 가담했으며 역적과 동일한 역심을 품었습니다. 하오니 역적 천막개를 즉시 파직하고 국문하소서."

뒤이어 서인의 영수인 우암 송시열이 왕에게 나아가 사형수 박기산의 감형을 요구했다.

"전하, 공자님은 논어에서 '교언영색선의인(巧言令色鮮矣仁, 교언영색은 인이 적음)'이라고 했습니다. 천막개의 말은 미꾸라지, 메기 잔등 넘어가듯 매끄러우니 그 정직성을 의심해봐야 합니다. 추관을 통해 그 근본부터 다시 살피시고, 사형수 박기산은 무기수로 감일등(減一等, 형

74

량을 한 등급 내림)하게 하소서."

　현종은 귀가 얇고 우유부단했다. 특히 중전인 명성왕후조차도 박기산의 사형에 반대하자 왕의 마음이 크게 흔들렸다. 현종은 삼국시대 이래로 역대 왕 중 유일하게 궁녀 없이 중전만으로 만족한 왕이었다. 현종이 일부일처를 하게 된 것은 정력이 약한데다 명성왕후가 기와 질투가 센 여자라서 그렇다는 소문이 돌았다.

　왕은 사림의 상소와 송시열의 요구를 받아들여 주살형 집행 직전에 박기산을 감일등하여 천리 유배형에 처하는 극적인 판결을 내렸다. 그는 함거(檻車, 죄수, 맹수 따위를 가두어 운반하는 수레)를 타고 한양에서 천리 밖인 함경도 종성으로 갔다. 박기산은 탱자나무 울타리가 있는 여막에서 일절 밖을 나가지 못하는 위리안치 형을 받았다.

업둥이 어둔

윤보향은 포대기에 싼 아이를 바지게에 지고 가던 이모악에게 말했다.

"어디로 가세요?"

"동래 뒷산 마안산으로 갑니다."

"아이를 주세요. 제가 묻고 오겠습니다."

"아이를 뒷산에 묻지 않을 거 압니다. 아이를 맡길 곳이 어딘지만 말해주세요. 제가 조용히 맡기고 오겠습니다."

윤보향은 행수와 기생오라비에게 아이를 뒷산에 묻겠다고 말은 했지만 차마 살아 있는 아이를 묻을 수 없었다. 박기산과의 살아있는 사랑의 열매이자 두 사람의 온 생애가 오롯이 담겨 있는 이 아이를 뒷산에 묻어 한 삽의 거름으로 썩힐 수는 없었다.

'그래, 이 아이만은 죽일 수 없어. 내가 반드시 살릴 거야. 네 태몽이 고래였단다. 울산 앞바다의 귀신고래.'

"헌데 당신은 왜 처음 보는 나에게 이렇게 친절을 베풀지요?"

"노비색에게 당신과 아이 이야기를 들었어요. 옛날 제가 동래상단에 있을 때 박기산 영감의 신세를 많이 졌지요. 공짜로 중국 양주까지 태워준 적도 있었지요. 그분이 저에게 베푼 것에 비하면 이건 아무 것도 아니죠."

"어쨌든 고마워요. 저는 아이와 함께 울산으로 갈 겁니다."

윤보향은 기생오라비 이모악과 함께 울산으로 갔다. 그녀는 아이가 울면 노리개인 청동방울소리를 들려주었다. 그러면 아이가 희한하게도 울음을 뚝 그쳤다.

새벽 미명에 겨우 울산 청남당 종갓집에 당도했다. 홍과 청이 뒤섞인 솟을대문의 태극무늬를 보니 애증이 교차되었다. 자신의 종이었던 천막개와 통님이가 주인을 내쫓고 주인노릇을 하고 있는 집이었다.

'저 원수의 소굴로 너를 들여보내는 이 에미의 심정은 애간장이 끊어지는 것 같구나. 허나 너는 원수의 집으로 들어가서 반드시 경주 박씨의 종갓집을 되찾아야 한다. 호랑이를 잡으려면 호랑이굴로 들어가야 한다.'

그녀는 청남당 대문 앞에 강보에 쌓인 아이를 놓은 뒤 새벽바람을 따라 사라졌다.

아이의 세찬 울음소리에 삐걱 솟을대문이 열렸다.

문간방 행랑채에서 잠자던 천영감집 도마름 두발이 울음소리를 듣고 새벽잠이 깨었다.

소리의 진원지는 대문 밖이었다.

두발은 대문을 열고 밖을 내다보니 강보에 담긴 핏덩어리 하나가 고양이 울음소리를 내며 울고 있었다.

"허, 이런, 또 누가 아기를 버렸군."

올해 들어 벌써 세 번째 버려진 아이였다. 신축 대흉년이라고 역사에 기록될 만큼 어려운 시기였다. 곡창지대인 삼남지방에서도 아사자가 속출하고, 울산부에서는 술지게미를 먹은 부부가 취중에 자기 아이를 솥에 삶아먹었다는 악소문이 떠돌고 있었다.

두발은 아이를 망통에 담아 버리려고 하였다. 그런데 조금 전까지만 해도 울던 아이가 두발을 보고 방긋방긋 웃는 게 아닌가. 아이가 울어도 버리기 힘든데 함박웃음을 웃어버리니 태화강에 던져버리기엔 너무 잔인했다. 포대기를 헤쳐 보니 사내아이였다. 두발은 마당을 살펴보았다. 새벽 찬모와 종들을 부리려고 마당에 나와 있었다. 두발은 아이의 운명을 시험하고 싶었다. 망통에 아이를 넣고 다리를 꼬집었다. 아이는 불에 덴 듯 자지러지게 울었다.

주인마님 통님이가 아이 소리를 듣고 대문으로 나왔다.

"두발아! 망통에 담겨 있는 게 무엇이냐?"

"예, 흉년에 버린 아이입니다요."

"어린 것도 생명인데 함부로 버리면 되겠느냐?"

"천막개 영감님이 업둥이는 버리라고 했습니다."

"아이가 사내냐, 딸이냐?"

"고추가 달린 놈입니다."

"그래? 이리 가져오너라."

통님이는 아이를 보았다. 아직 제대로 형체를 갖추지 않아 인간이 못된 아이지만, 반듯한 이마와 붉은 얼굴 빛, 입을 오물거리며 우는 모습에서 비범한 기운과 애처로움이 동시에 느껴졌다. 아니, 일부러 통님이 자신이 그렇게 느끼려고 하는지 모른다.

정삼품 통정대부 관직을 받은 종 천막개는 이름도 천학(千鶴)으로 개명해 한양에서 전주 이씨 이복춘을 부실로 맞아들였다. 헌데 이복춘이 명남당 안주인으로 들어가자마자 턱 하니 회임을 했다. 첩으로 들어간 구월이도 회임했다는 소식이 들리는데 정작 이들보다 먼저 천막개와 인연을 맺은 자신만이 회임 소식이 없었다. 이러다간 이 종갓집 재산을 한양의 이복춘과 구월이에게 다 빼앗길지도 모른다는 위기감이 들었다.

통님이는 망통에서 꺼낸 아이를 어르며 두발에게 말했다.

"집안에 업둥이가 들어왔다고 대감에게 알려라."

천막개는 통님이가 집안에 업둥이를 들였다는 소식에 얼굴 표정이 좋지 않았다.

천막개는 업둥이를 안고 있는 통님이에게 말했다.

"부인은 아직도 젊은데 무슨 뜬금없는 업둥이오?"

"아이고, 영감이 밤마다 올라타도 아이가 없어 업둥이로 들였는데 뭐가 잘못 됐소?"

"밤마다 올라타다니. 저런, 무엄한 발언하고는!"

"씨부랄 영감, 언제 적부터 양반이오."

"아, 갈수록 태산이군. 천출이란 정말 어쩔 수 없는 모양이군."

통님이의 막말에 천막개는 도마름 두발를 비롯한 종들 앞에서 체통이 서지 않아 민망했다.

한양의 부실 이복춘이 예의범절이 바른 것은 말할 것도 없고, 구월이마저 교양 있는 여자가 되려고 노력하는데 울산의 통님이만은 종놈의 행태가 하나도 변하지 않았다. 그렇지만 천막개는 통님이에게 옛정과 동병상련을 느껴 함부로 쫓아내지도 못했다.

천막개는 처음에는 업둥이를 반대했지만 이 아이가 한양의 여자들을 견제하는 장치가 될 수 있겠다고 생각했다. 무엇보다 통님이의 막무가내 고집을 꺾을 수 없다는 것을 누구보다도 자신이 잘 알고 있었다.

천막개는 통님이에게 근엄하게 말했다.

"흉년에 기민을 구휼하는 것은 부자들의 의무요. 새도 내 품으로 날아 들어오면 죽이지 않는 법, 내 이 집의 당주로서 이 아기를 업둥이로 받아들여 키우겠소. 자, 우리 업둥이 한 번 안아보자."

"옛수. 당신보다 훨씬 인물이 훤한 아이요."

통님이가 강보에 쌓인 아이를 내밀었다.

천막개는 아이의 얼굴을 한번 보고 다시 찬찬히 들여다보더니 고개를 갸웃했다. 그런데 어디선가 본 듯한 느낌이었다. 통념이는 업둔의 유모를 찾았으나 흉년에 젖이 말라 젖어미를 찾기가 마땅치 않았다.

천막개가 통념이에게 말했다.

"일단 이 아이를 내 지기인 웅촌의 양비에게 보내. 그 집 부인이 막 아이를 낳았는데 젖이 많을 거야. 말 젖도 있으니까 젖 걱정은 없을 거야."

"영감, 지금 업둥이라고 괄시하는 거요? 말 젖이라니!"

결국 업둔은 웅촌면 대대리에 있는, 말을 키우는 양비의 집으로 보내져 그의 아들 양담사리(梁淡沙里)와 함께 젖을 먹고 자랐다. 담사리란 '담살이'로 남의 집 행랑이나 재실에 기거하면서 그 집의 일을 해주고, 대신 품삯이나 토지를 제공받아 생계를 유지하는 사람으로 신분은 양인이다.

한편 한양의 두 여자가 잇달아 딸을 낳았다는 소식에 울산 통념이의 얼굴에는 웃음이 떠나지 않았다. 그녀는 웅촌의 말목장에서 유모의 젖을 먹고 자라던 업둔이를 불러와 천막개에게 말했다.

"영감, 이제 우리 아이 이름이나 지어주소."

"이름은 무슨, 업둥이니까 그냥 업둔(旀叱屯, 업둔)이라고 부르면 되지."

"그럼, 성은요?"

"성은 다음에 천천히 생각해보세."

천막개는 성 없이 사는 사람이 절반이 넘는데 군이 업둥이에게 자기 성을 줄 필요가 있겠느냐 하는 생각이었다.

"씨부랄 영감, 양반 씨 나락 주무르듯 언제까지 생각할 거요? 그냥 당신 성을 따라 천이라 부르면 되지."

"성씨는 아직 안 돼! 헌데 이놈은 아무리 봐도 낯설지가 않단 말이야."

천막개는 꿈에선가 어디선가 본 듯한 느낌이 들어 고개를 갸웃거렸다. 업둔은 비온 뒤의 물외처럼 무럭무럭 자라났다. 아이를 낳지 못하는 석녀인 통님이는 업둔이를 자기의 살처럼 애지중지 길렀다. 천막개는 자신의 피가 아닌 업둥이 아들이 데면데면해, 천씨 성도 주지 않았고 호적에 올리지도 않았다.

천막개의 변신

천막개가 청남당 당주가 된 뒤 새로운 천씨 명문가를 만드는 걸 최고의 과업으로 정했다. 천막개는 영리한데다 일머리가 있고, 천성적으로 부지런했다.

'부귀영화라 했다. 부(富)가 귀(貴)보다 먼저다. 박기산이 어쭙잖은 닭 벼슬로 종갓집을 지켰다면 나는 부로써 새로운 천씨 명문가를 이룰 것이다. 높은 양반 놈들이 아무리 나를 깔봐도 부자 천막개는 당하지 못할 것이다.'

천막개가 종갓집을 접수하고 난 뒤 처음으로 일한 것은 살생부를 만들어 박기산의 사람들을 모두 쫓아낸 것이었다. 마채 염전의 염간 김도상, 범서 목재 김정대, 삼산 전답 김벌산을 쫓아냈고, 종갓집과 거래하던 옥동 공방의 공장 서충지와도 거래를 끊었다. 대신 도마름에 두발, 마채 염전에 염간 김성길, 범서 목재에 양담사리의 아비 양비를 임명했고, 삼산 전답은 자신이 직접 챙겼다.

둘째로 한 것은 청남당 종갓집의 치부책(置簿冊, 금전, 물건의 출납을 기록하는 책) 장부를 수거해 모든 세수와 물목을 면밀하게 점검한 것이다. 치부책을 보니 청남당이 겉으로는 화려했지만 속빈 강정이었다. 박기산은 수익의 절반을 빈민과 민생에 구휼하고, 나머지 절반은 종갓집 제사와 문중 행사, 식객과 친인척에 쓰는 방만한 경영을 하고 있었다. 천막개는 노임을 3할이나 깎았고, 쓸데없는 문중행사를 없애고 식객은 내쫓았다. 일하지 않고 게으름을 피우는 자들은 그 자리에서 쫓아버렸다.

그 덕에 해마다 사업은 하나씩 늘어났다. 천막개가 가장 먼저 시작한 일은 울산 부사에게 뇌물을 먹여 울산부 산하 울산 공방을 인수한 것이다. 공방에서 공장 서충지를 쫓아내고 한양 마포의 공장을 불러내려, 각종 새로운 농기구와 신형 도구를 만들었다. 전통적인 농기구인 도끼, 낫, 호미, 삽, 괭이, 작두, 쇠스랑을 대량으로 생산했고, 새롭게 개량한 농기구인 톱, 풍구, 정미기, 무자위(수차)도 만들어 삼산 전답과 범서 목재, 마채 염전에 공급해 일의 효율과 생산량을 높였다.

이듬해에는 웅촌면 대대리에 있는 말 목장을 인수했다. 천막개는 쌀과 소금을 등에 지는 고된 막일을 평생해 왔던 터라 말이 얼마나 고맙고 편리한 동물인지 잘 알고 있었다. 옛날 지기인 양비에게 말 목장을 인수하게 한 뒤 말을 키워 적재적소에 배치하게 했다. 소금과 쌀, 목재와 농기구가 말에 의해 빨리 운송되면서 수익이 크게 향상되었다. 그밖에도 울산항과 개운포(開雲浦)항의 여각(旅閣, 상인들의 숙박, 화물의 보관, 위탁판매, 운송을 맡아하는 곳)을 사들이고 울산의 양조장인 술 도가를 인수했다.

천막개는 청량에 있는 선소(船所, 조선소)를 인수해 큰배를 만드는 것을 필생의 사업으로 생각했다. 그동안 소금과 쌀을 실어 나를 때 천막개는 개운포항 선주들의 배를 빌려 운반했다. 배삯을 주고나면 남은 게 없고 게다가 배는 작고 낡아 소금을 충분히 실을 수 없었다. 바다에서 난파되면 배 값까지 마채 염전에서 물어야 했다. 그는 새롭게 큰 배를 건조하기 위해서는 선소가 꼭 필요했다.

천막개는 웅촌의 말 목장을 인수해 성공시킨 양비에게 말했다.

"양비, 개운포 선소를 인수해 크고 튼튼한 배를 만들어봐."

"헌데 여기서 말이나 키웠지 배에 대해서 무지해."

"처음부터 알고 하는 사람이 어디 있나. 말을 키워 본 사람은 배도 만들 수 있네. 배는 바다의 말이지 않나?"

"알겠네."

양비는 청량의 선소를 인수해 해안 각지에서 유능한 목수, 봉범공(縫帆工), 선장(船匠)들을 찾아 모아 큰 배들을 건조했다. 하지만 육지의 건선거(乾船渠)에서 만든 첫 배가 바다에 뜨지 않고 가라앉는 바람에 큰 손해를 감수해야 했다. 천막개는 그동안 번 돈을 한꺼번에 바다에 수장시켜야 했다. 천막개는 실망하지 않고 양비에게 한 번 더 기회를 주었다. 두 번째 배는 성공이었다. 이후 개운포 청량 선소에서 크고 튼튼한 배를 많이 건조해 울산의 소금과 쌀을 동해안과 남해안 일대에 실어날아 막대한 수익을 올렸다.

하지만 그가 꿈꾸는 천씨 명문가에는 후사가 없었다.

박기산의 습격

박기산은 함경도 종성에서 위리안치로 육 년의 유배생활을 지낸 뒤 고향에 가까운 울산부 언양면 천전리로 이배되었다. 박기산은 천전리 안에서도 오 리를 더 깊이 들어간 천전 탑등마을로 유배되었다.

서글픈 유배지의 경치가 이렇게 아름다울 수 있을까. 둥글둥글한 어머니 산이 아이를 품에 안고 둥개둥개 어르는 아름다운 마을이었다. 집집마다 창문을 열면 산채 즙 냄새가 물씬 풍겨오고 대문을 나서면 옥 같이 맑은 여울물이 밀려와 두 발을 함초롬히 적시는 천혜의 경관을 지닌 곳이었다.

박기산은 이곳에서 고산 윤선도처럼 언문으로 시문을 짓고 대금을 불면서 여생을 보내기로 작정했다. 처음엔 자신의 등에 배신의 칼을 꽂은 천막개를 죽이고 싶었으나 세월이 흐르자 고변사건의 결과를 자신이 못난 탓으로 돌리며 가슴을 쳤다.

'언행에 신중을 기해야 했는데. 아, 생일날 마신 술김에 서인을 향

해 몇 마디 내뱉은 말이 역모의 빌미가 될 줄이야.'

박기산은 왕명과 형률로 내린 판결을 운명으로 받아들이고, 천막개에 대한 적의와 원망도 다 잊었다.

어느 날 옛날 범서 목재를 관리하던 마름 김정대가 천전 반구대로 찾아왔다.

김정대는 박기산에게 청천벽력과 같은 말을 했다.

"어머니 강팔댁은 그해 충격으로 돌아가시고, 작은 마님 윤보향은 천막개의 첩으로 들어갔다 동래 교방청으로 갔다고 합니다."

어렴풋이 짐작은 했었지만 막상 소식을 들으니 박기산은 하늘이 무너지는 듯했다.

박기산은 김정대에게 물었다.

"당시 아내가 회임했는데, 혹 아이의 출산 소식은 못 들었는가?"

"태중 아이는 유산되었다고 합니다."

"아, 통탄스럽구나!"

박기산은 장탄식을 했다.

김정대가 돌아간 뒤 그는 흔들리는 마음을 잡기 위해 대금을 불었다. 하지만 아무리 대금을 불어도 마음이 잔잔해지지 않았다. 하늘은 아무 마음도 없는 듯했다. 모든 불행의 원천인 천막개는 세 여자를 거느리며 아들 하나와 딸 셋을 낳았고 사업은 승승장구했다.

"천막개를 죽이고 말리라!"

천막개 놈은 반드시 내 손으로 죽이고 말겠다. 불행의 원천인 천막개를 제거하지 않고는 눈을 감을 수 없었다.

박기산은 김정대에게 말했다.

"칼을 한 자루 구해 주게."

"무얼 하시려고 그럽니까?"

"이유는 묻지 말고, 구해만 주게."

"주인님, 천막개를 죽이시려고 그러시는 겁니까? 무모한 일입니다."

"정대, 지난날 나에게 입은 한 뼘의 은혜라도 있다면 칼 한 자루로 갚아다오."

"주인님의 뜻이 정 그렇다면 구해보겠습니다."

며칠 뒤 김정대는 칼 대신 김벌산, 김도상, 서충지 세 사람을 데리고 왔다.

이들은 모두 박기산 사람이라는 이유로 청남당에서 마름직과 공장직에서 쫓겨나 갖은 고난을 겪고 있는 자들이었다.

박기산은 이들과 천전마을 암각화 아래 너럭바위에 앉았다.

병풍처럼 펼쳐진 암각화에는 사슴, 호랑이, 멧돼지, 족제비, 물고기, 고래 등 다양한 동물이 그려져 있고, 갖가지 상형문자와 사람의 얼굴과 뱃사람들이 그려져 있었다. 박기산은 바위에 새긴 그림을 등에 지고 앉았다.

그들은 옛 주인인 박기산에게 큰절을 올렸다. 서충지는 박기산을 보고 눈가에 이슬이 맺혔다. 과거 박기산이 얼마나 좋은 주인이었는지를 천막개의 극악한 홀대를 겪고서야 깨달았다.

울산 공방 공장이었던 서충지가 말했다.

"영감님, 검 한 자루를 구하신다고요?"

"그렇다."

"저희들이 주인님을 위한 네 자루의 검이 되겠습니다."

이들 넷은 반드시 도척과 같은 역도인 천막개를 죽이겠다고 옛 주인에게 맹세했다.

"고맙네. 자네들!"

박기산이 네 사람에게 물었다.

"그럼, 어떻게 천막개를 죽이겠는가? 검은 있는가?"

옥동 공장의 장인이었던 서충지가 말했다.

"주인님이 왜적에 대비하라고 병장기를 주문하셨을 때 제가 벼려 놓은 조선검이 아직 여러 자루가 남아 있습니다."

"다섯 자루면 충분하네. 자네들은 길을 터주게. 내 칼로 직접 천막개를 베고 싶네."

"알겠습니다."

"다만 다른 사람들을 결코 베어서는 안 되네."

"알겠습니다."

"김벌산은 종갓집을 미리 정탐하여 습격 날짜를 정하게."

"알겠습니다."

박기산은 그들에게 말했다.

"이번 일이 끝나면 배를 타고 대만으로 가세. 그곳에는 나의 벗,

정성공(鄭成功) 왕이 우리를 맞아줄 것이네. 나와 함께 가지 않겠나?"

"네. 함께 가겠습니다!"

모두들 뜻을 같이 했다.

"주인님, 후회는 없습니까? 과연 천막개를 죽이는 것이 최선의 선택입니까?"

김벌산이 마지막으로 묻자 박기산이 칼을 내리치듯 단호하게 말했다.

"후회는 추호도 없네. 이건 정의를 세우는 일이야! 하늘이 벌을 내리지 않는다면 나 혼자라도 벌을 내리겠네. 자네들은 언제든지 관둬도 좋아."

"알겠습니다. 주인님과 함께 하지요."

"이제 우리에게 반상의 차별은 없네. 지금부터 자네들은 나의 종이 아니라 동지들이야. 앞으로 날 영감님이라고 부르지 말고 박동지라고 부르게."

천전리 암각화는 자연과 인간, 인간과 신이 하나가 되어 어우러지는 공간이다. 그곳은 옛 조상들이 하늘에 제사를 지내고 축제의 장을 펼치던 곳이었다. 하지만 박기산과 네 사람은 천막개를 살육하기 위한 계획을 세웠다.

박기산은 넷과 함께 바위에 무릎을 꿇고 하늘에 맹세했다.

"천지신명이시여, 우리 오형제는 비록 태어난 날은 다르나, 한날 한시에 죽기를 원하나이다. 반드시 간흉 천막개를 죽이고 정의를 바로 세우겠습니다. 우리의 걸음을 도우소서."

습격의 음모는 노을이 질 때까지 계속되었다. 어둠이 내려와 바위의 온기를 식힐 때쯤에 다섯 사람은 자리에서 일어났다.

암각화 뒤의 석가산에서 부엉이가 울고 있었다.

그믐날. 칼로 무장한 다섯 그림자가 배를 타고 태화강을 타고 내려왔다. 태화강 갈대숲에 배를 숨기고 다섯 그림자는 태화동 청남당 종갓집으로 빠르게 이동하고 있었다.

청남당에 당도하자 김벌산이 큰 목소리로 불렀다.

"이리 오너라!"

"한밤중에 웬 사람이우?"

하인 하나가 횃불을 들고 얼굴만 내밀며 문을 열자 김정대가 칼로 위협해 문을 열고 모두 안으로 들어갔다.

마당은 조용했고, 사랑채에는 불이 밝혀져 있었다. 그런데 갑자기 어둠 속에서 십여 명의 사람들이 창과 칼을 들고 공격해왔다. 순식간에 서충지의 목이 달아나고 김도상의 배가 창에 꿰었다. 피를 본 김정대는 칼을 빼어 닥치는 대로 베었다. 핏물이 어둠을 적셨다. 김벌산은 박기산을 호위해 사랑채로 향했다.

박기산은 사랑방 문을 열어젖히고 고함을 질렀다.

"꼼짝 마라. 천막개놈아!"

아무도 없었다.

김벌산이 사랑채 뒷방을 열었다.

어린 아이 하나가 당돌하게 좌정을 한 채 앉아 있었다.

"이 야심한 밤에 누구시기에 무례하게 제 아버지를 찾사옵니까?"

보아하니 천막개가 통남이에게 낳았다는 아들이 분명했다.

"네 아버지는 어디에 있느냐?"

"지금 한양에 가고 없사옵니다."

"거짓말 마라. 이 방에 있다는 걸 알고 왔다!"

칼을 빼든 박기산의 눈에 불꽃이 당겨졌다.

'내 아이를 죽인 원수의 아들놈! 천막개가 없다면 너를 죽여 천막개의 대를 끊어 마땅하다!'

박기산은 파리도 칼날에 앉으면 두 조각난다는 날선 백련강을 들고 있었다. 서충지가 옥동 공방에서 백 번을 벼려 만든 칼이었다.

"에잇!"

박기산이 칼로 아이의 목을 치려는데 아이가 또록또록하게 말했다.

"당신은 역적 박기산 아닙니까?"

역적 박기산이라는 말에 그는 멈칫하며 말했다.

"네 애비 천막개야말로 무고한 사람을 참소해 죽인 역적의 우두머리다."

"그렇지 않습니다. 제 아버지는 역적 박기산을 물리치고 왕실을 보전한 분입니다."

"어린 놈이 뭘 안다고 나불거리는 거냐! 네 놈을 단칼에 베리라."

박기산은 칼을 들고도 선뜻 내리치지 못했다. 죄 없는 어린아이여서 그런가? 그보다도 아이를 보고 뭔가 베어서는 안 될 것 같은 이상한 기운을 느꼈다. 좌등에 비친 아이의 얼굴이 마치 자기의 어릴 때의 모습을 보는 듯했다. 천막개가 통님이에게 낳은 아들이 어찌 이리도 나를 닮았단 말인가.

"아버지께서 늘 저에게 말씀하셨습니다. 가까운 천전리에 임금님을 능멸한 천하의 역적 박기산이 사는데 언제 우리 집에 쳐들어올지 모르니 항상 조심하라고요."

"고얀, 에잇!"

박기산이 업둔을 칼로 베려는 순간 '탕, 탕, 탕' 하는 총소리가 들렸다. 총성은 사랑채 벽장에서 울려나왔다.

박기산이 갑자기 칼을 떨어뜨리면서 옆구리를 잡고 쓰러졌다.

벽장에서 시커먼 그림자가 튀어나왔다.

"뒈졌나?"

아무리 어두운 곳에서도 정확하게 알 수 있는, 툭사발 같은 목소리의 주인공, 천막개였다.

순간 박기산은 비틀거리며 일어나서 황급히 도망쳤다.

마당에서도 상황은 종료되었다. 칼을 들고 사랑채 문을 지키던 김정대는 칼잡이의 칼을 맞아 요참(腰斬, 허리가 잘려짐)되었다. 천막개와 그 아들을 죽여 복수하려던 계획은 무고한 인명만 희생한 채로 처참한 실패로 끝나고 말았다.

달포 전 천막개는 자신의 오래된 심복인 도마름 두발을 불렀다. 두발은 전국을 떠돌아다니다 울산 마채 염전에서 천막개 밑에서 염부로 일하다 천막개가 청남당 당주가 되자 도마름이 되었다. 두발은 남의 비밀을 잘 캐서 알려주는 발쇠꾼이었다. 큰 재산과 많은 사람을 관리하는 천막개에게는 발쇠를 잘 서는 두발과 같은 사람이 필요했다.

두발은 오동나무 상자를 열었다.

"주인님이 찾던 물건입니다."

"오, 소문으로만 듣던 호신용 화란 단총이군."

손잡이는 나무이고 총신은 쇠로 된 필록(톱니바퀴식 발화장치)식 삼연발 권총이었다.

"옛날 박기산 충복들의 움직임이 심상치 않습니다."

"충복들이란 김정대, 김벌산, 김도상, 김씨 세 놈에 서충지겠지."

"맞습니다."

"천전리 입구에 정탐은 세워 놨는가?"

"예. 마을사람들에게 돈을 주고, 그곳으로 출입하는 사람들을 일일이 파악해 보고하라 했습니다."

"음모를 꾸미고 있는 게 분명해. 충복들 중에 김벌산이 부양가족도 많고 마음이 여리니 손을 써보게."

"알겠습니다."

천막개는 도마름 두발을 통해 김벌산을 포섭했고, 박기산의 습격 날짜를 유도했다. 두발은 전국에서 이름난 칼잡이들을 고용해 김정대, 김도상, 서충지를 죽였고, 천막개는 단총으로 박기산을 쏘아 쓰러뜨렸다. 총을 두발이나 맞은 박기산은 피를 흘리며 도망갔지만 십중팔구 죽었을 것이다.

천막개는 왠지 업둥이가 옛 주인 박기산을 닮았다고 생각했다. 박기산이 윤보향과 짜고서 업둥이를 청남당에 넣었을 수도 있다고 생각해 이번에 업둥이를 시험해보았다. 박기산이 업둥이를 단칼에 죽이려는 것을 보고 그런 생각이 기우였음을 알았다. 정보가 정확한 두 발을 통해 기생 윤보향은 아이를 낳자마자 동래 뒷산에 묻었다는 소식도 들었다. 이제 업둔을 의심할 이유는 사라졌다.

더욱이 업둔이는 어린 나이에도 역적 박기산에 대한 적대적인 태도와 생명을 바쳐서라도 천막개를 지키려고 하는 모습을 보였다. 통넘이와는 달리 천막개는 그동안 업둥이를 살갑게 대하지 않았다. 하지만 이번 습격사건을 계기로 성도 없이 자란 업둥이에게 자신의 성인 천씨를 주고 천어둔(千於屯)으로 호적에 올렸다. 천막개는 천어둔을 자기의 철학으로 키워 후사로 삼고 싶었다.

천어둔이 일곱 살이 되자 천막개는 서당에 보내기 위해 아이와 함께 이동영(李東英)의 월진촌 이휴정을 찾았다. 천막개는 이휴정으로 가면서도 벼슬도 없는 일개 진사에게 한양의 정삼품 대감이 직접 가야하나 생각했다.

'이 천막개의 아들을 가르치다니 시골 훈장으로 큰 광영이지.'

그는 태화강변에 아름답게 지어진 이휴정에 당도하여 큰소리로 외쳤다.

"이리 오너라! 천 영감 왔다!"

"돌아가시오. 하극상을 일으킨 자는 비록 영감의 자식이라도 받지 않소."

"뭐라? 하극상이라고! 네 놈이야말로 지금 하극상을 범하고 있어! 어디서 진사 나부랭이가 정삼품 통정대부를 무시하느냐, 어서 썩 나오지 못할까!"

이휴정의 문이 열리며 이동영이 나와 말했다.

"전 시골선비에 불과하오만, 제가 배운 공맹의 도로는 이 아이를 제자로 받을 수 없소이다!"

"이, 이놈이 어디다 주둥아리를 함부로 놀리느냐. 네 놈이 진정 대매에 맞아 죽기를 작정하였느냐!"

그때 어린 업둔이가 나서며 말했다.

"아버지, 참으셔요. 그리고 스승님, 절 받으십시오."

이제 고작 일곱의 아이가 땅바닥에 엎드려 깍듯이 큰절을 했다.

"스승님께서 허물이 있으면 비록 대감의 자식이라도 받지 않는다고 하셨는데 '유교무류(有敎無類, 가르침에는 차별이 없음)'라는 성현의 말씀도 있습니다. 스승님은 사람을 차별하지 않아 양반의 자식뿐 아니라 서자와 천민의 자녀까지도 제자로 받는다고 소문이 나 있습니다. 부디, 저를 제자로 받아주십시오."

이동영이 보기에 아이가 조리있게 말하는 모습이 천방지축으로 날뛰는 무식한 제 아비와는 딴판이었다. 이동영은 어릴 적부터 박기산, 박창우(朴昌宇)와 함께 어깨동무였다. 한양과 동래를 함께 오가고 배를 타고 멀리 울릉도도 같이 다녔다.

박기산을 고변한 천막개의 아들을 가르치라니 속이 메스꺼울 정도였지만 똑똑하고 예의바른 천어둔을 보니 슬그머니 인재에 대한 욕심이 났다. 이동영이 과거에 합격했으나 중앙의 벼슬을 마다하고 낙향한 것은 고향마을 울산에서 서당을 열어 인재를 길러보기 위함이었다. 지금까지 이휴정 정자에서 반상의 구별 없이 다양한 재능을 모아 가르치고 있지만 인재를 찾지 못해 실망하던 차였다.

이동영이 어둔에게 말했다.

"소문에 듣기론 네가 천자문과 동몽선습, 명심보감과 소학까지 떼었다던데 글귀를 읊으면 대구를 하겠느냐?"

"한번 불러 주십시오."

이동영이 명심보감의 앞 구를 불렀다.

"자왈 위선자 천보지이복(子曰 爲善者 天報之以福, 선을 행하는 사람은 하늘이 복을 내림)하니."

"위불선자 천보지이화(爲不善者 天報之以禍, 악행을 행하는 사람은 하늘이 재앙을 내림)이니라."

업둔이 거침없이 뒤 구를 대었다.

아직도 분을 삭이지 못한 천막개는 둘이 무슨 보지타령을 하는 것인가 지켜보고 있었다.

명심보감, 천자문, 동몽선습, 소학을 모두 시험해본 이동영은 한숨을 쉬었다.

천막개가 장죽을 피우며 이동영에게 말했다.

"우리 아이를 한번 맡아볼 텐가?"

"전 맡을 생각이 없습니다."

천어둔이 이동영에게 말했다.

"스승님, '이휴정(二休亭)'란 뜻은 둘이 쉬어가는 정자라는 뜻 아닙니까. 군신, 부자, 부부, 장유, 붕우가 삼강오륜의 뜻을 받들며 쉬어가도, 스승과 제자가 이곳에서 글을 읽으며 쉬는 것만큼 아름다운 모습은 없다고 생각합니다. 부족하더라도 소인을 제자로 받아주소서."

이동영은 천어둔의 이 말을 듣는 순간, 비록 원수의 아들이지만 놓치지 말아야겠다고 생각했다. 몸에 숙환만 없다면 이놈이 아무리 똑똑해도 받지 않을 것이다. 하지만 자기의 수명을 점쳐본 결과, 길게 살아봤자 불과 몇 년이었다.

이동영이 천막개에게 고개를 숙이며 말했다.

"영감님, 내일부터 이휴정에 보내 주십시오. 이 아이는 장차 퇴율(退栗, 퇴계와 율곡)을 잇는 학자가 될 것입니다."

"퇴율이라면 젯상에서 물린 밤이 아닌가?"

이동영은 기가 막혔다. 퇴율도 모르는 이런 작자가 당상관이 되어 있으니 나라가 이토록 어지러운 것이리라.

"퇴율이란 해동의 성현, 퇴계 이황과 율곡 이이를 말합니다."

"으흠, 성현도 실족하면 젯상에서 물린 밤이 된다는 뜻으로 말한 게야. 내 아이를 받는 것을 광영으로 생각하게."

이동영은 하늘을 보며 한숨을 쉬었다.

'참으로 하늘은 공평치 못하다. 저런 도척 같은 자 밑에서 어떻게 이런 아이가 나올 수 있단 말인가!'

스승 이동영

이동영은 가르침에 차별이 없었다. 학동들은 김가을동(金加乙洞), 서화립(徐化立), 김자신(金自信), 이환(李還), 양담사리, 김득생(金得生) 등 서얼이나 천민의 자제 중 똑똑한 아이들을 받아들여 글을 가르쳤다. 벗 박기산이 아끼던 사람의 아들들은 학비 없이 무료로 받아주었다. 학생들 중 김득생의 이종사촌 형인 동래사람 안용복(安龍福)은 특별했다. 안용복은 천어둔보다 열두 살 많았는데 배우기를 좋아해 울산 외가에 올 때마다 이휴정에 들러 청강했다.

이동영은 주자의 성리학을 가르치면서 간혹 현장학습도 병행했다. 십 리 대밭 길을 함께 걷기도 했고, 태화강에서 염포를 지나 개운포까지 배를 타고 가기도 했다.

이동영은 학동들과 함께 배를 타고 개운포 처용암으로 가 처용설화를 들려주기도 했다.

"저 바위가 처용암이라는 것이다. 처용은 신라인이 아니라 먼 아라비아국에서 온 상인이다. 먼 바다로부터 왔으며, 심목고비(深目高鼻, 눈은 깊고 코는 큼)한 모습이었다고 하는 기록이 있다."

민간에 그려진 처용의 모습은 콧날은 매부리코처럼 굽었고, 눈매는 깊게 파였으며, 이마 뼈는 튕길 듯 두드러져 이국적인 분위기가 물씬 풍기는 얼굴이었다. 처용과 같은 이국적 모습은 괘릉을 지키고 있는 무인석과 고분에서 출토된 신라 토우에서도 나타났다. 이는 신라 당시에도 개운포와 울산항은 국제항으로서 이 일대에 아라비아와 천축(인도) 상인들이 드나들었다는 것을 의미했다.

배는 처용암을 지나 울산 외황 목도항에 내려 목도장시와 개운포 선소에 내려 소장인 양담사리의 아버지 양비를 만났다. 양비는 웅촌 대대리에서 말목장을 관리하다 개운포 선소를 인수하고 선소장이 되었다. 선소는 판옥선, 곡물운반선인 조운선과 전선 등 작은 배와 큰 배를 여러 척 만들고 있었다.

양비는 천어둔과 이동영을 반갑게 맞았다.

어둔이 양비에게 물었다.

"우리가 타고 온 배는 작지만 안정감이 있는 것 같았습니다."

"도련님, 그게 바로 우리 고유의 한선(韓船)이기 때문입니다. 이순신 장군은 바로 저 판옥선 위에 철갑을 씌워 거북선을 만들었지요. 우리가 만든 배는 선수가 예리한 중국의 융극선(戎克船, 정크선)과 외판이 얇은 일본의 안택선, 대화형선과는 완전히 다른 튼튼한 배입니다."

"그러면 먼 바다에도 갈 수 있겠네요."

"그렇지요. 우리 배는 밑바닥이 넓고 튼튼한 평저형선(平底型船)이라 흔들림이 적습니다. 우리나라는 삼면이 바다에 둘러싸이고 내륙에도 강과 하천이 많아 일찍부터 배를 잘 만들어 이용해 왔습니다. 신라시대는 우리 해운이 매우 발달한 시기였고, 바로 울산의 개운포항이 해운과 바다무역의 중심지였습니다. 처용의 설화에서도 알 수 있듯이 개운포의 선박은 멀리 아라비아와 인도, 안남과 일본 등지에서 온갖 진귀한 물화들을 싣고 오갔습니다."

양비는 개운포 선소에 관해서도 말했다.

"우리 선소는 일 년에 배를 50척씩 생산하는 큰 선소입니다. 연안 어선과 상선이 주종을 이루지만 그중에는 외양을 나가는 해선, 곡물을 운반하는 조운선과 같은 대형선도 있습니다."

이동영이 말했다.

"오늘 저에게도 좋은 공부가 되었소. 다음에는 우리 학동들과 꼭 울릉도와 우산도(于山島, 독도)에 가고 싶소."

"알겠습니다. 그때는 제가 직접 배를 운항해서 모시겠습니다."

"고맙습니다."

이동영이 가르치는 이휴정에는 울산뿐만 아니라 경상도 전역에서 우수한 인재들이 많이 모였다. 그중에 천어둔은 문일지십(聞一知十, 하나를 들으면 열을 앎)의 탁월한 학습능력에다 날카로운 질문을 해 지식을 습득했다.

천어둔이 맹자를 배우다 이동영에게 질문했다.

"선생님, 맹자는 인간의 본성이 착하다는 성선설을 주장했습니다. 아이가 우물에 빠지면 누구나 건져주고 싶은 측은지심이 일어난다고 하지 않았습니까?"

"맹자님이 그렇게 말씀하셨지."

"그런데 그렇지 못한 까닭은 무엇입니다. 저희 청남당 습격사건을 아실 것입니다. 역적 박기산은 나라에 죄를 짓고도 모자라 저희 집을 습격해 닥치는 대로 칼을 휘둘러 사람을 죽였습니다. 공자님 시대에도 도척이 있다고 들었지만 과연 그와 같은 사람에게도 인이 있다고 하겠습니까?"

"고통을 겪은 네 마음을 알 것 같구나. 박기산에게도 왜 거울 같은 마음이 없었겠는가. 충신과 역적은 백지장 한 장 차이다. 이순신 장군은 역적으로 몰려 경옥에까지 투옥되기도 했지만 충신의 사표가 되지 않았는가. 도척도 원래는 사단인 인의예지가 있었을 게다. 하지만 착한 본성의 거울을 맑게 닦지 않아서 살인귀가 되었으니 도척조차 본래 착한 본성이 없다고는 할 수 없는 것이다. 어찌 성인의 말씀이 틀렸다고 할 수 있겠느냐."

수업은 계속 이어졌고 학동들은 한 목소리로 책을 읽기도 했다.

수업이 끝나고 아이들은 귀갓길에 올랐다.

고상식 건물의 이휴정 아래에서 몰래 수업을 듣던 여인이 어둔을 그림자처럼 따라붙었다.

"어둔 학동! 잠시 같이 걸을 수 없을까."

"집으로 가는 길이긴 합니다만 누구신지요?"

태화강변의 푸른 대밭 길은 흰 백사장을 따라 십 리나 이어져 있는 울산의 명품 길이었다.

"이동영 선생의 먼 인척 되는 사람이야."

"아, 그러신가요."

"아까 수업을 들었는데 학생은 박기산을 도척과 같은 사람으로 생각하는가?"

작년에 일어난 천막개 습격사건은 많은 사상자가 생겨 울산뿐만 아니라 영남 일대에 널리 알려진 사건이었다.

"예. 박기산이 도척이 아니라면, 어떻게 무고한 사람을 함부로 죽일 수 있단 말입니까!"

"사람이 모기 한 마리를 잡아 죽이는 데도 이유가 있지. 하물며 사람을 죽이러 집으로 들어갔는데 반드시 무슨 곡절이 있지 않겠니?"

"역적 박기산이 저희 아버지에게 원한을 품고 있는 것을 모르는 바 아닙니다. 제 아버지를 원망할 것이 아니라 자기 자신의 역심부터 먼저 반성해야 합니다. 임금님께서 사형을 면해 반성할 기회를 주었음에도 다시 역심을 품고 사람을 함부로 죽인 박기산은 도척이나 다름없다고 생각합니다."

"어둔 학동, 언젠가 네가 커서 박기산의 행동을 이해할 날이 올 것이다."

윤보향은 목에서 뜨거운 것이 치밀어 올라 차마 말하기가 힘들었다.

"어린 저에게도 선악을 가리는 시비지심이 있습니다. 제 생애에서 박기산의 행동을 이해할 그럴 일은 없을 것입니다."

"앞일은 아무도 알지 못한단다. 어둔아, 열심히 공부해라. 과거 급제하면 다시 너를 찾으마."

십 리나 펼쳐 있는 푸른 대밭에서 바람이 소슬하게 불어왔다. 이 아이를 회임하고 얼마나 자주 걸었던 십 리 대밭 길이었던가. 그런데 지금 자기의 아들을 천 영감집에 업둥이로 밀어 넣고 기생으로 사는 몸이 한없이 부끄럽고 서글펐다.

윤보향은 헤어지기 전 어둔을 꽉 껴안고 싶었으나 저고리 섶을 잡고 참았다.

"이걸 선물로 주마."

작은 방울 두 개가 마치 쌍떡잎처럼 마주본 채로 막대기 끝에 달려 있는 청동방울이었다.

"책을 읽다 지치거나, 힘들 때 이걸 흔들어 보렴. 너에게 힘이 될 거야."

"고맙습니다."

윤보향은 돌아서서 옷고름으로 눈물을 훔치며 탄식했다.

'아, 이 아이를 원수의 집에 업둥이로 넣다니, 내가 어미로서 참 몹쓸 짓을 했구나.'

윤보향은 눈물을 닦은 옷고름을 사려 물고 다짐했다.

'하지만 반드시 내 아이와 잃어버린 종갓집을 되찾을 것이다.'

이동영의 이휴정에 친한 벗 박창우가 찾아왔다. 박창우는 호가 괴천으로 이동영과 더불어 진사시에 동방급제(同榜及第, 이름이 같은 방에 올라 급제함)한 인재였다. 박창우는 학동들을 앞에 두고 책을 든 채 이휴정 기둥에 힘없이 기대앉은 이동영에게 말했다.

"이휴정, 자네의 호대로 이제 그만 쉬게나. 그렇게 불철주야 아이들을 가르치니 쇳덩이 몸인들 남아날까."

"괴천, 나도 역을 보고 내 팔자와 운명을 점칠 줄 알아. 내 살 날이 그리 오래 남지 않았네."

이동영은 아이들과 십 리 대밭에 들었다가 갑자기 내려치는 비를 후줄근히 맞고는 기운이 쑥 빠져 집에 돌아와 드러누웠다. 이후 폐를 다쳐 흉부에서 흉통과 호흡곤란을 느꼈고, 때로는 가래에 피가 섞여 나오기도 했다.

박창우는 성리학에 밝을 뿐만 아니라 주역과 풍수지리, 점성술 등에 발군의 실력을 갖추었다. 당대 학자들 사이에서 고려 때 주역의 최고봉 역동선생 우탁에 비견하여 세칭 조선조의 역남선생(易南先生)이라 불렸다. 게다가 선무도와 실학까지 익혀 팔방미인으로 알려졌다.

"이휴정, 나쁜 팔자는 믿지 말게. 팔자는 그렇게 믿는 사람에게만 이루어지는 것일세. 모든 역의 책에는 다음과 같이 마무리 되네. 팔자 좋음이 관상 좋음만 못하고 관상 좋음이 신체 좋음만 못하고 신체 좋음이 마음 좋음만 못하다네. 자네가 그런 약한 마음을 먹으면 울산에서 학풍은 누가 일으키나."

"알겠네. 하지만 내가 만일 힘들게 되면 자네가 울산으로 내려와 나의 뒤를 이어 이 아이들을 가르치게."

박창우는 영천 초야에 묻혀 주역을 연구하며 살고 있었다.

"음, 그건 생각해보겠네만."

"그리고 지난번 울산서당 설립 건 말이야. 그것도 빨리 시작해야 되네. 이제 시간이 없네."

"이 사람 내일 당장 큰 강을 건널 사람처럼 말하네, 그려. 알겠네."

주역 점을 모르고 눈치 점만 칠 수 있어도 이동영의 생명이 위태로운 상태라는 걸 알 수 있었다. 그는 학동들을 위해 오랫동안 너무 많은 정열을 쏟아 부었던 것이다. 박창우가 다녀간 뒤 달포 만에 이동영은 자리에 쓰러져 일어나지 못했다.

스승 박창우

　천어둔과 학동들은 이동영의 장례를 치른 뒤 괴천 박창우 문하로 들어가 새로운 기풍의 학문을 배우기 시작했다.

　박창우는 이동영의 뜻을 이어 구강서원의 전신인 울산서당을 지어 학동들을 가르쳤다. 반구동 울산서당은 배산임수의 명당에 자리 잡았다. 앞으로는 태화강이 유유하게 흐르고, 뒤로는 창천과 병산이 병풍처럼 둘렀으니 길지 위에 터를 닦았다. 이곳에서 박창우는 학생들에게 공부뿐만 아니라 호연지기와 기상을 가르쳤다.

　이동영이 사서오경의 명경과 강학에 정통한 유학자였다면, 박창우는 주역과 제술, 책(策)에 능하였다. 뿐만 아니라 풍수지리와 손오병법, 제방축조와 기기용법의 실학을 두루 갖추고 있는 대학자였다.

　박창우는 학생들을 산과 강, 들과 바다로 데려가 현장에서 공부를 가르쳤다. 여름이면 태화강에 멱을 감기며 헤엄으로 태화강을 건너가게 했고, 겨울이면 막대기를 들고 토끼몰이에 내보냈다.

박창우는 개운포 바다에서 학생들에게 말했다.

"너희들, 저기 울산 앞바다를 보아라. 두려워하지 말고 내면의 소리에 귀를 기울여라. 저 바다 너머에 있는 울릉도와 우산도가 너희를 부르는 소리가 들리지 않느냐?"

천어둔이 물었다.

"그곳은 어떤 곳인가요?"

박창우는 청년시절 박기산, 이동영과 함께 갔던 기억을 되살리며 말했다.

"울릉도는 꿈과 전설이 있는 섬이기에 소중하다고 믿는다. 우리는 신문왕이 꺾었다는 만파식적 대나무를 찾아서 울릉도와 우산도를 온통 돌아다녔지."

만파식적 설화는 삼국유사에서 나온다. 신문왕 2년, 동해안에 있는 작은 섬이 감은사로 향하여 온다고 하여 왕이 이견대에 가서 보니, 섬은 거북의 머리 같았고 그 위에 대나무가 있었는데, 낮에는 둘로 나뉘고 밤에는 하나로 합쳐졌다. 왕이 그 섬에 들어가니, 용이 그 대나무로 피리를 만들면 천하가 태평해질 것이라 하여, 그것을 가지고 나와 피리를 만들어 보관하였다. 나라에 근심이 생길 때 이 피리를 불면 평온해져서, 만파식적이라 이름을 붙였다.

박창우 선생은 대나무가 많은 그곳이 울릉도가 틀림없다고 했다.

"지증왕을 비롯해 이사부(異斯夫) 문무왕 김유신 등은 모두 그 섬에 들어가 위대한 보물을 찾았지."

"스승님은 울릉도에서 만파식적 대나무를 찾았나요?"

"찾지 못했다. 앞으로 너희들이 직접 울릉도와 우산도에 가서 찾아 보아라. 가는 길에 귀신고래들이 물을 뿜고 너희들을 맞이할 것이다."

"귀신고래가 있습니까?"

"그래, 귀신고래를 탈 수 있는 사람은 바다의 제왕이 된다는 전설이 있다. 너희들은 바다를 누비는 고래의 꿈을 가져라."

박창우는 학생들에게 마음껏 상상의 나래를 펼치게 했다. 학생들은 위대한 전설을 찾아 바다로 가는 꿈에 부풀었다. 어둔은 이동영 선생 때부터 가고자 했던 울릉도를 꼭 한 번 가고 싶었다.

만파식적(萬波息笛)

해질녘 무렵 어둔이 울산학당에서 수업을 마치고 돌아오는 길에 대금소리를 들었다. 태화강 언덕에서 들려오는 소리였다.

어둔은 자기도 모르게 대금소리가 나는 곳으로 발길을 돌렸다.

"아저씨 소리가 너무 구성지고 멋져요. 이거 울릉도 대나무로 만든 만파식적 아니에요?"

어둔은 며칠 전 들은 스승의 말을 떠올리며 말했다.

"하긴 울릉도 향죽으로 베어 만든 것이긴 해."

"이걸 불면 바다에 일렁이는 파도도 잠잠하게 할 수 있나요?"

"글쎄다. 마음에 일렁이는 파도는 잠재울 수 있겠지."

"저도 한번 불어볼 수 있을까요?"

"자, 불어봐."

어둔은 대금을 불어보았으나 삑삑 소리만 났다.

"처음에 소리만 나도 잘 부는 거야. 너에게 이걸 줄 테니 너도 한

번 배워보렴. 쓸쓸하고 외로울 때는 이만한 게 없지.”

“이걸 정말 저에게 주실 거예요?”

“그럼, 난 또 얼마든지 구할 수 있어.”

“당신은 누구세요?”

해질녘 어스름에 얼굴을 잘 볼 수 없었지만 낯선 사람 같지는 않았다.

“그냥 바람처럼 전국을 떠돌아다니는 사람이야.”

“어디선가 뵌 듯한데 잘 기억이 나지 않아요.”

“그렇게 말하니까 아저씨도 널 본 듯해. 이제 나는 저 강물을 따라 흘러갈 것이다.”

“말 그대로 흘러 다니시는 유랑객이군요.”

“만남은 인연이지만 관계는 노력이지. 언젠가 다시 볼 날이 있을 거다.”

그는 어둔의 손을 조용히 잡은 뒤 바람처럼 떠났다.

이후 어둔은 유랑객 아저씨가 준 대금소리에 매료되었다. 그는 울산의 대금 명인 선생을 찾아 대금을 배웠다. 만남은 인연이지만 관계는 노력이라 했던가. 노력해서 배운 대금이 사라진 아저씨와 보이지 않는 관계를 맺어주는 것일까. 대금을 불 때마다 어둔은 아저씨가 생각났다.

안용복과의 만남

박창우는 강학시간 외에 태화사에 기거하는 전라도 중 뇌헌과 동래상인 안용복을 불러 특강을 시켰다. 태화사 중 뇌헌은 선무도와 무예 24반을 익힌 스님으로 아이들의 심신단련을 책임졌다.

뇌헌은 선무도를 가르칠 때 줄탁동시(啐啄同時)를 강조했다.

"너희들은 병아리가 알에서 나오는 걸 보았는가? 삼칠일(21일)이 지나면 알 속 병아리는 밖으로 나오려고 연약한 부리로 '토도도독' 알을 쪼지. 그러더라도 어미닭은 가만히 보기만 한다. 계속 병아리가 부리로 쪼아 껍질에 금이 가고 머리가 밖으로 나오려고 할 즈음, 어미닭이 억센 부리로 한방 탁 쪼아 껍질을 깨트리지. 그렇게 줄(啐, 쫌)과 탁(啄, 깨트림)이 동시에 일어날 때 새로운 세계가 열리는 법이다. 너희들이 끊임없이 무도를 수련할 때 내가 한 번씩 가르쳐 깨트려주마."

길들지 않은 부룩송아지 같던 김가을동은 무술을 통해 자신을 다듬어갔다. 어둔은 문무를 겸비해야 인격의 조화를 이룰 수 있다고 생

114

각해 열심히 무술을 익혔다.

학생들이 가장 즐거워하는 시간은 안용복의 이야기 특강이었다. 안용복은 한 번씩 울산 외가에 올 때마다 이종사촌 김득생과 함께 서당을 찾았는데 안용복은 신기한 경험담과 구수한 입담으로 학생들에게 인기가 좋았다.

천어둔보다 열두 살 위인 안용복은 젊은 나이에 돌아다니지 않은 곳이 없었다. 안용복은 일찍이 왜관에 출입하여 일본어를 익히고 동래상인이 되어 상선을 타고 울릉도와 제주도, 대마도와 일본, 대만 등을 오가며 인삼, 어물, 생사, 담배 장사를 했다. 동시에 수영의 능로군(수군)이 되어 배를 타고 남해와 동해 바다를 누볐다.

그는 학생들에게 자신이 배를 타고 제주도와 일본을 다녀온 경험을 때로는 과장되게 때로는 진지하게 들려주었다.

"일본 나가사키란 항구에는 화란과 영국의 큰 배들이 수시로 들어오는데 배에서 내린 유럽 사람들은 모두 머리가 노랗고 눈은 파랗고 피부는 새하얗지."

"사람의 피를 빨아먹고 눈알을 파먹는다는 서양귀신들 아닌가요."

"서양 사람들은 생각보다 잔인하지 않아. 한때 우리나라에도 수십 명이 있었지."

"우리나라에도 있었다구요?"

"하멜을 비롯한 화란인 수십 명이 일본으로 가다 태풍을 만나 우리나라에 들어온 거지."

"그럼, 하멜을 만나봤어요?"

"그들과 만난 건 우연이었지."

경상좌수영에 능로군으로 있던 안용복이 어느 날 전선을 타고 전라좌수영으로 가게 되었다. 경상좌수영과 전라좌수영이 남해안에서 합동작전을 펼치는 정례적인 해상훈련이었다. 안용복은 그곳에서 일군의 낯선 무리를 보았다. 푸른 눈에 키가 크고 얼굴이 희어 단박에 서양인이라는 걸 알게 되었다. 해상훈련을 마친 뒤 일본과 대만 등을 여행해 서양인을 만난 경험이 있는 안용복이 먼저 말을 걸었다.

"당신들은 누구요? 혹시 화란 사람들이오?"

하멜 일행은 자신들을 알아보는 사람을 만나자 매우 반가운 표정으로 말했다.

"그렇소. 우리를 알고 있소? 우리들은 전라좌수영에 속한 화란인들 맞소. 그런데 당신은 누구요?"

"나는 일본과 대만을 자주 오가는 상인인 안용복이오. 나가사키 데지마 상관에서 당신들과 같은 사람들을 자주 만났지요."

"오, 참으로 반갑습니다."

하멜 일행 일곱 명은 마치 지옥에서 부처를 본 듯 안용복을 반겼다.

전라좌수영 여수 막사 앞 주막에 들어간 그들은 막걸리를 마시며 금세 친해졌다.

"내 이름은 헨드릭 하멜이오."

일행 중 하멜이 가장 쾌활하고 붙임성도 좋았다. 그는 안용복에게 손수 제작해 간직했던 세계지도를 보여주며 적극적으로 접근해왔다.

하멜은 세계지도를 꺼내놓고 유럽의 한 곳을 짚더니 한숨을 쉬며 말했다.

"이곳이 내가 태어난 네덜란드 호린험이라는 도시지요. 운하와 풍차가 있는 아름다운 마을이죠. 지금도 눈에 선합니다."

하멜이 태어난 호린험은 곡물을 운반하는 선박의 왕래가 잦은 무역요충지로 상업도시로 성장했다. 하멜의 가족은 대대로 그곳에서 살았다. 헨드릭 하멜은 네덜란드 동인도회사에 취업해 선박에서 대포를 발사하는 포수로 활약했다. 효종 4년(1653) 7월 하멜은 인도네시아 바타비아에서 일본으로 가는 상선 스페르베르호를 탔다.

"지금도 문득문득 왜 그 배를 탔을까 후회하곤 합니다."

하멜 일행은 대만 질란디아 항에 총독을 내리고 일본 나가사키로 가는 도중 태풍을 만나 22명이 죽고 나머지 36명은 제주도에 표착하였다. 제주는 지정학적으로 동북아시아의 해상 중심에 위치한 섬이기 때문에 제주도 인근을 항해하는 선박들은 높은 한라산을 항해의 이정표로 삼아 항해하곤 했다.

당시 제주목사 이원진은 서귀포에 표착한 하멜 일행을 체포하여 감금하였다. 같은 화란 출신으로 조선에 귀화한 박연(얀 얀스 벨테브레이)이 한양에서 내려와 통역하여 하멜 일행의 소속과 정체를 파악했다. 하멜 일행은 제주도에서 탈출을 시도하였지만 실패하였고 10개월 동안 감금되었다가 이듬해 한양으로 압송되어 심문을 받았다.

하멜은 포를 다루는 포수의 경험 때문에 신무기 개발을 지원하는 훈련도감에 배속되었다. 당시 조선은 북벌정책을 추진하였기 때문에 이들의 문물과 지식이 무기개발에 도움이 될 것으로 기대했었다.

하지만 북벌은 지연되었고, 하멜 일행은 이상하게 생긴 모습으로 인해 대감집 잔치에 구경거리로 불려나가 밥벌이하는 신세로 전락했다. 효종 7년(1656) 3월 한양 훈련도감에서 이들을 담당하기가 힘겨워지자 전라남도 강진으로 옮겼고 이들은 전라병영성에 소속되었다. 그들은 7년 동안 전라병영성 근처 초가집에 머물렀다. 현종 4년(1663) 나라에 흉년이 들자 하멜 일행은 남원에 5명, 순천에 5명, 여수의 전라좌수영에 12명이 분산, 배치되었다. 하멜은 여수 전라좌수영에 배치되었고 13년의 고된 노역과 생활고에 지쳐 탈출을 결심하던 차에 안용복을 만난 것이다.

안용복은 하멜의 이야기를 듣고 깊이 공감하며 말했다.

"여러분들, 참으로 조선에서 고생이 많았소. 본래 조선은 외국인들에게 관대하여 잘 대접해 본국으로 보내었소. 그런데 효종 임금이 북벌을 주장한 이래, 나라 안이 온통 비상시국이라 잘 대접을 하지 못하고 결례를 범한 것 같소이다. 내가 대신해서 사과를 드리겠소."

"천만에 말씀. 공이 우리에게 미안할 필요는 없소."

안용복이 하멜 일행에게 호의를 보이자 하멜이 조심스레 속내를 털어놓았다.

"그런데 안공, 우리 일행이 나가사키로 가려고 하는데 도와줄 수 있겠소?"

"음, 그것은 국법을 어기는 것이라 곤란합니다만."

"고향을 떠난 지 벌써 13년이오. 제발 도와주시오. 만약 우리를 도와주면 우리 일행이 평생 안공을 섬기리다."

"어떻게요?"

"우리들이 화란에 공을 초청해 평생 돌봐드리리다."

하멜 일행의 말에 안용복은 비애감을 느꼈다. 어떻게 그곳에 갈 수 있으며 설사 간다하더라도 그런 말 때문에 그들을 돕겠는가.

안용복이 하멜에게 말했다.

"나는 당신들의 도움 따위는 필요 없소. 다만 고향과 부모처자를 그리는 당신들의 삶이 안타까워 도와줄 뿐이오."

"고맙소. 정말 고맙소."

"일단 나가사키로 가려면 배가 있어야 하오."

"배는 없지만 배를 살 돈은 마련했소."

"조선해협을 건너려면 적어도 돛을 단 세쪽배는 살 정도가 되어야 하오."

"배만 있으면 통상 가격의 두 배를 지불할 수 있습니다."

세쪽배란 통나무 세 토막을 각각 속을 파내고 배 모양으로 공작 가공한 후 연결한 배다.

"그러면 섬에 면화를 사러 가는데 배가 필요하다며 배를 구해보겠소."

안용복이 하멜에게 말하자 하멜은 조선식으로 큰절을 하며 부탁했다.

안용복이 상인기질을 발휘해 여수항을 동분서주한 끝에 하멜에게 세쪽배를 구해주었다. 1666년(현종 7) 마침내 하멜은 7명의 동료와 함께 세쪽배를 탔다.

하멜이 떠나기 전 안용복에게 말했다.

"안공, 정말 고맙소. 그런데 조선을 떠나기 전 안공에게 한 가지 부탁할 말이 있소."

"그게 뭡니까?"

"한양에 내가 낳은 딸이 있소. 이름이 하영이라고 하는데 잘 부탁합니다. 혹시 만날 수 있으면 함께 화란으로 오시면 고맙겠소."

"알겠습니다."

하멜 일행이 탄 세쪽배는 여수항에서 멀어졌다. 그들은 13년만에 조선 땅을 벗어나 일본 히라도로 건너가 나가사키로 들어갔다.

안용복의 신기하고 대담한 경험담에 학동들은 호기심과 긴장감을 느끼며 이야기 속으로 빨려 들어가지 않을 수 없었다.

천어둔이 안용복에게 물었다.

"그들이 형님을 초청해 평생 돌보겠다고 했는데 그 후로 소식이 없습니까?"

"다급해서 하는 말이었겠지. 다만 하멜이 우리나라에서 살았던 13년간의 이야기를 책으로 써내 성공했다는 소문은 들었어."

"형님, 그러면 그들을 만나러 화란에 갑시다."

"하멜이 낳았다는 하영이라는 딸도 찾고 싶네. 마음만 먹으면 유럽에 못갈 게 뭐 있냐고. 그들도 이곳으로 오는데."

"와, 우리도 형님과 함께 화란으로 가고 싶어요."

학동들은 안용복의 신기한 바다 이야기에 마냥 꿈에 부풀었다.

울릉도행

　스승 박창우와 안용복의 말에 고무된 학생들은 먼 바다로 나가는 것을 동경했다. 그들은 천어둔, 안용복, 양담사리, 김가을동, 김자신, 서화립, 이환, 김득생이었다. 천어둔은 그 중심에 있는 학생이었다. 어둔은 안용복이 외가에 놀러온 날, 울산서당 학동들을 이끌고 개운 포 선소로 떼지어갔다.

　어둔은 울릉도로 데려다주겠다고 말한 양비의 말을 떠올리며 말 했다.

　"배를 타고 울릉도에 가고 싶어 왔어요."

　양비는 천막개의 아들 천어둔의 부탁을 거절할 처지가 못 되었다.

　"제가 키를 잡겠습니다. 제 아들놈도 간다는데 함께 가야지요."

　양비는 어선을 내어 선소에서 일행을 태웠다. 하룻길을 가는 도중 큰 풍랑을 만나 학동들은 배 멀미를 했고 이틀 길에서는 귀신고래 떼 를 만났다. 귀신고래들이 물을 뿜으며 배로 다가오고 있었다. 모두들 놀라 뒤로 물러났으나 어둔은 오래 전부터 봐온 것처럼 친숙하게 느껴졌다.

'스승님은 귀신고래의 등을 타면 바다의 제왕이 된다고 하셨는데, 타지는 못할망정 만져보기라도 하자.'

어둔이 고래에게 손을 내밀자 귀신고래 한 마리가 배에 가까이 다가와 손에 얼굴을 내밀어 비볐다.

고래의 매끄러운 감촉이 손바닥에 느껴지며 거대한 고래와 하나가 되는 기분이었다.

"아."

귀신고래를 만지는 황홀한 느낌은 이루 말할 수가 없었다.

처음에는 몰려오는 고래 떼를 보고 무서워 물러나던 사람들도 어둔을 따라 배의 난간으로 나와 손을 내밀었다.

고래들은 기분이 좋은지 몸체를 비상하여 수면을 때리기도 하고 머리를 수면에 수직으로 세워 주위를 둘러보며 인사를 하기도 했다.

어둔은 거대한 귀신고래들의 춤을 보며 바다야말로 사나이가 몸을 던질 만한 곳이라는 생각을 했다.

배는 사흘 길을 가서 울릉도의 남항에 닿았다.

울릉도 바닷가에는 어복(魚鰒, 물고기와 전복)과 미역, 해삼이 지천으로 널려 있었다. 그곳을 한 번만 다녀가도 어부들이 왜 무거운 세금을 내고도 수익이 나는지 알 것 같았다.

영남의 각 영은 어민들에게 달마다 물고기를 징수해 갔으며, 울산부의 병영도 해부들로부터 어선세, 염세, 토민세 등 이중 삼중의 세금을 부과했다. 특히 어부들이 수군인 능로군과 물선군에 소속되면 수군으로서 신역을 감당해야 할 뿐만 아니라 특산 어물을 수영에 납부해야 한다. 울산 어민들은 관에서 징수하는 각종 세금을 해결하기 위해 어복이 풍부한 울릉도와 우산도를 제집 드나들 듯이 드나들었던 것이다. 학생들은 해산물을 망 가득 채취했다.

그러나 어둔은 풍부한 해산물보다 울릉도의 전설과 신화에 매료되었다. 하늘로 쭉쭉 뻗은 왕대는 모두 만파식적 대나무 같았다. 대나무 숲 어딘가에는 심목고비의 처용이 살고 있고 진평왕의 천사옥대도 걸려 있을 것 같았다.

안용복은 학생들과 울릉도 최고봉인 성인봉에 올라 울릉도의 자연과 지형지물인 사자바위, 투구봉, 나팔봉을 가르쳐주면서 우산국(于山國) 정벌 이야기를 들려주었다.

"신라 지증왕 13년, 왕은 출중한 지략과 용맹을 갖춘 하슬라주 군주인 이사부 장군을 우산국 정벌대장으로 보냈지. 그동안 수많은 신라 수군을 울릉도 앞바다에 수장시킨 우산국 병사들은 사흘 물길을 달려오느라 기진맥진한 신라 수군쯤은 우습게 보았지. 하지만 신라 병선에는 비밀 병기가 숨겨져 있었지. 나무로 정교하게 깎은 사자를 신라 정벌군의 배에 가득 실어 갔던 것이다.

이사부 장군이 사자를 풀어놓으며 우산국 병사들에게 말했다.

만약 너희가 항복하지 않는다면 이 사자들을 풀어 모두 밟아 죽이겠다.

우산국 병사들은 생전 처음 보는 사자의 모습에 혼비백산했지. 우산국의 우해왕은 이사부에게 항복하고 공물을 바쳤다. 이때 우해왕은 투항의 표시로 투구를 벗어 던진 게 저기 보이는 투구바위가 되었고 항복의 나팔을 던진 곳은 저기 나팔바위가 되었다. 이사부가 두고 간 사자 중 한 마리는 불을 토하며 돌아다니다 울릉도 남항에 있는 저기 사자바위의 화석이 되었는데 지금도 울릉도의 숲속과 우산도에는 이사부 장군이 데려온 불을 토하던 사자들이 숨어 있을 것이다."

안용복은 울릉도 성인봉에서 동해 바다를 보며 학생들에게 말했다.

"저기 드넓은 푸른 바다를 보아라. 저기 수평선 끝에 우리 강토의 막내 우산도가 보이는가."

"예, 가물거리는 한 점 섬이 보입니다."

"저 섬이 바로 우산도다. 조선 양반들은 성리학을 본을 삼아 하늘만을 찾는다. 그러나 하늘은 갈 수 없고 멀기만 하다. 바다는 누워 있는 하늘이다. 우리가 직접 오가며 손으로 잡을 수 있는 하늘이다. 아래 하늘에는 배가 다니는 뱃길이 있고, 섬과 항구가 있다. 뿐만 아니라 고기와 해산물이 있고, 우리가 모르는 수많은 보물이 바다에 묻혀 있다. 그래서 바다를 소중히 여겨야 한다는 것이다."

안용복의 말에 학생들은 고개를 끄덕였다.

그런데 돌아오는 길에 왜 어선들이 울릉도에 출몰하는 것을 보았다.

"전에부터 왜인들이 울릉도와 우산도를 제집 드나들 듯이 하는데 큰일이군. 반드시 우리 손으로 몰아내야 할 텐데."

안용복은 왜선들을 보며 어두운 표정으로 말했다.

하지만 학동들에게 이번 울릉도의 여행은 멋진 경험이었다. 어둔과 학동들은 울릉도 숲속에서 전설 속의 만파식적과 금척, 천사옥대와 불사자를 찾아다녔다. 학생들은 왕대를 꺾어 만파식적이라고 했으며 막대기를 주워 금척이라고 했다. 칡덩굴은 천사옥대였으며 숲속에서 불사자를 보았다는 학동들도 있었다. 어둔은 울릉도에서 돌아와서도 내내 귀신고래와 만파식적, 천사옥대와 불사자의 전설을 잊지 못했다.

어둔은 다음에 가서는 꼭 그것들을 찾아낼 것이라고 생각했다.

천막개는 자식 교육에 대한 불변의 신념이 있었다. 그것은 어려운 노동을 통해 자식이 훌륭하게 자랄 수 있다는 것이다.

천막개는 어둔에게 말하곤 했다.

"천어둔, 포시랍게(고생을 모르고) 자란 아이들은 노동의 어려움을 모른다. 공부만 하면 나약한 샌님이 되어 인생의 실패자가 된다. 너는 맨몸으로 밑바닥에서 일을 하며 천씨 종가의 가업을 익혀라."

천막개는 아들의 과거 시험에 대해서는 느긋했다. 천막개는 아이를 키울 때는 밖에서 험하게 키워야 한다는 생각을 가지고 있었다. 천막개는 아들을 삼산 벌 전답, 옥동 공방, 웅촌의 말목장, 범서의 숯막, 개운포의 선소, 청량 목도의 여각, 마채 염전에서 일하게 했다. 어둔은 농부, 장인(匠人), 마부, 벌목꾼, 해척(海尺, 어부), 상인, 염간으로 인부들과 똑같이 일을 했다. 그때마다 통념이는 천막개에게 업둥이니까 공부 대신 일만 시킨다고 지청구를 했지만 아랑곳하지 않았다.

천어둔은 낮에 열심히 일하고 밤에는 형설(螢雪, 반딧불과 눈빛에 책을 읽음)의 노력으로 공부했다. 천어둔뿐만 아니라 울산서당의 학동들은 거의 다 주경야독이었다. 천어둔은 박창우의 지도하에 공부하여 마침내 소과 진사시에 합격했다.

천막개는 누구보다도 아들의 소과 진사시의 합격을 자랑스러워 했다. 전국에서 100명을 뽑는 진사시에 최연소로 합격해 울산서당에서 경사가 났다. 진사시만 해도 치열한 경쟁이었다. 그러나 과거는 이것으로 끝나는 것이 아니다. 소과 다음 대과에 합격해야 관계(官界)에 나아갈 수 있었다. 이 모든 과정을 마치려면 평균 20년이 걸렸고, 나이 70에 대과를 치르는 사람도 있었다.

하루는 밤이 늦었는데 천어둔이 서당에서 집에 들어오지 않았다. 천막개는 도대체 뭐 때문에 이렇게 늦는지 알아보기 위해 고양이처럼 숨어서 울산서당 안으로 들어갔다.

박창우는 별들로 가득 한 밤하늘을 보며 천어둔에게 천문을 가르치고 있었다.

"어둔아, 저기 밤하늘을 보거라. 3월 28수가 보이느냐?"

"예, 보입니다."

"그중에서도 북하좌에 든 꼬리별인 치우기별을 잘 살펴 보거라."

"예. 움직이는 별인 치우기가 보입니다."

"그게 바로 네 사주와 역, 성수도에서 네 운명을 관장하는 별자리이다."

"저의 별자리군요."

"그렇다. 예로부터 치우기는 천변을 일으키는 별자리이지. 왕이 되거나 역적이 되는 별 말이야. 항상 큰 뜻을 잃지 말고 정진하거라. 네가 저 별에 소원을 빌면 천지인, 삼재가 너를 도울 것이다."

"네. 알겠습니다."

그때 울산서당의 두리기둥 뒤에 숨어서 지켜보던 천막개가 박창우를 향해 버럭 소리를 지르며 나타났다.

"괴천 선생, 우리 아이에게 공부는 안 가르치고 무슨 별 타령인가? 지난번에는 아이들이 울릉도에 가 소란을 피우게 하더니, 점성술이 과거시험에 나온다는 건가?"

"공부도 호연지기입니다. 큰 뜻을 품지 않으면 큰 공부가 되지 않습니다."

"박 선생에게 더 이상 우리아이를 맡길 수가 없네."

"아니, 제가 가르쳐서 소과에 합격한 게 바로 엊그제 아닙니까? 그런데 맡기지 못하겠다뇨? 학문은 그저 과거교육에 필요한 문장과 경서만 가르치는 게 전부가 아닙니다. 읽을 가치가 있는 것을 가리는 능력, 미래를 읽는 통찰력, 현실에서 문제를 해결할 수 있는 능력을 길러주어야 합니다."

"호가 괴천이라서 그런가, 괴짜같이 온통 들로 바다로 다니면서 잡학과 점성학 따위를 가르치니 어떻게 대과에 합격하겠는가!"

천막개는 지방인 울산서당에서 공부해서 대과에 합격하기란 어렵다고 보았다. 이동영, 박창우는 울산의 남인 학맥이었다. 천막개는 관로에 나아가 벼슬을 하지 않고 초야에 묻혀 서당을 열고 상소나 올리는 영남사림과 남인 당색이 마음에 들지 않았다. 이들 학맥의 뿌리는 퇴계 이황이고 당색은 미수 허목에 바탕한 소외된 남인들이었다. 천막개는 남인 당색인 박창우를 노골적으로 무시했다. 생원시보다 어려운 대과는 한양에서 명망 높은 서인 학자 밑에서 배워야 합격할 수 있다고 생각했다.

천막개가 어둔에게 말했다.

"한양으로 올라가서 공부하자. 자, 인사나 하고 떠나자."

천막개는 장죽을 꺼내 담배를 피웠다.

천어둔이 스승에게 무릎을 꿇고 말했다.

"스승님, 죄송합니다. 이렇게 갑자기 떠나는 것이 예의가 아닌 줄 알지만 떠나야 할 때가 온 것 같습니다. 한양에 가서 반드시 대과에 합격하여 스승님과 울산서당의 명예를 높이겠습니다. 그동안 스승님의 훌륭한 가르침을 결코 잊지 않겠습니다."

역시 천어둔이었다.

은혜를 원수로 갚는 듯한 천막개의 행태에 속이 상했던 박창우는 제자의 말에 마음이 누그러졌다. 어둔은 앞으로 대과 문과에 합격한 뒤 관계로 나아가야 할 것이고, 그러면 한양으로 가는 것이 유리할 것이다. 이제 어엿한 청년으로 자란 제자를 한양으로 보내는 그의 감회는 착잡하면서도 흡족했다. 애제자라도 언제까지나 옆에 두고 살 수만은 없는 일이다.

박창우는 엎드린 제자를 일으켜 세워 어깨를 두드리며 말했다.

"어둔아, 곤(鯤)이 넓은 바다로 가서 큰 물고기가 되어 모천으로 회귀하듯 큰 인물이 되어 다시 울산으로 돌아오너라."

"예. 스승님의 말씀 꼭 명심하겠습니다."

어둔은 스승 이동영과 박창우를 만난 것이 생애 큰 행운이라고 생각하며 자리에서 일어섰다.

한양 상경

천막개는 천어둔을 데리고 한양으로 올라가 서인의 우두머리 우암 송시열의 문하생으로 넣었다. 우암 송시열은 당대 해동주자로 불리며 천하에 뛰어난 수재들이 그가 주석한 우암학당으로 몰려들었다. 송시열은 효종, 현종의 사부로 두 왕의 절대적 신임과 사림의 중망을 받는 데다 215권 102책을 간행한 당대 최고의 학자이자 저술가였다. 그는 수재들 중에서도 더 탁월한 특별문하생들을 따로 뽑아 가르치고 있었다.

우암학당 특별문하생 중에는 『구운몽』으로 문명을 떨치게 되는 서포 김만중과 벼슬을 스무 번이나 사양한 백의정승 명재 윤증, 그리고 책략과 판세분석, 권모술수이 뛰어난 김석주가 있었다. 이들은 모두 진사과에 합격하고 대과인 문과를 준비하는 자들이었다. 서추재의 당주이기도 한 김석주는 일차 예송논쟁에서 핵심적 역할을 했으며 특별문하생들의 우두머리인 지두(知頭)를 맡아 학당의 일을 주관하고 있었다. 이들 말석에 끼어든 자가 바로 울산도호부 출생의 천어둔이었지만 그는 곧 낭중지추(囊中之錐, 주머니에 든 송곳)처럼 뛰어난 학생이 되었다.

송시열은 같은 서인이긴 하지만 예송논쟁에서 주인을 고변해 주인의 지위와 재산을 차지한 천막개가 마음에 들지 않아 천막개와 일정한 거리를 두었다. 하지만 천막개의 아들 천어둔은 대학을 줄줄 암송하는데다 그가 쓴 최고 높은 경지의 저술인 『주자대전차의』를 깨우치고 있는 것을 기특하게 생각했다. 몇 번의 지필고사와 구두시험을 거친 끝에 그를 최종적으로 우암학당 특별문하생으로 받아들이기로 결정했다.

세자 이순

조선의 숙종은 아직 세자인 동궁으로서 10세 때부터 세자빈인 인경왕후를 맞아 의동 별궁에서 지내고 있었다. 숙종은 동궁 시절 총명하고 학문과 무예를 좋아했으며 정치와 외교에 대해 논하는데 탁월했다. 하지만 황음한데다 여자에 대한 애증편향이 심했다.

세자 이순은 어려서 결혼한 세자빈 인경은 마다하고 궁중의 나인 양씨에게 마음이 끌렸다. 그가 인경보다 양나인을 찾는 이유는 그만큼 양나인에게 매력을 느꼈기 때문이었다. 세자가 인경에게 이상한 체위를 요구할 때마다 인경은 체통에 어울리지 않고 부끄럽기 짝이 없다며 거절했다. 그녀의 집안 또한 체통과 위세로는 왕실 못지않은 떵떵한 가문이었다. 광산 김씨 김만기 집안으로 대제학을 7명이나 배출한 조선 명문가 중의 명문가였다. 그런 명문가 집안에서 요조숙녀로 자랐으니 세자에게도 뻣뻣할 수밖에 없었다.

세자는 후배위로 양나인의 엉덩이를 밀며 말했다.

"곧 내가 보위에 오를 것이야. 아바마마께서는 원손 하나를 빨리 낳으라고 성화이시네."

현종은 몸이 허약해 벌써 자리보전하며 탕약에 간신히 명을 의존하고 있었다. 다행히 동궁이 어리지만 매우 총명한데다 건강하기까지 해 왕통을 이어가는데 걱정은 없었다. 다만 죽기 전에 원손을 보고 싶은 마음이 간절했다.

"원손을 보려면 동궁은 세자빈에게 가셔야죠."

양나인이 팩 토라졌다.

"네가 낳아도 원손이 아니더냐."

세자의 말에 양나인은 기분이 좋아졌다.

양나인의 엉덩이가 요분질을 치자 세자는 뒤에서 몽실한 유방을 두 손으로 쥔 채 간신히 버티고 있었다. 세자가 절정을 향해 치닫는 순간 뒤쪽에서 덜컹 문소리가 났다. 양나인이 놀라 움찔 몸을 트는 바람에 세자의 근이 미끄덩 빠져나왔다.

양나인은 급히 치마를 두르고 몸을 추슬렀으나 세자는 태연하게 말했다.

"누구냐?"

"승정원 승지이옵니다."

"무슨 일이냐?"

"상감마마께서 급하게 찾으시옵니다."

현종은 근정전으로 세자 이순을 불렀다. 용안은 병색으로 창백했고, 뒤의 병풍에 그려진 오봉산에 뜬 해와 달도 빛이 바래진 느낌이었다. 하지만 그는 애써 왕의 위엄을 유지하려고 꼿꼿한 자세를 취하고 있었다. 단지 왕비인 명성왕후 청풍 김씨가 생생한 얼굴로 말했다.

"내가 아바마마를 대신해서 너에게 묻고 싶다."

"어마마마, 무슨 일이옵니까?"

"도대체 원손은 언제 태어나는 것이냐?"

"그것이 인위적으로 되나요. 어마마마."

"상감마마는 궁녀도 일절 두지 않고 평생 중전인 나 하나만 보고도 자녀를 여럿 두었다. 그런데 듣자하니 너는 벌써부터 황음하여 세자빈을 곁에 두고도 나인 양씨와 정을 통한다고 하니 어떻게 원손을 보겠느냐. 장차 이 나라의 종통이 걱정되는구나."

왕비 명성왕후는 투기가 심하고 성격이 드세, 병약한 왕 현종을 마음대로 주물렀다. 삼국시대와 고려, 조선시대를 통틀어 후궁을 두지 않은 왕은 현종밖에 없었다.

"인경은 아직 소녀에 불과하옵니다. 생밤을 억지로 딸 수는 없지 않습니까?"

"나인 양씨와의 관계는 어떻게 된 것이냐고 묻지 않느냐? 세자가 벌써부터 그런 천한 계집과 몸을 섞어 어떻게 종통을 잇겠는가."

어머니의 집요한 성격을 잘 알고 있는 세자가 둘러대었다.

"나인 양씨는 그저 말 상대하는 누이 정도에 불과합니다. 염려 놓으셔도 됩니다."

"난 네 마음을 잘 안다. 참나무처럼 꼿꼿한 상감과는 달리 바람에 이리저리 흔들리는 갈대와 같지. 이제 곧 보위를 물려받을 터인데 행동거지를 함부로 해서는 아니 되느니라."

"알겠사옵니다."

하지만 근정전을 나온 세자의 발은 다시 양나인에게로 가고 있었다.

누이 천시금

어둔은 어린 시절 아버지를 따라 한양 명남당에 갈 때면 이복동생 천시금의 생각에 한양 천릿길이 전혀 멀게 느껴지지 않았다. 천시금은 천막개와 명남당 안주인 이복춘 사이에서 태어난 둘째 딸이었다. 첫딸은 죽고 둘째는 아들이려니 했는데 둘째마저 딸이어서 여간 실망스럽지 않았다. 그러나 복춘은 아이가 좋은 사주에 때 맞춰 나왔다 해서 이름을 시금(時今)이라 했다. 천시금은 소녀로 자라면서 한양의 미인으로 소문이 났고, 몇몇 도화서(圖畵署, 그림을 관장하는 관청) 화원들이 명남당을 찾아 천시금의 미인도를 그리려고 했지만 그녀는 거부했다.

명남당은 궁궐과는 비교할 수 없었지만 고루거각이 즐비한 한양 북촌의 양반집 중에서도 눈에 띌 정도로 아름다운 저택이었다. 그러나 좋은 집만으로 명가가 되는 것은 아니다. 명산이 되려면 좋은 절이 있어야 하고 좋은 절이 되려면 좋은 스님이 있어야 하듯 명가가 되려면 아름다운 여인이 있어야 한다. 어둔은 천시금이 함께 살고 있기에 명남당이 북촌 최고의 명가라고 자부하고 있었다.

하루는 화가인 공재 윤두서(恭齋 尹斗緒)가 명남당에 찾아왔다.

"이게 누군가! 공재 아닌가?"

어둔은 공재를 반갑게 맞았다.

"예. 형님."

"요즘은 무슨 그림을 그리고 있는가?"

"한강변의 산수화를 그리고 있는데 별 흥이 나지 않습니다."

"자네의 산수화야말로 조선의 산하를 가장 진실하게 보여주는 진경산수지."

윤두서의 화풍은 혁명적인 것이었다. 윤두서는 과장된 기암괴석과 신선을 그리는 중국풍의 관념 산수화를 벗어나 조선의 실경을 사실대로 그리는 진경산수 화법을 최초로 시작한 화가였다. 그림의 대상도 초가와 논밭과 대장간에서 서민들이 일하는 모습이나 말, 소, 개 따위를 그렸다. 하지만 윤두서는 중국풍의 그림이 지배하는 도화서와 기존 화단으로부터 멸시를 받고 있었다.

공재가 한숨을 쉬며 말했다.

"형님, 도화서에서 저를 더럽고 추한 그림을 그린다고 비난하니까 이젠 제 자신도 더럽고 추해지는 느낌입니다."

그때 누이동생 천시금이 술상을 봐서 명남루로 가져왔다.

윤두서는 천시금을 보더니 눈을 떼지 못했다.

"자, 인사해. 여기는 조선 제일의 화가 윤두서야. 이쪽은 내 여동생 천시금일세."

"안녕하세요. 오빠로부터 얘기 많이 들었어요."

"아, 오빠가 저에게는 이런 예쁜 누이동생이 있다고 한마디도 하지 않았습니다."

이후 윤두서는 명남당을 뻔질나게 드나들면서 어둔에게 말했다.

"그동안 더럽고 추한 그림만 그린다는 비난을 받는 제가 일생일대의 아름다운 그림을 한 번 그려보겠습니다. 천시금의 그림을 그리게 해주세요."

"누이의 그림이 한양에 퍼지면 어쩌려고 그래?"

어둔은 가능한 한 누이동생을 밖으로 노출시키고 싶지 않았다.

"제가 그림을 그려 형님께 드리겠습니다. 단지 저는 조선에서 가장 아름다운 미인도를 그린 것으로 만족하겠습니다."

"음, 하지만 누이가 어떻게 생각할지. 자, 술이나 한 잔 마시지."

"예. 형님!"

어둔은 공재의 닦달과 채근에 하는 수 없이 천시금에게 이야기했다. 천시금은 오빠 어둔이 자신의 그림을 갖는다는 말에 두말없이 허락했다.

윤두서는 어디서 돈을 구했는지 최고급 물감과 화선지를 준비해왔다. 물감은 쪽으로 낸 파랑과 잇꽃으로 낸 붉은색, 치자로 낸 노랑과 청화백자에 들어가는 비싼 수입안료도 있었다. 그림을 그릴 종이는 고급비단을 덧댄 등신대 크기의 화선지였다. 윤두서는 명남루 정자에서 천시금의 얼굴을 밑그림부터 그리기 시작했다.

그러나 이번에는 아버지 천막개가 윤두서를 문제삼았다.

천막개는 언제부턴가 이 명남당에 드나드는 사람들 중에 윤두서가 있다는 걸 알았다. 천막개는 윤두서가 당색이 남인인데다 돈 한 푼 없는 식객임을 알고는 꾸짖어 내쫓았다.

"저런 거지밥상 같은 자식을 누가 출입시켰나?"

이를 알고 어둔이 천막개에게 말했다.

"아버지, 공재는 남인집안이긴 하나 몰락해서 당색이 없습니다. 지금은 오로지 그림만 그리는 가난한 화가이니 명남당 출입을 허가해주십시오."

"우리 집안의 동정을 파악해 남인당에 보고하는 간자(間者, 간첩)일 수 있다."

"아버지, 윤두서는 정치라곤 모르는 자입니다. 걱정할 것 없습니다."

윤두서는 남인의 영수 윤선도의 증손자이나 그의 집안이 당쟁에 휘말려 큰 화를 당하고 자신만이 간신히 살아남았다. 이후 그는 오로지 술과 그림에만 미쳐 사는 화가가 되었다. 그것만이 살아남을 수 있는 자신만의 생존법이기도 했다.

"허나 오리새끼 물로 간다고 항상 조심해라."

천막개는 아들 때문에 마지못해 윤두서의 명남당 출입을 허락했다.

윤두서는 화선지에 붓으로 천시금의 얼굴을 그리기 시작했다. 그는 혼신의 힘을 다해서 그림을 그렸다. 그는 터럭 하나도 살려내는 날카로운 준법과 농담이 뚜렷한 필묵법, 극사실적인 설채법으로 큰 화폭의 윗부분을 천시금의 얼굴로 채워나갔다. 그는 그림을 빨리 그리기로 소문이 나 있었다. 그런데 그녀의 머리카락 서너 올을 그리는 데 한나절을 보내며 옷을 땀으로 흥건히 적신 적도 있었다. 마침내 천시금의 얼굴이 화폭에 탄생되었다. 나리꽃처럼 작고 가냘픈 얼굴에 박우물 같이 해맑은 눈동자, 눈처럼 희고 투명한 이마, 당장 이슬이라도 내려와 맺힐 듯한 오뚝한 코끝과 앵두빛 입술. 작은 소라 같은 귀와 귀밑머리의 터럭 한 올까지 세밀하게 그렸다. 미완성이긴 했지만 얼굴만으로도 나무랄 데 없는 훌륭한 미인도였다.

윤두서는 천시금의 얼굴을 그리고 붓을 멈춘 뒤 며칠째 계속 술만 마셔대었다.

어둔이 술에 취해 명남루 기둥에 기대앉은 윤두서에게 말했다.

"무슨 심란한 일이 있는가?"

"형님, 더 이상 그림이 진전되지 않습니다."

"왜 그런가? 이제 가장 쉬운 치마저고리만 그리면 되지 않는가. 지금까지 그린 것만으로도 내가 본 것 중 조선 최고의 인물화네."

"형님, 그게 아닙니다. 가장 어려운 그림이 치마저고리입니다. 형님 미인의 조건이 무엇인지 아십니까?"

"난 모르네."

"미인은 얼굴만 아름답다고 미인이 아닙니다. 오형(五形)과 삼홍(三

紅), 기향(肌香, 살의 향)이 갖추어져야 합니다."

미인의 기준은 오형(五形)인 흑백, 장단, 후박, 세광, 고심이 좋아야 한다.

첫째, 흑백(黑白)은 눈동자와 체발은 칠흑처럼 검어야 하지만, 피부와 치아는 백설처럼 희어야 한다.

둘째, 장단(長短)은 키와 다리는 잣나무처럼 길어야 하지만, 귀와 턱은 담장의 꽃처럼 아담하게 작아야 한다.

셋째, 후박(厚薄)은 가슴과 엉덩이는 박처럼 풍만해야 하지만, 어깨와 발목은 제비처럼 가녀리고 엷어야 한다.

넷째, 세광(細廣)은 허리와 손가락은 버들처럼 가늘고 부드러워야 하지만, 이마와 미간은 하늘처럼 시원하고 넓어야 한다.

다섯째, 고심(高深)은 코와 젖꼭지는 산처럼 오뚝하고 높아야 하지만, 가슴골과 엉덩이 골은 계곡처럼 깊고 음해야 한다.

이 오형에다 삼홍과 기향을 갖추어야 한다.

삼홍은 입술은 앵두처럼 붉어야 하고, 뺨은 도화 빛이 나야 하며, 손톱은 봉숭아 물빛이 어려야 한다.

마지막으로 기향이다. 여자의 몸과 살갗에서는 비온 뒤 숲속의 청량한 나무냄새 같은 은은한 향이 풍겨야 한다.

"공재, 치마저고리를 그리는데 그것과 무슨 상관이 있는가?"

"저는 펑퍼짐한 치마저고리를 그리지 않으려고 합니다. 몸에 맞는 한복을 입고 몸을 이렇게 비틀어, 이런 자세로 몸 전체를 보여주는 완벽한 미인도를 그리고 싶습니다."

술에 취한 윤두서는 비틀거리며 자리에 일어나 직접 동작을 보여주며 말했다.

"그러기 위해서는 천시금의 몸매를 보아야 합니다."

"자네, 말이라곤 다 말이 아니네. 지금 술에 몹시 취했어."

"형님, 전 정말 제 눈으로 보지 않으면 아무 것도 그릴 수 없다고요!"

"내가 자네를 잘못본 것 같네."

윤두서는 술이 취해 정자에 대자로 뻗어버렸다.

"오라버니, 무슨 일이에요?"

연못 위 홍예교를 건너 천시금이 명남루로 올라왔다.

"공재가 낮술이 좀 된 것 같군. 좀 있으면 깨어나겠지. 저리 가자고."

어둔과 천시금은 홍예교를 거닐었다.

"시금아, 이제 얼굴을 다 그렸으니 옷만 그리면 되겠구나."

"그래요. 얼마나 열심히 그리는지 전 정말 놀랐어요."

"세월 참 빠르다. 어릴 땐 너하고 갯가에 가서 미역도 같이 감았는데."

"아이, 오라버니도 부끄럽게 무슨 그런 말씀을 하세요."

"얼굴만 그려도 멋진 그림이 되겠지?"

"그럼, 그림을 관두려고 하시던가요? 최근에는 무슨 고민이 있는

지 술만 마시고 그림을 그리지 않더라고요."

"그런가봐. 비가 오려나?"

멀리 인왕산 꼭대기에서 먹구름이 몰려오고 있었다. 다음날 새벽 비가 어둔이 자고 있는 방의 들창을 들이칠 때 공재 윤두서는 그림과 함께 명남당에서 사라졌다.

세자와의 만남(1)

    세자는 경연(經筵, 임금에게 경서를 강론하는 일)의 스승인 송시열로부터 천어둔이란 자에 대한 얘기를 들었다. 천어둔은 학생들 중에서 학습이 군계일학처럼 뛰어날 뿐만 아니라『한비자』,『맹자』,『사기』,『정관정요』등 제왕학에도 정통하다는 것이다. 당파를 가리지 않고 서울에서 거론되는 당대의 인물인 고산 윤선도, 반계 유형원(磻溪 柳馨遠), 김육(金堉)과 남구만(南九萬)을 찾아가 배운다는 소문도 들었다. 세자는 자신과 나이가 동갑인데다 어둔의 학문수준이 어릴 때부터 궁중에서 최고의 스승들 밑에서 배운 자신과 거의 동급이라는 데 묘한 질투와 함께 흥미를 느꼈다. 언젠가 천어둔을 한번 만나보리라.

    오늘 세자는 한양 북촌의 기방인 홍루로 발길을 돌렸다. 그곳에는 한양 최고의 미인 기생들만 있다는 얘기를 진작 들었으나 가보질 못했다. 세자가 홍루에 들어서자 홍매 행수와 악생 이모악이 마중 나와 큰절을 올렸다. 뒤따라 고운 한복을 입은 기생들인 연홍, 연물, 달달,

발금, 구영, 금태, 옥치, 온수, 옹금이와 홍루의 잔일을 보는 객인들이 줄지어 인사를 올렸다. 전국의 교방청과 민기(民技, 민간기생)인 이패, 삼패에서 올라온 최고의 미색들이었다.

붉은 융단이 깔린 바닥, 고급스런 풍경화, 비단보를 덮은 탁자, 흑단목을 사용한 의자와 가구 등으로 장식된 주점 안은 밖에서 본 주점 외양보다 더 화려하고 고급스러웠다.

세자는 아리따운 기생들과 고급스런 내실을 보고 흐뭇해하며 말했다.

"행수, 궁궐 안 장악원(掌樂院, 왕실 음악기관으로 기녀가 있음)에 있는 기녀들보다 훨씬 더 예쁜 미색들을 모아 놓았구만. 이건 불충이 아닌가?"

"황송하옵니다. 어찌 궁궐에 있는 기녀에 비기겠습니까? 누추한 곳에 왕림해주셔서 큰 광영입니다."

세자는 내실 안으로 들어가 앉으려다 시선이 벽에 걸린 등신대 그림에 멈췄다.

세자는 그림 앞에 멈춰 서서 홍매 행수에게 물었다.

"이 그림은 누구의 것인가?"

"예, 윤두서라는 화가의 그림입니다."

"나는 지금까지 이렇게 아름다운 그림을 본 적이 없다."

"한양미인도라고 하온데 요즘 이 그림을 보러오는 손님이 많사옵니다."

"한양미인도라, 얼굴이며 치마저고리에 흐르는 곡선이 참으로 아름답구나. 윤두서는 분명 이 여인을 보고 그림을 그렸을 터, 어디에 사는 누구라고 하더냐?"

"그림의 여자는 북촌 명남당에 사는 천시금이라고 하더이다."

"천시금이라, 누구의 딸이라더냐?"

"북촌 명남당에 사는 천막개 영감의 딸이라고 합니다."

"천막개 영감이라, 그렇다면 예송논쟁 때의 그 고변자 아닌가?"

"그런 소문이 있사옵니다."

"이런 우연이 있나, 천시금은 바로 송시열의 우암학당에 다니는 천어둔의 누이동생이로구나. 행수, 술상을 여기로 가져오너라."

"예?"

"여기 있는 기생들은 다 물리치고 술상을 이 그림 앞으로 가져오라고."

세자는 그날 기생들을 물리치고 홀로 그림 속의 한양미인도와 대작하고는 자리에서 일어섰다.

세자와의 만남(2)

세자가 북촌의 우암학당을 찾았다.

송시열이 세자를 반갑게 맞았다.

"저하, 이곳엔 어인 행차시옵니까?"

"여기에 천어둔이라는 인재가 있다기에 이야기를 나눌까 하고 왔습니다."

"그러시죠. 서로 좋은 만남이 될 것입니다."

송시열은 천어둔을 불렀다.

세자가 천어둔의 얼굴을 찬찬히 살펴보았다. 아담한 중키에 옥골선풍의 선비 모습이었다. 서리 같은 투명한 이마는 지혜롭게 보였고 매의 날개 같은 눈썹 아래로 총명하게 반짝이는 눈, 일매진 입술이 강단이 있어 보였다.

세자가 어둔에게 물었다.

"너는 정관정요를 읽어보았는가?"

어둔이 대답했다.

"네, 읽었습니다."

"어떤 책이던가?"

"정관정요는 당태종 이세민의 치세를 기록한 책입니다. 중국의 역대 왕들 중 후세에 가장 모범이 된다 하여 제왕학이라는 별칭을 얻고 있는 책입니다."

"그중에서 가장 중요한 내용이 무엇이라고 생각하는가?"

"위징이 말한 인재등용의 기준이 가장 중요하다고 생각합니다."

세자는 준엄하게 질문의 심도를 더해갔다.

"인재등용의 기준은 무엇인가?"

"육정(六正)과 육사(六邪)이옵니다."

어둔은 올바른 신하의 조건인 육정과 삿된 신하 육사에 대해 거침없이 말했다.

"육사는 삿되고 사악한 신하로서 복지부동하는 구신(具臣), 아첨만 하는 유신(諛臣), 어진 사람을 질투하는 간신(奸臣), 사람들을 이간질하는 참신(讒臣), 권력만 믿고 전횡을 일삼는 적신(賊臣), 군주의 눈을 가려 불의에 빠지게 하는 망국지신(亡國之臣)이 바로 육사입니다."

"육정과 육사를 논한 사람은 누구인가?"

"당태종 때의 간의대부 위징입니다. 위징의 간언은 준엄했고, 거침없이 절대군주인 당태종을 비판하기도 했습니다. 원래 위징은 당태종의 대적인 이밀의 책사여서 간쟁을 할 때마다 언제든지 황제가 그 뿌리를 의심하고 참해버릴 수 있는 자였습니다. 그런데 황제는 평생 동안 위징의 독설과 비판을 너그럽게 받아주어 '정관의 치'라는 유명한 성당시대를 열었습니다."

"너는 나에게 위징이 될 수 있겠느냐?"

"소인이 감히 어떻게 위징에 견주겠습니까. 하지만 나라와 왕실을 위하는 일이라면 위징의 간언을 사양하지 않겠습니다."

"음, 과연 우암의 말씀대로 인재입니다."

옆에 있던 우암 송시열이 세자의 말을 듣고 말했다.

"당태종과 위징은 역사상 가장 아름다운 군신관계를 형성하여 지금도 널리 칭송받고 있소이다. 난 세자와 천어둔 두 사람이 그런 군신관계를 맺길 바랄 뿐이오."

"스승님의 말씀 명심하겠습니다."

세자와 어둔은 동시에 말했다.

세자는 어둔과 함께 우암학당을 나와 장죽을 물었다.

"자네는 담배를 하지 않나?"

"예. 담배를 못 피웁니다."

"술은?"

"술도 잘 하지 못합니다. 딱 한 잔이면 족합니다."

"자네도 우암처럼 원칙주의자군. 난 술과 담배를 많이 하고 변칙과 실용을 좋아한다네."

세자는 장죽에 부시를 쳐서 담배를 피우며 말했다.

"자네 집에 놀러 가도 괜찮겠나?"

"예. 세자가 저희 집에 방문하는 것은 큰 광영이지요. 헌데 왜 누추한 저의 집에 오시려는지요?"

"누추하다니, 자네 북촌 집이 하도 명가라기에 그냥 가보고 싶은 것이네."

"저하가 사시는 궁궐에 비하면 초라하기 짝이 없습니다."

어둔은 세자의 방문을 본능적으로 막아야 한다는 생각이 번쩍 들었다.

'바람둥이 세자가 누이를 유혹하려고 오는 것이 분명하다.'

근자에 장안에 한양미인도가 소문이 나면서 그 주인공인 천시금을 보러오겠다는 자들이 한둘이 아니었다.

"아까 육정과 육사에 대해 말했던가? 스승님이 당부한 좋은 군신 관계는 어딜 가고 날 피하려는 느낌이 드는군."

"천만에 말씀이옵니다. 세자 저하, 꼭 들러주십시오. 저희 가문에 큰 광영이옵니다."

어둔은 세자에게 고개를 숙이며 말했다.

세자와의 만남(3)

　어둔은 명남당 방 안에 누워 청동방울을 흔들며 생각에 잠겨 있었다.

　'청남당을 습격한 역적 박기산이 과거 청남당의 당주이자 이 집의 당주임에 분명하다. 종이었던 아버지는 역적 박기산을 고변해 그 대가로 박기산의 집과 재산을 모두 받은 게 틀림없다. 하지만 아버지는 정의로운 분으로 역적 박기산을 처단하고 나라와 왕실을 보전했다. 그런데 사람들은 왜 현재를 보지 않고 한때 종이었고, 고변자라는 과거의 사실만 보고 비난하는 것일까.'

　그런 생각 때문이었을까. 어둔은 결코 남에게 양반행세를 하지 않았다. 숯막과 논밭, 염전과 바다에서 서민들과 어울렸고, 천막개의 아들로서 특별한 대우를 받지도 요구하지도 않았다. 의식주에서 소박했고, 돈에 대해 담백했다. 그는 돈이 있으면 주머니에 모으기보다 동료들과 나눠 썼다. 아버지 천막개가 알면 큰일 날 일이지만 자신이 언젠가 청남당 당주가 되면 가족이 생활할 최소한의 생계비만 남겨

두고 전 재산을 나라와 백성을 위한 좋은 일에 쓸 것이라 생각했다.

천막개가 싱글벙글 웃으면서 어둔의 방으로 들어오며 말했다.

"어둔아, 오늘 기쁜 소식이 있단다."

"무엇입니까?"

"세자 저하가 우리 집에 왕림하신다더구나."

"아버지, 그렇게 웃을 일만은 못 됩니다."

어둔이 정색을 하며 말했다.

"왜? 곧 보위에 오를 세자가 오시는 건 우리 집으로선 큰 광영이 아닌가. 이런 때 인연을 맺어놓으면 장차 너는 큰 벼슬도 할 수 있다."

"틀림없이 천시금 누이동생 때문에 오는 것입니다. 요즘 장안에서는 세자가 색렵을 하러 다닌다는 소문이 자자합니다."

"색렵이라니, 닥쳐라! 누가 들으면 넌 역적죄로 참형을 면치 못할 것이다."

천막개의 얼굴이 푸들푸들 떨렸다.

"넌 아직 젊어서 권력의 힘을 모른다. 일생일대의 기회가 온 것이다. 천시금에게 오늘밤 세자를 잘 모시라고 내 미리 일러두었다. 세자가 곧 보위에 오르면 우리집안은 왕의 부마 집안이 될 수 있다."

아니나 다를까, 해질녘에 세자가 명남당을 방문했다. 세자는 전작이 있었는지 술에 잔뜩 취해 있었다.

천막개는 세자에게 크게 읍소를 하며 말했다.

"세자 저하, 누추한 저의 집을 찾아주셔서 가문의 광영입니다. 성은이 망극하나이다."

천막개를 따라 이복춘과 천시금, 천어둔도 세자에게 절을 하고 세자를 명남루로 모셨다.

누각 안에는 천막개가 정성스레 준비한 술상과 옆에는 가야금이 놓여 있었다.

세자는 천막개에게 말했다.

"천 영감, 그대는 정말 행복한 사람이오. 천하의 인재 천어둔과 한양 최고의 미인 천시금 두 자녀를 두었으니 왕실도 부럽지 않겠소이다."

"아이고, 무슨 과찬의 말씀이십니까? 부족한 자식과 여식일 뿐입니다."

"보아하니 모전여전이구만. 그 어머니도 보통 미인이 아니시고."

이복춘이 몸 둘 바를 모르며 말했다.

"세자 저하, 그럼 저희들은 물러갈 테니 제 딸과 즐거운 시간을 보내십시오."

"흠, 다들 같이 있질 않고."

"저희들은 그만 물러나겠습니다."

천막개와 이복춘, 어둔은 황급하게 물러났다.

세자는 지는 해에 서린 천시금의 얼굴이 함박꽃처럼 아름다워 보였다.

"내가 홍루에 걸린 한양미인도를 보고 여길 왔는데 윤두서의 붓솜씨가 엉터리군. 그림보다 실물이 훨씬 아름답군."

"고맙습니다. 제가 술을 한잔 올리겠습니다."

천시금이 술을 따르자 세자도 천시금에게 술을 한잔 따라주었다.

왕은 천시금과 대작하면서 말했다.

"나는 전에 미인도와 한잔 대작하고 왔으니 이번에 시금이와 두 번째 술을 마시는 느낌이군. 손도 섬섬옥수로군."

세자가 천시금의 손을 잡자 천시금이 살짝 뿌리치며 말했다.

"제가 저하를 위해 가야금 한 곡을 연주하겠습니다."

"오, 가야금 좋지."

천시금이 가야금을 무릎 위에 받치고 우륵의 회소곡을 뜯었다. 그녀의 열 손가락은 12줄의 현 위로 마치 폭포 위로 물고기가 뛰듯 뛰기 시작했다. 둥기둥당당. 처음에는 가야금 장단이 진양조로 나가다 중모리 중중모리 자진모리로 빨라졌다. 가야금 소리에 서산에 해가 떨어지고 누각의 단청 연꽃들도 우수수 춤추며 떨어지는 듯했다.

"아, 궁궐에 있는 장악원의 악사와 악생들보다 훨씬 잘 하는구나."

"이번에는 우륵의 '사자기(獅子伎)'를 연주해보겠습니다."

진흥왕 때 우륵은 가야금 12곡을 만들었는데 그중 8번째 곡이 사자기였다. 마치 사자가 갈기를 휘날리며 하늘을 향해 포효하는 듯 하는 이 곡은 사자가면을 쓴 채 악귀를 내쫓는 춤인 사자무의 반주로 작곡된 것이다.

천시금은 손끝으로 줄을 퉁기다가 손톱으로 뜯고, 줄을 굴리거나 떨어서 농현을 하며 사자의 모습과 포효를 들려주었다.

세자는 우륵의 사자기를 듣고 사자의 형상을 머릿속에 그려보았다. 바람에 휘날리는 사자의 검은 갈기와 밤에도 불을 뿜는 형형한 붉은 눈, 평평하지만 위엄이 서린 코, 사자의 강력한 이빨과 턱이 떠올랐다.

세자는 마치 자신이 사자가 된 양 어깨를 들먹이고 고개를 끄덕이며 가야금 소리에 장단을 맞췄다.

가야금 연주가 끝나자 세자는 사자가 된 듯 거칠게 말했다.

"시금아, 이리 오너라. 어서 내 옆에 와 앉아라."

세자는 그림 속의 미인과 본격적으로 하룻밤의 회포를 풀고자 했다.. 세자는 지금까지 마음먹어 꺾지 못한 꽃이 한 송이도 없었다. 권력과 금권의 바람이 가장 적나라하게 불어 헤치는 곳이 여자의 꽃밭이라고 생각하고 있었다.

천시금은 세자가 사자처럼 덤빌 때마다 조용히 거부하고 있었으나 술에 취한 세자는 천시금의 손을 잡아당겨 강제로 접문(接吻, 입맞춤)했다.

"저하, 그만 소녀의 방으로 가시죠."

천시금은 고개를 돌려 세자의 입술을 살짝 피했다.

달빛에 파르스름하게 젖은 천시금의 얼굴은 윤두서의 한양미인도 속의 모습 그대로였다.

둘은 걸어서 명남당 별채 천시금의 방으로 들어갔다.

세자는 천시금의 얼굴을 깊은 눈길로 더듬으며 말했다.

"오늘밤 이후부터 그대를 궁궐에서 생활하게 해주겠다."

"전 싫사옵니다."

"궁궐이 싫다는 사람 처음 보네. 내가 싫어서 그런가?"

세자는 천시금의 당돌한 말에 더 강한 집착이 생겼다.

"그게 아니옵고, 갑자기 가족들과 헤어지는 게 싫습니다."

"왜 어둔 오빠와 헤어지는 게 아쉬운가?"

세자는 두 손으로 천시금의 허리를 움켜잡았다.

이제 천시금은 더 이상 써야 할 패가 없었다. 막다른 골목에 몰렸다. 온몸으로 거부할 수밖에 없었다.

세자는 한양미인도 속의 주인공과 합방을 한다고 생각하니 가슴이 설렜다.

'중국 왕들은 수천에 이르는 궁녀의 얼굴을 일일이 파악할 수 없어 화원이 그린 화첩을 보고 하룻밤을 낙점했다지.'

그러나 세자는 오늘밤 전례 없이 천시금의 작은 저항에 부딪혀 고전하고 있었다.

천시금은 세자의 요구에 고개를 외로 돌리며 몸을 틀었다.

"어린 것이 무엄하게도 나를 거부해?"

세자는 반항하는 천시금의 치마저고리를 벗기며 완력으로 덤벼들었다. 밖에서 안을 지켜보고 있던 어둔은 주먹을 부르쥐었다. 천시금이 소리를 지르며 흐느끼고 있었다. 세자가 치마저고리를 찢는 소리가 들렸다.

어둔은 더 이상 참지 못하고 문을 열고 들어가 엎드렸다.

"세자 저하, 말씀 드릴 게 있습니다!"

"허, 이건 또 무슨 제석항아리에 끼어들어온 말×인가?"

어둔은 세자 앞에 무릎을 꿇고 간청했다.

"감히 세자께 청원합니다. 지금은 인선대비의 복상기간입니다. 부디 고정해주십시오."

"허허, 이제 네가 날 협박까지 하는가?"

"저하, 위징의 간언으로 말씀드렸습니다. 용서하시고 부디 통촉해주십시오."

그때 구석에 있던 천시금까지 와서 무릎을 꿇었다.

"저하, 부디 통촉해주십시오."

"허허, 명남당에서 충신과 열녀났구료."

세자는 발 앞에 엎드린 두 사람을 보며 한동안 옷통을 벗은 상태에서 서 있었다.

세자는 천천히 바짓말을 추스르면서 말했다.

세자는 어둔과 천시금 옆에 황급히 달려와 엎드린 천막개와 이복춘을 보며 말했다.

"잘 들어두어라. 너희 서인들이 너무 오랫동안 집권해왔어. 감히 날 무시하다니!"

"세자 저하, 황송하나이다. 죽을 죄를 졌나이다."

천막개와 이복춘은 세자 앞에 납작 엎드렸다.

"힘은 더 큰 힘 앞에서만 뒷걸음치지. 내가 이번에 너희들에게 어떻게 하는지 똑똑히 보여주지. 천어둔, 나에게 복상기간을 가르쳐줘서 고맙군."

세자는 소매를 크게 한 번 떨치고는 걸어 나가다 천시금을 보며 말했다.

"천시금, 오늘은 그냥 가지만 반드시 널 궁궐로 불러들이겠다."

세자는 바람처럼 왔다가 바람처럼 사라져버렸다.

북촌 홍루

세자가 떠난 뒤 어둔은 천막개의 사랑채로 불려갔다.

천막개는 어둔에게 말했다.

"네가 다된 밥에 코를 빠뜨리게 했어! 시금이가 세자의 눈에 들어 회임하면 우린 왕실의 외척이 될 수도 있었거늘, 일생일대의 기회를 놓치고 말았다. 하물며 세자의 역린을 건드렸으니 장차 집안에 닥칠 화를 어떻게 막는단 말인가!"

"아, 아버지, 그러면 누이는 원치 않는 겁간에 의해 회임됩니다. 세자든 누구든 함부로 여자를 겁간하는 행위는 국법으로 엄단해야 합니다."

천막개는 아들의 말에 순간적으로 까마득히 잊고 있던 윤보향의 겁간장면이 떠올랐다.

천막개는 장죽으로 재떨이를 탕탕 두드리며 말했다.

"네 이놈! 감히 세자 저하를 겁간범으로 비방하다니! 역적으로 몰리면 삼대가 멸하는 줄 진정 모른단 말이냐! 네 놈이 우리집안을 망하게 하려고 태어났구나!"

천막개는 '업둥이로 들어왔구나!'라고 하고 싶었지만 마지막 순간에 흥분을 가라앉히고 참았다.

사실 천막개는 요즘 어둔에 대한 사랑이 식어졌다. 지통님이 나이 마흔에 아이를 회임해 집안의 경사가 난 것이다. 그의 마음은 온통 통님이가 아들을 낳을 것인지 딸을 낳을 것인지에만 관심이 쏠려 있었다. 만약 아들을 낳으면 근본도 모르는 업둥이인 어둔이보다 자신의 친자에게 모든 재산을 물려줄 것이다. 아니, 딸이라 하더라도 딸과 사위에게 재산을 모두 물려주는 게 낫다는 생각을 했다.

"요즘 나는 너에게 더 큰 실망을 하고 있다. 대과 공부는 하지 않고 대금이나 불면서 세자에 대해 불순한 언행만 일삼고 있으니."

천막개는 자리끼를 마시고 차분한 어조로 말했다.

"지금 조정에선 인선대비가 돌아가신 뒤 자의대비의 상복문제로 다시 예송논쟁이 불붙기 시작한 걸 너도 잘 알 것이다."

효종의 비 인선왕후가 죽자 그 시어머니인 자의대비가 몇 년 동안 상복을 입고 있어야 하는지가 문제로 대두되었다. 일차예송 논리와 똑같이 서인 송시열은 주자가례에 따라 효종이 차자이고 인선왕후가 차자비이기 때문에 자의대비는 9개월간 상복을 입고 있어야 한다고 주장했다. 남인 허목은 전과 마찬가지로 왕이 되면 차자도 장자로 바뀌므로 자의대비는 마땅히 1년 상복을 입어야 한다고 주장했다. 왕은 노쇠해 자리보전하고 누워 있고, 세자는 서인을 내치고 남인으로 환국하려고 마음먹고 있었다.

"어둔아, 이제 미수 허목의 남인천하가 온다. 우암학당을 그만 두고 서인의 당색을 탈색하고 허목의 미수학당으로 가야 살아남는다."

"아버지, 저는 우암 스승님을 배반할 수 없습니다."

'도둑에게도 의리가 있는데 하물며 정치적 도의를 무시하십니까?'라는 말을 차마 입밖으로 내지 않았다.

어둔은 최근 아버지에게서 나타나는 속물근성을 의심하고 있었다. 딸을 희생해서라도 정치적 생명을 연장하려는 것도 그런 바탕에서 나온 것 같았다. 어쩌면 어둔은 자신이 아버지에게 반항하는 사춘기를 겪고 있는지도 모른다는 생각이 들었다.

"어둔아, 정치는 이 애비에게 배워야 한다. 의분만 가지고 되는 게 아냐. 상황도 모르고 망둥이처럼 날뛰는 것은 하수가 하는 짓이야. 냉철하게 사세를 판단해 호시우행(虎視牛行, 호랑이 눈으로 보고 소처럼 걸어간다는 뜻)하지 않으면 하루아침에 역적으로 몰려 멸문지화를 당하고 만다. 한양의 정국이 매우 위험하고 세자의 역린을 건드린 네 신변이 염려스럽다. 지금 울산의 마채 염전에서 염부들이 한 달째 쟁의를 하고 있다. 네가 잠시 울산으로 내려가 있으면서 도마름 두발과 함께 염부들의 소요를 막아보도록 해라."

마채 염전에서 일하는 수백 명의 염부들이 한 달째 쟁의를 했다. 사람대우를 해주고 노임을 올려달라는 것이다. 이런 일들은 간헐적으로 있어왔으나 이번처럼 대규모로 일어난 것은 처음이었다.

"그리하겠습니다."

"염전을 폐쇄하는 한이 있더라도 소요를 일으킨 주모자들은 반드시 잡아 감옥에 보내라. 네 혼자로선 버거울 테니 도마름 두발을 데리고 가서 해결해라."

어둔은 천막개의 지시대로 울산으로 내려가 마채 염전으로 가서 염부들의 쟁의를 막아야겠다고 생각했다. 하지만 울산으로 내려가기 전 할 일이 하나 있었다.

어둔은 한강을 건너가 압구정촌 정선(鄭先) 영감댁에 식객으로 있는 윤두서를 만났다. 윤두서는 화선지를 지통에 말아 넣고 붓을 던져버린 채 술만 퍼마시고 있었다. 윤두서는 어둔을 보더니 깜짝 놀라는 표정이었다.

어둔이 윤두서에게 말했다.

"공재, 지난 일은 묻지 않겠네. 나에게 주겠다던 그 미인도가 어떻게 북촌 홍루에 걸려 있는지 그것만 말해주게."

공재는 고개를 푹 숙이며 술을 마시더니 뜻밖의 말을 꺼냈다.

"명남당 천막개 영감은 남인인 우리 해남 윤씨 가문의 원수입니다. 천막개의 고변으로 남인의 영수인 윤선도 증조부는 삼수갑산으로 유배간 뒤 죽었습니다. 이후 계속되는 서인들의 핍박에 저희 집안의 형님도 장살당하고 저는 과거의 뜻을 꺾고 오로지 그림에만 전념하였습니다."

"그럼, 네가 정녕 남인의 간자로 우리 명남당에 들어왔단 말인가!"

"저를 후원해주는 북촌 홍루의 행수 홍매에게 명남당의 동정을 보고해 왔습니다."

오랜 경험에서 나온 아버지 천막개의 말이 옳았다.

"북촌 행수는 남인당인가?"

"그렇습니다. 영업상 서인과도 교류하지만 고향이 저와 같은 해남이고 근본은 남인당입니다."

"헌데 나에게 주기로 한 미인도를 왜 행수에게 주었는가?"

"그동안 신세진 것도 있고 해서 주었습니다. 하지만 흰 나리꽃처럼 순결한 천시금의 그림이 홍루에 걸려 있다는 게 늘 죄스러웠습니다."

윤두서는 처음에는 천시금을 그리는 핑계로 명남당을 드나들며 서인들의 움직임을 수집했다. 그러나 천시금을 그리면서 그는 간자의 임무보다 천시금의 미인도를 최고의 걸작으로 만드는데 몰두했다. 윤두서의 필묵법은 터럭 한 오라기까지도 세밀하게 그리는 극사실적 화법이었다. 따라서 그는 천시금의 알몸을 보아야 완벽한 전신상을 완성할 수 있다는 망상에서 벗어날 수 없었다. 결국 그는 붓을 꺾고 미완성의 미인도를 들고 명남당을 나오고 말았다.

"헌데 어떻게 그림을 완성했나?"

"저는 얼굴 그림만 주었습니다. 행수가 한양에서 제일 잘 그린다는 화원에게 치마저고리를 그려 넣게 했지요. 전 그 이후로 홍루에 간 적이 없습니다."

"아우, 미인도를 나에게 주겠다는 나와의 약속을 지켜야지. 그 그림을 마냥 홍루 기생집에 걸어둘 수는 없잖아."

"일단 함께 북촌 홍루로 가지요."

천어둔과 윤두서, 둘은 왕실의 대군들과 공경대부가 드나든다는 북촌의 고급 주점 홍루에 갔다.

북촌 주점거리에 우뚝 솟아 있는 홍루는 그 위용이 대궐의 고루거각에 못지않았다.

입구에서 손님을 안내하는 객인이 수수한 옷차림의 젊은이 둘을 아래위로 훑어보더니 들어가는 걸 제지했다.

"어디서 온 자들인가? 뱀 나온다. 어서 집으로 돌아가!"

윤두서가 말했다.

"나, 윤두서요. 홍매 행수를 만나러 왔소."

"아, 한양미인도를 그린 화가, 이제야 기억납니다."

어둔과 윤두서는 객인의 친절한 안내를 받아 홍루 안으로 들어갔다.

"보시다시피 성업 중입니다. 오늘따라 중국의 사신들이 상고들과 함께 왔네요."

주탁에는 청나라에서 온 사신과 상고들, 송상, 만상, 경강상인들로 북적대었다. 홍루는 술과 음식이 나오는 객석과 무대가 따로 구분되어 있었다. 주점의 바닥보다 한 자 정도 높은 무대 위에는 매미 날개 같은 옷을 입은 세 명의 처녀가 거문고를 탄주하는 중이었다. 그 앞에서는 거문고에 맞추어 반라의 여인들이 춤을 추고 있었다.

어둔은 사방에 주자의 성리학으로 철옹성을 쌓고 있는 조선의 수도 한복판에서 이런 외설스런 이국문화가 존재하고 있다는 게 믿어지지가 않았다. 대군들과 당상의 관리들이 이런 문화를 즐기고 있다는 자체를 이해할 수 없었다.

윤두서가 눈빛으로 벽면을 가리켰다.

내실 벽에 찾고 있었던 한양미인도가 걸려 있었다. 바로 윤두서가 명남루에서 그렸던 누이 천시금의 얼굴 그대로였다. 어둔은 얼굴은 완벽하나 어깨에서 허리에 흐르는 곡선에서 천시금의 몸매와는 다른 미세한 어색감을 느꼈다. 그 미세한 어색감을 견딜 수 없었던 윤두서는 그림을 중단하고 만 것이었다.

잠시 후 회장저고리에 하얀 열두 폭 스란치마를 입은 행수 홍매가 악생 이모악과 기생들과 함께 나타났다. 북촌 홍루의 행수다운 위엄과 재색이 있었다.

"윤두서 화가가 그림을 돌려 달라 한다고요?"

"그림을 도로 돌려주시오. 원래 이 분에게 드리려고 한 그림이오."

"그럼, 공자가 바로 이 그림의 오빠 천어둔이세요?"

"맞소. 여동생의 그림을 더 이상 이런 화류의 장소에 걸어둘 수 없소."

"돈은 가져오셨어요?"

"돈은 달라는 대로 주겠소."

"그렇게 돈이 있어 보이진 않는데. 악생, 이 두 분을 방으로 모셔요."

"알겠습니다."

악생 이모악은 어둔과 윤두서를 홍루에서도 전망이 좋은 방인 월궁방으로 데리고 갔다.

바깥 무대에는 거문고과 가락에 맞춰 무희들이 반투명 매미날개 옷을 입고 춤을 추고 있었다. 지잉지잉 울어대는 거문고 탄주가 끝나고, 둥기둥당당 경쾌하고 빠른 가야금 음악이 들려왔다.

홍루의 행수가 기생 연홍을 데리고 술과 안주를 들고 월궁방으로 들어왔다.

기생 연홍이 화가 윤두서의 옆에 앉았고, 행수 여인은 어둔의 옆에 앉았다.

행수는 어둔에게 술을 따르며 말했다.

"어려운 걸음하셨는데 제 술 한 잔 받으세요."

연홍도 윤두서의 술잔에 술을 따랐다.

둘은 술을 한 잔씩 마시며 마음이 조금 느긋해졌다.

어둔이 홍매를 바라보며 말했다.

"행수는 어디서 본 듯한 얼굴인데 고향이 어디오?"

"우리같이 떠돌아다니는 사람이 고향이 따로 있나요. 동래 교방청에서 한양으로 올라왔지요."

"동래라, 왠지 어디선가 만난 느낌이 들어서요."

"전생에 서로 인연이라도 있나봅니다. 저도 낯설지가 않아요."

가야금을 뜯던 무대가 갑자기 떠들썩해졌다.

무대에 한 젊은 여자가 나타나자 객석에 앉은 손님들이 환호를 보냈다.

어둔은 자신의 눈을 의심할 수밖에 없었다.

무대 위에 선 여자는 깊고 큰 눈, 늘씬한 허리와 긴 허벅지, 눈처럼 하얀 피부의 여자로 분명 조선여인이 아니었다. 윤두서도 믿어지지가 않은 듯 눈을 부비며 가야금의 가락에 따라 배꼽춤을 추는 여자를 쳐다보고 있었다.

이곳을 몇 번 출입한 윤두서도 처음 보는 듯 행수에게 물었다.

"무대 위에서 춤추는 괴이쩍은 저 여자는 대체 누구요?"

"악생 모악이가 중국에서 데려온 색목녀지요. 이국적인 용모에 재주가 많아 한양에서 인기가 제일이지요."

실크로드를 따라 중국 연경으로 흘러들어온 중앙아시아의 색목녀를 악생 모악이가 데려왔다는 것이다. 젊은 색목녀는 은실 가슴가리개와 황금실 고쟁이를 입고 나타나 빠르고 경쾌한 아라비아 음악에 맞춰 배꼽춤을 추고 있었다.

"주자를 섬기는 조선 천지에 이런 외설스런 곳이 있다니!"

어둔과 윤두서는 탄식을 하면서도 조선사회의 개방성에 놀라움을 금치 못했다.

조선이 폐쇄적이긴 하나 예로부터 비단길의 출발지로서 서역과 교역이 면면이 이어졌고, 또 바다 비단길도 열려 있어 이국인들의 출입이 많았다. 특히 서양의 교역선들이 아시아 바닷길을 따라 극동인 일본까지 들어오면서 조선도 더 이상 쇄국의 길만을 걸을 수 없었다. 위로 아무리 막아도 물밑으로는 중국, 중앙아시아, 일본, 대만과 안남 등 해외와의 교역이 이루어지고 있었다.

홍매가 두 사람에게 말했다.

"그럼, 흥정에 들어가지요. 미인도 값을 얼마까지 낼 수 있어요?"

행수의 말에 윤두서가 솔직하게 말했다.

"아시다시피 젊은 우리들이 무슨 돈이 있겠어요?"

"제가 그림 값을 말하죠. 윤두서 화가에게 들어간 돈 백 냥, 치마저고리를 그린 화원에게 들어간 돈 백 냥, 그리고 세자 저하께서 이곳에 오셔서 감상하며 대작한 값 삼백 냥, 이 한양미인도를 보기 위해 경향에서 오는 손님들이 벌어오는 값 오백 냥, 총 천 냥이면 팔겠습니다."

윤두서가 술상을 쾅 치며 말했다.

"세상에, 이런 도둑놈의 심보가 어딨소! 행수 당신에게 푼돈 몇 번 얻어 쓰고 여기서 술 몇 번 마신 게 다요. 그런데 천 냥이라니!"

네 냥이 쌀 한 석인데 천 냥이면 쌀 이백오십 석으로 어둔이 감당하기 힘든 돈이다. 아버지 천막개는 백 냥 정도는 몰라도 결코 이 정도의 돈을 지불하지 않을 것이다.

"돈은 달라는 대로 주겠다면서요? 자, 공자님, 이 오리찜을 한 점들어보세요."

홍루라는 곳이 이런 곳인가. 행수는 술을 권하고 오리다리의 살점을 찢어 어둔의 입 안에 넣어주었다. 병 주고 약 주는 행수의 행태가 그렇게 얄밉지는 않았다. 홍매 행수는 맞은편의 연홍과는 달리 교태와 색기는 없었지만 누나처럼 어머니처럼 푸근했다.

하멜의 딸 하영

무대 위에서 가야금의 탄주에 맞춰 춤추는 색목녀는 둘로 늘어 있었다.

어둔이 물었다.

"저, 한 명도 중국에서 데려온 색목녀요?"

행수가 말했다.

"아닙니다. 저 여자는 한양에서 태어난 여자입니다."

"한양에서 눈이 푸르고 피부가 흰 여자가 태어날 수 있단 말이오?"

"제주도에 표착해 한양으로 올라온 하멜 일행을 모르세요?"

"하멜의 이야기는 내가 아는 형으로부터 이야기를 들어 잘 알고 있소."

어둔은 안용복을 떠올리며 말했다.

"하멜이 홍루 기녀 송이와 합방해 낳은 딸이 바로 하영이지요."

어둔은 하멜을 만나 도움까지 주었다는 안용복 형님의 말이 떠올랐다.

'하멜이 낳았다는 하영이라는 딸도 찾고 싶네.'

"하영이와 만나 이야기할 수 없을까요. 전해줄 말이 있어요."

"무대에서 내려오는 대로 이 자리로 부르지요."

연홍이와 대작을 하면서 술이 된 윤두서는 연홍이와 함께 옆방으로 옮겼다.

무대에서 춤과 음악이 끝나고 늘씬한 팔등신의 아가씨가 월궁방에 합석했다.

"반갑습니다. 하영이에요."

"천어둔이오."

"제가 아는 형님에게 하영씨 이야길 들어서 꼭 만나고 싶었소."

"그분이 누구시죠?"

"안용복이라고, 하멜일행이 일본으로 갈 때 많은 도움을 주신 분이죠."

"고마운 분이군요."

"하영씨, 아버지와 어머니는 어떻게 만난 거죠?"

"바로 이 자리에서 둘이 만나 사랑을 했지요."

하멜은 한양에 있을 때 이곳 북촌 홍루에서 기생 송이와 사랑을 나누었다. 눈은 왕방울처럼 크고 푸르며 머리는 산불이 난 듯하고 가슴과 다리에는 성성이처럼 털이 무성하고 키는 장대처럼 큰 괴물인 화란인을 조선 사람이면 다 기피했다. 그러나 송이만은 달랐다. 하멜 일행이 피곤해 북촌 홍루에 들면 송이는 그들을 따뜻하게 맞아주었다.

그날도 하멜이 대감집 잔치에 짐승처럼 구경거리로 끌려 다니다 홍루에 들어왔다.

송이가 말했다.

"당신과 나 사이에도 사랑하면 아이가 생길까요?"

"당신이 날 짐승이라 생각하면 아이가 생기지 않을 것이고, 똑같은 사람이라고 생각하면 아이가 생기겠지요."

"하멜, 당신은 좋은 사람이에요. 당신과 나 사이에 태어나는 아이는 어떤 모습일지 궁금해요. 피부가 깨끗하고 눈이 예쁜 아이가 나올 것 같아요."

"괴물이 나온다는 생각은 안 들어요? 송이, 그런 아이를 낳으면 키울 자신이 있어요?"

"설사 우리 사이에 괴물이 나온다 해도 전 소중하게 키울 거예요."

"아, 송이."

하멜은 북촌 홍루에서 송이를 덥석 품에 안았다.

고향을 떠난 지 수십 년만에 처음 품어보는 여자였다. 동쪽 세계의 끝인 조선에 와서 황토빛깔 여인의 몸을 껴안으니 사골이 녹는 듯했다.

"아, 송이. 당신은 아주 특별해요. 지금 난 우리 야소교인들이 믿고 있는 천국에 올라와 있는 기분이에요. 오늘 이후 조선 땅에서 죽어도 여한이 없어요."

"그럼, 박연처럼 조선 땅에서 정착해 살 건가요?"

"지금까지는 탈출을 꿈꿨지만 이제부터 당신과 살겠습니다."

하멜은 송이와 한동안 조선 땅에 마음을 붙이며 살았다.

하멜과 송이 사이에는 하영이라는 딸이 생겨났다. 하영이는 괴물 은커녕 눈처럼 흰 피부에 푸른 눈을 가진 예쁜 아이였다. 비록 몇몇 아이들이 괴물이라고 놀리긴 했지만 하멜과 송이에겐 눈에 넣어도 아프지 않는 귀엽고 소중한 아이였다.

하멜이 조선을 탈출하기 전에 한양의 북촌 홍루에 기별을 보냈다. 하지만 소식이 너무 늦게 도착해 송이와 하영이가 여수에 내려갔을 때 아쉽게도 이미 하멜은 여수를 떠난 뒤였다.

하멜은 조선을 떠나기 전 안용복에게 마지막으로 당부했다.

"딸 하영이가 있는 조선을 영원히 잊지 못할 것이오. 기회가 된다면 반드시 하영이와 함께 네덜란드로 찾아와 주시오. 평생 당신을 은인으로 모시리다."

어둔은 하영에게 하멜과 안용복의 만남을 이야기하고 마지막 당부의 말을 했다.

하영은 술잔을 단숨에 비우며 말했다.

"좋은 이야기 고맙습니다. 전 아버지를 보지 못하고 어머니로부터 이야기로만 들었어요. 어머니가 역병에 걸려 돌아가신 뒤 저도 언젠가 아버지를 찾아 이곳을 떠나야겠다는 생각을 했어요."

"좋은 생각입니다."

행수 홍매가 박어둔에게 말했다.

"좋은 생각이라뇨?"

"하영이 화란으로 갈 수 있다면 좋겠다는 겁니다."

"여기서 유럽까지 가려면 얼마나 걸릴까요? 배로 일 년?"

"일본, 인도, 아프리카로 해서 가면 아마 그보다는 적게 걸릴 거요."

"돈도 많이 들겠죠?"

"한양미인도 값 정도는 들지 않겠어요."

"하영이는 춤을 잘 출 뿐만 아니라 성격도 좋고 음식도 잘해 여기 홍루의 살림을 도맡아 삽니다. 하영이가 화란으로 떠나면 우리 홍루가 유지되지 않지요. 하지만 난 하영이가 꼭 화란으로 갔으면 해요."

하영이가 월궁방에서 나가고 행수 홍매는 넓적한 나무대접 잔에 석탄주를 따르며 말했다.

"공자님, 이제 모든 걸 잊고 오늘 밤 마음껏 마셔요."

행수는 손님을 응대하는데 능하고 말하는 것이 청산유수였다.

삼키기 아깝다 하여 석탄주(惜呑酒)라 이름을 붙인 이 술은 열두 번 덧술을 친 왕실 향온주와 어깨를 겨루는 고급주였다.

"한 잔 들지요."

어둔은 술을 잘 하지 못했다. 주량이 막걸리 한 잔이었다. 헌데 행수와 잔을 부딪친 뒤 술을 입에 털어 넣었다.

천어둔이 깨어나 보니 다음날 아침이었다. 웃옷이 벗겨져 있고 바지가 흐트러진 채로 월궁방에 누워 있었다.

고향 울산

어둔은 말을 타고 울산으로 내려갔다. 그는 어머니 지통님과 옛날 동무들을 만날 생각에 가슴이 부풀었다. 울산 종갓집 청남당에 도착하니 어머니 지통님은 예전에는 대문까지 버선발로 뛰어나왔는데 안 방문을 열고 얼굴만 빼꼼 내밀고 '어둔이 왔나?'하는 정도였다. 회임으로 몸이 무거운 탓이겠지만 뭔가 모를 무심함을 느꼈다.

태화사에서 아들 과거에 합격하기만을 기원하던 어머니는 출산이 임박한 요즘 건강한 아들이 태어나기만을 일구월심으로 기도하고 있었다. 태화사의 시주의 절반은 청남당에서 나온다는 소문이 있을 정도였다.

어둔도 홀로 컸던 탓에 귀여운 늦둥이 동생이 생긴다는 것이 싫지만은 않았다. 하지만 기분 탓인가. 아버지와 어머니의 시선이 온통 태어날 동생에게만 가 있고, 자신에 대해서는 무관심을 넘어 냉대까지 한다는 생각을 떨칠 수가 없었다.

어둔은 청남당에서 개운포 청량의 마채 염전을 향해 가면서 북촌 홍루의 행수 홍매를 생각했다.

홍루에서 하룻밤을 자고난 다음날 아침 행수 홍매가 꿀을 탄 매실차를 들고 월궁방으로 왔다.

어둔은 부리나케 옷을 추스른 뒤 좌정했다.

"어제 너무 마셔서 지금도 정신이 하나도 없네요."

"아니, 젊은 분이 그렇게도 기억이 없으신가요? 하긴 한양의 젊은 이가 술 먹고 실수하는 것은 다반사지. 자, 기가 허하실 텐데 이 차를 드세요."

홍매는 마치 간밤에 어둔과 만리장성이라도 쌓은 듯이 다정하게 굴었다.

어둔은 매실차를 마시며 행수의 얼굴을 다시 쳐다보았다.

고운 자태가 남아 있긴 하지만 보아하니 어머니뻘 되는 중년의 여인이었다. 아무리 자신이 정신이 없다손 치더라도 이 여인과 무슨 일을 벌였겠나 싶었다.

그러나 여인의 말은 달랐다.

"공자께서 어찌나 제 품을 파고들던지."

"그럼, 제가 혹시 무슨 실수라도 하지 않았는지?"

"아이고, 기억 못하신다면 아무 일도 없었겠죠."

홍매는 말꼬리를 묘하게 흘리며 여운을 남겨두었다.

"허, 난 아무런 기억이 없지만 오랜만에 잠은 푹 잘 잔 것 같소."

"앞으로 공자는 술 조심해야겠어요. 석탄주 두 잔에 그냥 푹 쓰러졌어요."

"원래 술을 못하는데 어제 과음을 했소. 그런데 윤두서는 어디 있는 거요?"

"화가님은 벌써 어젯밤에 갔어요."

"그나저나 미인도를 찾으러 왔다가 홍매의 미인계에 걸린 것 같소."

"어떻게 이제 아시네요. 자, 여기 수결한 증서를 보세요."

"아뿔사."

증서
한양미인도를 가져가기 위해선 그림의 공정가격인 천 냥을 반드시 그림의 주인인 행수 홍매에게 지불할 것을 서약합니다.

천어둔 수결

"언제 내가 이 증서에 수결한 거요?"

"이것조차 기억하지 못하면 심각한 문제예요. 의원에 가서 진맥을 한번 받아 보세요. 자, 이제 일어나 가시죠."

천 냥을 어떻게 구할 것인가. 한양미인도는 물 건너 가버렸다.

월궁방에서 내실로 나오는데 경상 위 벽에 걸려 있던 한양미인도가 보이지 않았다.

"마지막으로 미인도에게 인사라도 하고 가려는데 그림이 보이지 않소."

"한양미인도에 눈독을 들이는 사람이 한둘이 아닙니다. 도난을 방지하기 위해 당분간 안전한 곳에 보관할 작정입니다."

"허허, 행수 그건 참 잘 생각한 것이오. 영구히 안전한 곳에 보관해 놓으시오."

여기에 걸린 한양미인도를 보고 건달 귀족자제들이 여동생 천시금을 찾아오는 것이 문제였다. 어둔은 그림을 찾지 못했지만 소기의 성과를 달성하고 가는 것이다.

어둔은 머리가 어질어질했다.

"자, 입고 온 옷은 가지고 가셔야죠."

행수가 옷 보따리를 주었다.

"고맙습니다."

"이제 발길을 텄으니 앞으로 자주 들러 주세요."

"글쎄요. 저는 울산에 갑니다. 다시 오긴 힘들 겁니다."

어둔은 그렇게 북촌 홍루를 나와 집으로 가는 길에 옷 보따리를 열어보았다.

보따리 안에 옷과 함께 지필통이 발견되었다.

지필통을 열어보니 둘둘 말린 한양미인도가 들어 있었다.

홍매가 쓴 간단한 글도 한 장 들어 있었다.

어둔님

한양미인도를 돌려드립니다. 하지만 공짜는 아닙니다. 증서에 수결한 대로 반드시 천 냥을 주셔야 합니다. 나중에 혹시 기회가 있으면 하멜의 딸, 하영이를 화란에 보내는 걸로 대신 갚아주세요. 그곳까지 가는데 한 천 냥쯤 든다면서요. 당신은 자면서 제 가슴을 만지면서 엄마라고 하더군요. 세상에, 나를 여자라고 생각하지 않고 엄마라고 하다니. 옛날 나에게도 잃어버린 아들이 하나 있었지요. 마치 그 아들이 나에게 젖을 달라고 보채는 것 같아 밤새 가슴으로만 품고 있었지요. 다른 일은 없었답니다. 열심히 정진해 꼭 대과에 합격하기를 빕니다.

-늘 어둔을 후원하는 홍매 올림

생각하면 할수록 재미있고 고마운 여자다. 한양미인도를 주다니, 그것도 데려다줄 가능성이 터럭조차 없는 하영의 화란 행을 담보로. 가치 있는 그림을 그냥 주기는 아까웠을 것이다.

어둔의 봇짐 안에 들어 있는 한양미인도 탓인지 마채 염전을 향하는 어둔의 발걸음은 가벼웠다.

동무들과 마채 염전이 있는 울산 외항 청량에 얼마나 자주 놀러 나갔던가. 바닷가 청량면(淸良面) 목도리(目島里)에는 예로부터 울산 청량 작은집이 있어 오랫동안 머물기도 좋았다. 말이 청량 작은집이지 솟을대문 안에 원정이 있는 기와집으로 개운포에서는 가장 큰 집이었다.

어둔은 좀 더 자라서는 아예 청량 작은집에 염간으로 머물면서 마채 염전을 관리하기도 했고, 동해의 푸른 바다와 신라시대 때부터 번창했던 개운포항과 활기 찬 목도장시와 배를 만드는 개운포 선소에서 일하며 일꾼들과 어울리고 일했다.

어둔은 마채 염전에 도착해 먼저 두발과 함께 쟁의 원인을 파악했다. 두 달째 일을 않고 쟁의를 하고 있는 상황은 매우 심각했다.

염부들은 아버지 천막개를 증오하고 있었다.

"천막개란 자는 근본은 우리하고 똑같은 염부였단 말이야."

"금메 말이시. 누구보다도 염전 상황을 더 잘 알 텐데, 염부들을 이렇게 홀대할 수가 있나."

"종이 주인이 되면 식칼로 형문을 한다더니 꼭 그 꼴일세!"

"염부도 줄이고 품삯도 제대로 주지 않으면서 소금량은 전과 똑같이 내라고 다그치니!"

"제 상전을 잡아먹더니 이제는 아래 것들을 잡아먹겠다는 건가 뭔가."

"천성이 음흉하고 능구렁이 같더니 결국 착한 제 주인의 가산을 다 삼켜버렸지. 천막개보다 박기산이 몇 백배 좋은 주인이었어."

어둔은 염부들의 거친 말을 듣자 오히려 아버지 천막개에 대한 동정심이 일었다.

'아버지가 어떻단 말이냐. 가난한 종에서 부지런히 몸을 일으켜 이 거대한 재산을 일구었다. 하극상이라고? 조선을 세운 태조 임금은 나라를 뒤엎어 개국하지 않았는가. 왜 염부들은 일하지도 않으면서 불평불만만 하는가!'

염전의 상황을 파악한 어둔은 두발에게 말했다.

"염부들이 쟁의하는 목적이 뭐라고 생각하나?"

"뭐, 뻔하죠. 노임을 올려달라는 것이죠."

"아니야. 수단은 임금을 인상하려는 쟁의이지만 목적은 아버지를 마채 염전의 주인자리에서 내쫓으려는 것이야."

"예? 그게 사실인가요?"

"한글로 쓴 이 벽서를 보라고. 하극상을 일으키고 가렴주구를 한 천막개를 조정에 고발해 가둔 뒤 자기들이 마채 염전을 통째로 차지하려고 하는 짓이야."

"그럼, 어떻게 해야 할까요?"

"틀림없이 열심히 일하려고 하는 선량한 염부들의 뒤에 숨어서 선동하는 자들이 있을 것이다. 주로 서당에서 글을 배운 자와 신분제에 불만을 품은 서얼, 당쟁으로 몰락한 잔반이 염부들 중에 있는지 자세히 조사해 봐."

"알겠습니다."

두발은 과거 이곳에서 오랫동안 주인 천막개와 함께 일한 곳이라 염전 사정에 밝았다.

사흘 뒤 두발과 염간 김성길이 조사해온 주모자들의 명단을 보고

어둔은 놀라움을 금치 못했다.

어둔이 김성길에 말했다.

"이들이 정녕 마채 염전의 주모자들이 맞는가?"

"맞습니다. 그들이 뒤에서 방을 써주거나 불순한 자들을 조직하고 심지어 홍길동 같은 책을 읽어주며 선동하고 있습니다."

"알겠네."

어둔은 염부들을 전부 소금밭에 불러 모았다.

"여러분, 염천에 얼마나 수고가 많으십니까. 모든 것이 저희들의 불찰입니다. 헌데 지금 한 달 노임으로 네 냥씩 받는 것은 다른 염전에 비해 적은 돈은 아닙니다."

서생 염전에서는 한 달에 세 냥을 노임으로 받았다.

어둔의 말에 사람들이 웅성거렸다.

"어린놈이 뭘 안다고 조동아리를 놀리는 거냐. 동래와 이원 염전에서는 네 냥 반씩 받고 있는데."

염부들은 동해안 염전을 배를 타고 이동하면서 조금이라도 임금이 센 곳에 취업하기 때문에 서로의 노임을 잘 알고 있었다.

"알고 있습니다. 하지만 그곳에서는 숙식을 제공하지 않기 때문에 세 냥의 노임을 받는 서생 염전이나 다를 바가 없다고 생각합니다."

염부들이 소금을 어둔에게 집어던지며 말했다.

"제미럴, 그걸 가르치려고 우릴 불렀나."

"씨부럴, 아들놈은 제 애비와 딴판이라더니 부전자전, 똑같구먼."

"과거에 합격했다는 놈들 치고 탐관오리가 아닌 놈이 없다더니 저 놈이 바로 그런 놈일세."

어둔은 그들의 말에 동요하지 않고 말했다.

"그런데 저는 여러분에게 이제부터 한 달 두 냥을 더 올려 여섯 냥 씩 지급하겠습니다."

욕설로 와글거리던 염부들은 자신들의 귀를 의심했다. 기껏해야 다섯 냥으로 인상할 것이라 예상했는데 여섯 냥을 준다고 했기 때문 이었다.

"그 말에 책임질 수 있소?"

"책임지겠습니다. 단 한 가지 조건이 있습니다. 이번 행동의 주모 자들은 해고될 수밖에 없습니다."

어둔은 단호하게 말했다.

"무슨 소리야. 다 함께 쟁의를 했는데 치사하게 보복하려는 것인 가?"

"그럼, 주모자들의 이름을 부르겠소."

그러자 웅성거리던 염부들이 소리를 멈췄다.

"범서사람 김가을동, 옥동사람 서화립, 청량사람 김득생! 여러분, 임금은 인상하되 이 세 사람은 지금 이 시간부터 마채 염전에서 해고 요!"

그러자 염부 김가을동, 서화립, 김득생이 앞으로 나왔다. 이들은 모두 청남당 습격 때 죽은 자들의 아들로 이동영과 박창우 문하에서 같이 공부하던 벗이었다. 만나기를 학수고대하던 그리운 벗들을 이런 자리에서 볼 수밖에 없는 현실이 안타까웠다.

사람들이 웅성거리자 김가을동이 우렁우렁한 목소리로 말했다.

"동지들, 우리들은 다른 염전으로 가면 되오. 쟁의를 성공시켰으니 그것으로 만족할 것이오."

어둔이 말했다.

"하지만 한 명은 감옥에 가야 하오! 이 자는 이번 쟁의의 핵심 주동자로 이 세 사람을 뒤에서 조종한 자로 영해사람 유일봉이오!"

그러자 김가을동이 강력하게 반발했다.

"차라리 돈 두 냥을 받지 않을지언정 우리의 동지 유일봉을 옥에 보내는 일은 못하겠소!"

"옳소!"

청년이 된 김가을동은 예전의 귀여운 모습은 사라지고 부리부리한 눈과 얼굴에 텁석나룻이 나 감때사나운 인상이었다. 김가을동은 울산서당 학동들 중 가장 덩치가 크고 힘이 셌다. 게다가 말에 조리가 있고 행동이 예의바른 벗이었다. 그런데 오늘은 완전히 달랐다. 뒤에 수십 명의 염부를 거느리고 와서 마치 맨손으로 호랑이라도 때려잡을 기색이었다.

서화립과 김득생도 마찬가지였다. 이들은 각자 아버지가 죽고 마채 염전으로 와 노동 중에 가장 힘든 염부 일을 하며 생계를 꾸려가고 있었다.

염부들도 모두 김가을동의 말에 동조했다.

어둔이 말했다.

"유일봉 처사, 앞으로 나오시오!"

남루한 차림이지만 눈매만은 날카로운 유일봉이 앞으로 나왔다.

"유일봉 처사! 그렇다면 이렇게 하는 게 어떻겠나. 노임은 여섯 냥 그대로 하되 당신과 여기 주동자 세 사람은 나와 함께 염전 개혁의 일을 같이 하도록 하는 게 어떻겠나? 이번 쟁의의 주모자도 선동자도 없었던 걸로 하지. 어떤가?"

어둔의 제안에 유일봉, 김가을동, 서화립, 김득생은 서로 의견을 주고받았다. 염부들은 어둔의 제안에 적극 찬성이었다. 염부들은 명분도 얻고 실리도 챙겨 불만이 없었다.

마침내 의견이 모아지고 유일봉이 어둔에게 말했다.

"좋소. 당신의 제안을 받아들이겠소."

"앞으로 염간 김성길과 유일봉 처사를 중심으로 마채 염전 개혁반을 꾸리겠소. 그리고 제가 먼저 여러분들의 삶의 개선에 앞장서겠습니다. 그러니 집단행동을 하기 전에 저와 먼저 대화를 하고 대화로서 문제를 해결합시다."

김가을동이 염부들의 대표로 말했다.

"알겠습니다!"

염부들과의 협상이 원만하게 합의됐고 협상 타결 시점으로부터 염부들은 일터로 돌아가 더 열심히 일해 주었다.

안핑 해전

청남당에서 경사가 났다. 지통님이 건강한 사내아이를 출산한 것이다. 천막개는 명남당 사당에서 기제사를 지내다가 그 소식을 듣고 사당을 뛰쳐나와 덩실덩실 춤을 추었다고 한다. 천막개는 아이의 이름을 항렬 성(成)을 넣어 천금성(千金成)이라 지었고, 지통님은 태화사에 공양미 백 석을 시주했다.

어둔은 마채 염전 일에 점점 깊이 발을 들여놓았다. 염전에서 염부들과 똑같이 숙식하며 그들과 어려움을 함께 했다. 염전에서 문제가 발생하면 그 원인이 무엇인지 알아내어 가능한 한 현장에서 바로바로 해결했다.

마채 염전 개혁반은 염간 낙안사람 김성길과 그의 수하인 김순립, 유일부, 유봉석과 영해사람인 유일봉과 김가을동, 서화립, 김득생으로 꾸려졌고, 반장은 천어둔이 맡았다.

어둔은 염전에서 무엇이 문제인지 먼저 파악해 해결했다. 크게 네

가지였다.

첫째, 바닷물을 증발지로 끌어올리는 것이 문제였다. 밀물이 대조일 경우에는 바닷물이 증발지로 넘어와서 문제가 없지만 동해안은 대부분 소조여서 염부들이 줄을 멘 염수통으로 바닷물을 직접 증발지로 퍼올리는 게 보통 힘든 일이 아니었다. 서화립이 거대한 수차 양수기를 발명하여 증발지 입수로에 다섯 대를 설치함으로써 이 문제는 간단하게 해결됐다.

둘째, 소금을 굽는 벌막과 증발지 사이의 길이 구불구불한 작은 둑길이어서 염부들이 증발된 소금물을 목도를 메고 벌막으로 퍼 날랐다. 굽은 길은 펴고, 길의 폭을 넓혀 증발지의 소금물은 모두 우마차를 이용해 벌막으로 운반하도록 했다.

셋째, 염부들이 숙식하는 기존의 염막을 폐지하고 바닷가에 새로운 염전 마을을 구획하여 집을 짓고, 장시를 형성해 생활에 불편함이 없도록 했다.

넷째, 시설개혁으로 남아도는 인력은 소금의 질을 높이는 소금가마에 우선적으로 배치하고, 나머지는 모두 소금을 파는 영업직으로 돌렸다. 그들은 배를 타고 동해안 일대뿐만 아니라 남해안과 제주도에 질 좋은 울산 소금을 팔러 다녔다. 소금은 날개 돋친 듯이 팔렸다. 처음에는 노임인상과 시설비용으로 힘들었으나 서서히 염전의 수익구조는 좋아지기 시작했다.

어느 날 천어둔은 유일봉 처사에게 염전마을에 가난한 아이들을 무료로 가르치는 서당을 열어보는 것이 어떠냐고 제안했다. 유일봉은 자신이 감히 청하지는 못했지만 정말 원하는 것이었다고 말하면서 적극 찬성했다. 둘은 염전마을에 '소금서당'을 열어 가난한 아이들을 직접 가르쳤다. 어둔은 스승 이동영과 박창우에게 배운 대로 신분의 차별 없이 아이들에게 글을 가르칠 뿐만 아니라 아이들을 직접 배에 태워 동해바다로 나가 호연지기를 길렀다.

두발이 어둔에게 말했다.

"도련님, 이제 염전 일도 잘 처리되었으니 한양으로 올라가야 하지 않습니까?"

"난 한양으로 올라가지 않겠네. 난 이제 무엇을 해야 하고 어떻게 살아야 할 것인지를 이 마채 염전에서 깨달았네."

그는 치열한 경쟁과 음모가 난무하는 그곳이 싫었다. 힘센 자가 힘없는 자를 누르고 가진 자가 없는 자를 업신여기는 한양이 싫었다.

더욱이 한양의 소식은 어지러웠다. 숙종이 즉위한 뒤 인조반정 이래 집권했던 서인들을 내치고 남인들을 대거 등용했다. 남인의 영수 미수 허목을 비롯해 남인당들은 제 세상을 만난 듯 우암 송시열을 비롯해 서인들은 대거 숙청하고 귀양보냈다.

"그럼, 과거를 보지 않겠다는 말입니까?"

"난 정쟁으로 지새우는 그런 관리의 삶보다 이렇게 후학을 가르치며 일하며 사는 것이 낫네. 과거는 소과 합격, 그것으로 충분하네."

남은 노동력을 감축하는 대신 소금의 질 개선과 유통망 확대에 돌린 어둔의 전략은 주효했다. 질 좋은 울산소금이 알려지면서 소금의 수요가 전국에서 급증해 수익구조도 개선됐다. 어느 날 어둔은 마채 염전의 과거 자료를 뒤적이다가 박기산 때 울산의 소금배가 대만과 중국 양주까지 간 사실을 알았다.

그는 두발에게 말했다.

"과거에는 소금배로 국제교역까지 한 기록이 있는데 지금은 없으니 어떻게 된 것인가?"

"예, 전 주인 박기산이 대만, 중국과 소금 교역을 했지요."

"그 어려운 시기에도 대만까지 갔는데 지금 우리가 못 갈게 뭐가 있나?"

"지금은 방금(防禁, 주거지역을 이탈하지 못하도록 막는 법)이 엄격해서 먼 바다로 가기가 힘듭니다."

"이번에 제주도를 가는 김에 대만의 안핑(安平)은 한 번 가고 싶네."

"도련님, 제가 동행하지요."

두발은 어둔의 출생 비밀은 입밖에도 벙긋하지 않았지만 업둥이 천어둔에 대한 남다른 애정이 있었다. 그가 대문에서 업둥이를 발견하지 않았다면 지금의 천어둔은 없었을 것이다. 발견했더라도 망통에 담아 태화강에 던져버렸더라면 오늘의 어둔도 없었을 것이다. 더욱이 천금성이 태어나고 온 집안이 천금이에게 관심이 집중되는 요즘, 두발이 어둔을 보는 눈은 각별했다.

울산호 소금배는 남해안을 돌아 제주도로 간 김에 대만의 안핑에 가기로 했다. 소금배에 탄 사람은 두발, 김가을동, 서화립, 김득생, 유일봉, 김자신과 마채 염전의 염부들이었다. 배가 제주도를 거쳐 안핑에 갔을 때 안핑 앞 먼 바다에서는 청군(淸軍)과 대만의 정군(鄭軍, 정씨왕조 군대) 사이에 전투가 벌어지고 있었다. 불빛이 번쩍거리고 대포소리와 총소리도 들려왔다. 어둔은 멀리서 전투의 형세를 살피니 정군이 수세에 몰려 있었다.

어둔은 주위를 돌며 전투를 계속 냉철하게 지켜보았다.

정군이 용감하게 맞서긴 하지만 주력인 청군 대장선의 진격을 멈추지 못하고 뒤로 밀리고 있었다. 전투는 막바지 소강상태였고, 청군은 전과에 만족하고 돌아가려는 모습이었다. 어둔은 지금 정군을 조금만 도와주면 명분과 실익을 얻는 일석이조의 효과를 거둘 수 있는 기회라고 생각했다.

어둔은 두발과 어부들에게 말했다.

"보다시피 청군과 정군이 전투를 치르고 있다. 지금 우리는 정군과 함께 오랑캐 청군을 공격해 두 번의 호란과 삼전도의 굴욕을 복수하고자 한다. 이런 기회는 다시는 없을 것이다. 모두 싸울 준비를 해라."

전투태세라고 해봤자 13명의 선원이 각자 들고 있는 조총 8자루와 칼 5자루, 서화립이 만일의 경우를 대비해 싣고 온 대완구가 전부였다.

두발이 어둔에게 말했다.

"도련님, 우리 항해의 목적은 안핑에 가서 소금과 인삼을 파는 것이지 청나라와 싸우기 위한 것이 아니지 않습니까? 그냥 지켜보다 전투가 끝나면 안핑에 입항합시다."

함께 온 상인과 어부들도 두발과 마찬가지 입장이었다.

김자신이 말했다.

"여기까지 오는 것도 힘들었는데 왜 무모한 모험을 합니까? 더욱이 우리 조선이 사대를 하고 있는 청과 전투하는 것은 아주 위험합니다. 만약 조선배가 반란군인 정군을 도와 청과 싸웠다는 정보가 청나라에 들어가는 순간 우리는 귀국도 못하고 역적이 될 수 있습니다. 가능한 한 생명의 위험 없이 안전하게 가는 것이 좋겠습니다."

청년 어둔은 거침없이 말했다.

"우리 조선은 병자호란과 삼전도의 굴욕을 씻기 위해 효종 때부터 온 나라가 북벌을 준비했소. 그러나 조선의 지배층인 사대부들은 성리학적인 대의명분만 요란하게 내세웠지 단 한 번도 청군과 싸워본 적이 없었소. 부끄러운 일이오. 우리 소금배에서 총이라도 한 번 쏘아 삼전도의 치욕을 갚아 봅시다."

"……."

모두들 침묵으로 반대했지만 김가을동만이 목소리를 높였다.

"무엇이 두려운가요? 이런 기회는 두 번 다시 오지 않습니다! 북벌을 간절히 원했던 왕과 사대부들도 원할 것입니다. 오랑캐를 물리쳐 조선의 위엄과 대의명분을 떨쳐 봅시다."

그러자 서화립도 거들었다.

"우리 배는 소금 배이긴 하지만 평저선 판옥선입니다. 이 위에 철 갑만 두르면 거북선과 똑같은 전선입니다. 제가 가진 대완구는 사거리가 200보 이상 됩니다. 정군 뒤에서 조준해 청의 대장선을 쏘면 해볼 만합니다."

하지만 김가을동과 서화립, 김득생을 제외하고 대부분의 염부와 해척들은 반대했다.

그때 두발이 말했다.

"도련님이 정 그렇게 원하신다면, 일단 정군과 합류는 해봅시다."

사실 두발도 마음속으로는 청나라와 싸우고 싶었다. 그의 조부 두 사충은 명나라 장군으로 명이 청에게 망하자 조선에 망명한 사람이었다. 청나라는 가문의 원수이기도 했다. 다만 소금을 실은 배로서 안전을 염려했던 것이다. 도마름 두발이 찬성하자 모두 전투에 참여하기로 결정했다.

소금배는 안전하게 정군의 후미로 진입했다.

청을 표시하는 오방색 팔기를 꽂은 대장선에서 고함소리가 들렸다.

"역적 정경(鄭經)은 들어라! 대청제국에 항복하고 반란과 해적질을 그만 두어라."

정경이 큰 목소리로 대답했다.

"닥쳐라. 오랑캐 놈들아. 오늘 물고기 밥으로 만들어 주마."

정경의 함대는 할아버지 때부터 동북아 바다와 인도양을 누벼온

해적선들이었다. 고양이가 물을 무서워하듯, 만주족은 바다를 무서워하고 배 멀미를 해 해전에는 서툴다는 것을 해적왕 정경은 잘 알고 있었다. 정경은 이순신의 전법인 학익진으로 적을 깊이 끌어들인 뒤 주머니 속에 싸 공격을 퍼부었다. 그러나 청의 대장선이 대담하게 함포사격으로 뚫고 나와 정군이 밀리는 형국이었다.

그때 어둔이 소리쳤다.

"우리가 그토록 복수의 칼을 갈았던 오랑캐가 바로 눈앞에 있다. 이를 무찌르지 않는다면 어떻게 조상을 볼 면목이 있겠느냐. 방포하랏!"

쾅쾅쾅쾅쾅. 소금배에서 쏜 조총이 청나라 수군의 대장선을 향해 날아갔다.

하지만 훈련되지 않은 총질은 명중하지 못했다.

오히려 대장선에서 포탄이 날아와 뱃머리 바로 앞에 떨어져 배가 뒤집힐 뻔했다. 그런데 서화립이 쏜 대완구의 포탄이 타원형으로 그리며 날아가 아슬아슬하게 청군 대장선을 넘어갔다. 날아온 포탄에 놀란 대장이 휘청했다.

이 기회를 놓칠세라 정군들이 대장선을 향해 집중사격을 퍼부었다.

갑판 위에서 명령을 하던 대장이 기우뚱하더니 쓰러졌다.

'와아. 적장이 쓰러졌다.'

이번에는 정군 대포알이 날아가 대장선의 갑판을 명중했다. 갑판이 우지끈 내려앉으면서 배에 불이 붙은 채 대장선은 가라앉기 시작했다.

'와아!'

소금배와 정경함대에서 일제히 환호성이 나왔다.

이어 정경함대가 청나라 배에 다가가 아귀처럼 달려들었다. 백병전에서 해적출신의 정경을 당할 자가 없었다. 승리의 추는 소금배의 허를 찌르는 총격을 계기로 일시에 청군에서 정군으로 기울었다. 청나라 수군은 대장선이 침몰하고 정경함대가 배를 붙이고 백병전으로 나오자 뱃머리를 돌려 대륙으로 도망가고 말았다.

"와, 이겼다!"

승리의 함성이 정경함대와 울산 소금배에서 동시에 울려 퍼졌다.

정경함대는 해전에서 배를 다섯 척 잃었으나 적선 10척을 격침하고 3척을 노획하는 전과를 올렸다.

정경을 실은 정군 대장선이 울산호로 다가와 천어둔에게 인사를 했다.

"고맙소. 조선배가 도와준 덕에 우리가 승리했소."

"조선이 정군을 돕는 건 당연한 일이오. 하지만 아무것도 한 일이 없소."

"당신은 누구시오?"

"나는 천막개의 아들 천어둔이오."

"나는 정성공의 아들 장경이오. 안핑으로 가지요."

소금배가 안핑항에 도착하자 항구 수비대장이 나와 맞아주었다.

"대왕께서 기다리고 계시오."

안핑은 대청 전투에서 승리를 안겨준 소금배 선원을 환대했다.

선원들은 객잔에 짐을 풀자말자 선창가 주점으로 달려갔다.

어둔과 두발은 대만왕 정경의 궁궐로 들어갔다. 궁궐의 규모는 작았지만 내부는 화려했다. 왕을 호위하는 시위대원들 중 몇이 아프리카 흑인인 것이 특이했다.

만찬이 차려진 영빈관에는 정씨 왕조의 3대왕인 정경이 기다리고 있었다.

"어서 오시오, 천어둔 대장."

"난 대장이 아니고 일개 소금배 선원일 뿐입니다. 그저 헛총질만 몇 번 했을 따름입니다."

"아니오. 당신은 패전을 승전으로 바꾼 대장이오."

정경과 어둔은 서로 껴안으며 인사를 나눈 뒤, 술잔을 부딪쳤다.

정경이 말했다.

"우리들도 소금배로 싸운 천어둔 대장의 기개로 싸운다면 머잖아 중국 본토를 수복할 텐데 아쉽소. 조선은 청의 연호를 쓰지 않고 아직도 명의 마지막 황제 숭정(崇禎) 연호를 쓴다지요?"

"그렇소. 조선과 대만은 같이 오랑캐국과 싸우는 형제국이오."

"그럼, 오늘 우리도 서로 의형제를 맺읍시다."

천어둔은 대만왕 정경과 의형제를 맺었다. 안핑에서 소금과 인삼을 생사와 비단으로 교환했다. 조선으로 돌아와 생사와 비단을 파니 500냥의 이문이 남았다.

어둔은 경제적 이익보다도 말로만 요란했던 북벌이 아니라 먼 발치에서나마 청군을 향해 총질을 한번 가했다는데 의미를 찾았다. 하지만 염부들은 안핑에서 무모한 싸움을 했으며 젊은 강수(선장)의 호기 때문에 자칫하다 물고기 밥이 될 뻔 했다고 말했다. 이번 안핑 해전에서 천어둔은 정경과 의형제를 맺고 김가을동, 서화립, 김득생, 유일봉, 김자신의 마음을 얻은 것은 망외(望外)의 소득이기도 했다.

누이 천시금의 편지

숙종은 즉위 후 지금까지 남인인 허목과 허적을 중심으로 정국을 이끌어갔다. 예송논쟁 시절 천막개와 함께 서인으로 활약했던 서추재 당주 김석주는 허목과 결탁하여 자기의 스승인 서인의 영수 송시열을 숙청하고 도승지가 되었다. 김석주의 발쇠꾼인 천막개도 김석주 덕분에 살아남아 간신히 정치적 생명을 유지하고 있었다.

하지만 천막개는 혼자만의 힘으로는 이 정국을 헤쳐 나갈 수 없음을 느꼈다. 아들의 힘이 필요했다. 그러나 어둔은 마채 염전에서 소금서당을 열어 염부들의 자식들을 교육시킨다고 올라오고 있지 않으니 참으로 답답한 노릇이었다. 더욱이 아들 어둔은 송시열이 덕원 장기로 유배를 가고 우암학당이 폐지된 뒤로는 대과 시험에도 일절 뜻을 두지 않았다.

천막개는 청남당에 내려와 아들 천금성 옆을 떠나지 않으면서 지통님에게 말했다.

"업둥이 놈은 지금 염간이 되어 천한 울산 염부와 바닷가 해척과 장사꾼들과 어울려 다닌다네."

"어차피 근본이 애비 어미가 누군지로 모르는 업둥이인데 어쩌겠어요?"

"요즘 소금서당을 열어 가난한 자들에게 글공부를 가르친다니 무슨 해괴한 짓인지. 서얼, 상놈들과 어울려 묵자(墨子), 수호지, 홍길동전 따위의 불온한 서적을 읽으며 신분 차별이 없는 세상을 꿈꾸고 있다니 이게 무슨 아닌 밤중에 홍두깨 같은 놀음인지, 원."

"또 언젠가는 두발과 함께 소금 배를 타고 대만으로 가 청나라 해군과 싸웠답니다. 잘못하다 업둥이가 우리 집안을 말아 먹겠어요."

"나도 그 철없는 이야기를 듣고 어둔이와 두발이를 불러 단단히 혼을 내었지. 하라는 과거공부는 않고 천한 염부들과 사귀며 사고나 치고 다니니 참으로 답답해."

"아이고, 우리 늦둥이 금성이나 잘 키웁시다."

"그래. 복덩어리 우리 아들, 얼럴럴럴 까꿍."

한양 명남당의 천시금은 오빠 천어둔이 마채 염전에서 염부들과 어울리며 사는 게 걱정이 되었다. 상경해서 다시 과거공부를 해보는 게 어떠냐고 편지를 보내도 아무런 답변이 없었다.

하루는 어머니 이복춘이 궁궐의 제조상궁이 가지고 온 입궐 통지문을 들고 왔다.

"시금아, 궁궐로 들어오라는 통지문이 들어왔어."

천시금은 통지문을 읽어보았다.

"어머니는 제가 궁녀로 들어가는 것이 좋아요?"

"글쎄다. 나도 모르겠구나. 헌데 우리가 선택할 여지는 있는 거니?"

"일단 제가 원하지 않으면 다른 사람으로 대체한다고 하네요."

"잘 한번 생각해보아라. 왕의 승은을 입는 것이 하늘의 별따기처럼 힘들다고 하더라. 네 아버지만 하더라도 몇 집 살림을 하며 집에 들어오질 않으니 이 에미는 그저 평범한 사람과 둘이서 오순도순 사는 것이 여자로서 행복이 아닌가 싶다."

마채 염전 벌막에서 땀 흘리며 일하던 어둔은 한양으로 올라오라는 여동생의 서신 한 통을 받고 고민했다.

오빠 보세요.

건강하시죠? 오빠는 파거를 포기하고 염간으로서 서얼과 가난한 사람들과 함께 지내며 신분제가 없는 더 나은 세상을 꿈꾸고 있다죠? 하지만 저는 오빠가 장차 홍길동전을 지은 허균처럼 잡혀서 허무하게 생을 마칠까 걱정됩니다. 현실을 무시하고 이상만 가지고 살아질까요? 이것은 요즘 나의 고민이기도 합니다.

오빠가 옛날 세자가 저의 집을 방문하기 전에 한 말이 생각나요.

나는 널 궁녀로 보내고 싶지 않다. 평생 궁궐에만 갇혀 사는 궁녀가 오백여 명에 이르며 그중 본궁에서 사는 궁녀는 일백여 명이고 왕의 승은을 입어 후궁이 되는 지밀상궁의 수는 그 절반인 오십여 명 정도이다. 나머지 사백오십여 명은 평생 궁궐 안에서 청상으로 늙어가고, 승은을 입은 오십여 명도 중전의 견제와 시샘, 후궁들끼리의 경쟁으로 인해 왕의 하룻밤 은총을 입기가 하늘의 별 따기가 된다. 궁녀는 왕정의 희생물일 수밖에 없는 존재다라며 제가 세자를 따라 궁으로 들어가겠다는 말에 분개했지요. 그래서 그때 저는 오빠만 믿고 세자의 청을 온몸으로 거부했습니다.

그런데 오빠, 이제 어떡하면 좋죠?

지금 궁궐에서 제조상궁이 저를 보자고 합니다. 오빠가 올라와서 현명한 판단을 내려주세요. 늘 오빠가 건강하시길 빕니다.

누이동생 천시금 올림

대과 합격

　예조의 과장에는 대과의 마지막 전시를 치르기 위해 복시 합격자 100명이 모였다. 이들은 대과 초시 합격자 240명 중 선발된 자들이다. 복시 합격자 100명 중 일차 구술에서 33명을 추리고 마지막 왕 앞에서 치르는 전시에서는 장원에서 33등까지는 성적 서열만 결정하였다.

　일차 구술시험은 시관(試官) 앞에서 사서오경 중 지정된 부분을 읽고 해석한 뒤 시관의 질문에 대답하는 강경(講經) 구술이었다. 예조에서 어려운 강경구술시험을 보고 나온 학생들은 대부분 허탈한 모습이었다.

　어둔은 자신의 차례가 돌아오자 흰 천으로 장막을 친 과장 안으로 들어갔다.

　수험생에게 사서삼경의 7대문을 배송강경(背誦講經, 등을 돌리고 외운 뒤 그 뜻을 강해하는 것)의 방법으로 시험을 치렀다. 초기에는 시관과 수

험생이 마주 앉아 문답하였으나, 시관의 사사로운 정이 작용되는 폐단이 있다 하여 지금은 시관과 수험생 사이에 장막을 쳐서 서로 얼굴을 볼 수 없게 하고, 대간이 이를 감시하게 하는 격장법(隔帳法)을 채용하였다.

배송강경에서 7대문 전 과목에서 3등급 이상의 성적을 얻어야만 합격이 되며 최종 전시의 수험자격이 주어졌다.

시관이 어둔에게 논어 일대문을 물었다.

"논어 중 술이편의 대목을 암송해 보시오."

논어를 비롯해 칠통이략인 사서오경 전문을 외우고 있었던 어둔은 술이편을 마치 얼음 위의 박을 밀듯이 술술 외웠다.

시관이 물었다.

"암송한 술이편 중 자왈 : '군자탄탕탕, 소인장척척(君子坦蕩蕩, 小人長戚戚)'이란 무슨 뜻이오?"

"군자는 마음이 넓고 느긋하나, 소인은 마음이 좁아 늘 조마조마하다는 뜻입니다. 이에 대해 정이천 선생은 군자순리 고상서태, 소인역어물 고다우척(君子循理 故常舒泰, 小人役於物 故多憂戚)이라 했습니다. 군자는 이치를 따르므로 늘 느긋하고 편안하며, 소인은 외물에 휘둘려 늘 근심이 많다고 주석하셨습니다. 정명도 선생은 군자탄탕탕, 심광체반(君子坦蕩蕩, 心廣體胖)이라 해서, 군자는 마음이 화평하여 느긋하니 마음은 너그럽고 몸은 편안하다고 주해하였습니다."

"음!"

막힘없는 대답과 해박한 주해에 장막 뒤의 시관도 감탄을 금치 못했다. 어둔은 여기에서 멈추지 않았다.

"참된 군자는 큰 뜻에는 우도우국(憂道憂國, 도와 나라를 근심함)하나, 반대로 소인배는 작은 이익에 일희일비하여 평정심을 잃어버린다는 뜻입니다."

시관은 천어둔의 평가란에 통략조불(通略粗不) 4등급 중 주저 없이 최고등급인 통(通)을 낙점했다.

복시자 중 강경구술시험을 통과한 33인은 마지막 전시에서 제술시험으로 장원과 성적 순위만을 정하는 일이 남아 있었다.

도승지가 예조과장으로 왕을 모시고 왔다. 왕은 근엄하게 근정전 앞 옥좌에 앉았다. 어둔은 숙종과 눈이 마주쳤다. 온갖 착잡한 감회가 떠올랐다. 어둔은 왕이기 이전에 사랑하는 누이동생 천시금을 겁간하려 한 범죄자였다.

조선의 미래가 암담한 이 상황에서 지금 무엇을 하려 한단 말인가.

그래도 왕은 왕이었다. 왕은 깊은 바닥에서 길어낸 위엄 있는 목소리로 말했다.

"여러분이 이제 대과를 합격한 자들이오. 감축하오. 이제 성적 서열을 정하는 마지막 관문이오. 글제를 내릴 것이니 열심히 하시오."

왕은 두루마리를 풀어 육조 앞 장대에 걸었다.

모두들 글제를 보고 놀랐다.

'우암 송시열의 주자가례와 복상에 관해 논하라.'

우암 송시열은 숙종의 즉위 후 복상문제로 실각해서 덕원 장기를 거쳐 지금은 거제의 유배지에 있다. 주자가례에 따른 송시열의 대공설이 서인을 남인으로 바꾸는 환국에 결정적인 역할을 했다.

어둔은 글을 쓰기 전에 눈을 감고 생각해보았다. 어둔은 대과에 합격하기 위해 울산 마채 염전을 떠났다. 좀 더 정확하게 말하면 누이 동생 천시금이 궁녀로 궁궐에 들어가는 것을 막기 위해 상경했다. 누이 천시금이 천어둔에게 말했다. '만약 오빠가 성균관에 들어가지 않고 다시 울산 마채 염전으로 가면 자기는 제조상궁을 따라 궁궐의 궁녀로 들어가겠다'고.

어둔은 천시금의 말에 따라 성균관 유생으로 들어갔다. 다시 책을 손에 잡으니 옛날 생각이 새록새록 났다. 어둔은 성균관에서 대과에 급제하기 위해 머리를 싸매고 밤낮으로 공부에만 전념했다. 책상머리에는 '남아입지 출향관 학약불성 사불환(男兒立志 出鄕關 學若不成 死不還)' 이라고 써 붙여 놓았다. '남자가 뜻을 품고 고향을 떠났으니 만약 학문을 이루지 못한다면 죽어도 고향에 돌아가지 않겠다.'는 비장한 각오였다.

이미 남인 정권이 오래된 데다 송시열이 역적으로 몰려 몰락했고 송시열의 일년상이나 대공설 모두 왕권의 종통을 부인한 것이기에 어둔을 제외한 32인의 합격자들은 송시열의 주자가례와 복상에 관해 준엄하게 비판하는 논조로 적었다.

그러나 어둔은 자신을 가르치고 정신적 지주인 스승을 비난할 수 없었다. 우직하게 송시열의 주자가례와 복상문제를 옹호하는 글을 썼다. 송시열은 주자가례에 따라 원칙을 지켰으나 남인의 무리들이 차자도 장자가 되고 어머니도 신하가 된다고 하는 지록위마의 아부를 함으로써 정국을 혼란케 했다. 그 결과 해동주자라고 일컫는 우암 송시열마저 역모죄를 뒤집어쓰고 유배되어 있으니 충언을 말하는 자는 사라지고 소인배와 간신배들이 들끓어 나라의 미래가 암울하다고 적었다. 어둔은 송시열의 유배로 땅에 떨어진 조선 성리학의 벽을 한 손으로나마 받쳐보고자 했다.

　마침내 전시의 장원과 33인의 서열이 방에 붙었다.

　예상대로 방의 맨 끝에 33위 천어둔이 붙어 있었다. 채점 후일담에 의하면 어둔이 강경구술시험에 최고점을 받았으나 남인당파 채점관이 송시열을 두둔하는 천어둔의 것을 가장 밑으로 깔았다는 것이다. 장원은 실직을 받아 나가지만 합격자 32명은 성적대로 권지(權知, 견습 관원)로서 성균관, 승문원, 교서관에 배치되어 견습 기간을 보내야 했다. 33위를 한 천어둔은 경서를 편찬, 인쇄하는 교서관(校書館) 권지를 적어도 7년은 해야 외방직 실직이라도 나갈 수 있었다.

허적의 유악사건

천막개는 김석주 수하에서 남인으로 옮겼지만 권력의 변두리에 머물며 겨우 정치적 생명만 이어가고 있었다. 울산부사만 보더라도 과거 서인시절에는 공방, 말 목장, 선소, 술도가 등을 인수하는데 적극적으로 도와주었다. 하지만 지금은 영의정 허적을 등에 업은 울산부사가 천막개에게 옥동의 술도가와 청량의 여각을 자신의 조카에게 헐값에 넘겨주라고 압박하고 있었다.

그보다도 천막개는 큰아들 천어둔이 조금은 걱정이었다. 업둥이 아들로 피는 섞이지 않았지만 기른 정은 있는 것이다. 천씨 명문가 집안을 만들어가는 데, 첫 번째는 적자(嫡子) 천금성이 건강하게 자라 가업을 잇는 것이고, 둘째는 대과에 합격한 큰아들 천어둔이 관리로서 성공하는 일이다. 아내 통님이도 그런 점에서는 마찬가지 입장이었다.

하지만 어둔은 어리석게도 전시에서 송시열을 옹호함으로써 33위

말석을 차지해 견습 관원인 권지에만 지금 3년째 머무르고 있다. 모두들 관직으로 진출하는데 천어둔은 앞으로 최소 4년은 더 있어야 외방직 관직에라도 나갈 수 있었다. 결국 이 문제는 청탁으로 해결할 수밖에 없었다.

천막개는 보따리를 싸들고 나는 새도 떨어뜨린다는 영의정 허적의 집을 방문했다.

"뉘신가?"

"통정대부 천학입니다. 오늘 영감님댁에 잔치가 있다고 해서 왔습니다."

허적의 조부 허잠의 연시연(延諡宴 : 왕으로부터 시호를 받은 데 대한 잔치)이 있었다.

천막개는 뇌물로 관리를 다루는 데 능수능란했다.

"오늘같이 기쁜 날, 대감님께 드릴 선물이 있어 찾아왔습니다."

천막개가 가져온 보따리를 풀기도 전에 허적은 노한 목소리로 말했다.

"천영감, 절두산에 당신이 고변해 죽인 남인들의 무덤에 절이라도 하고 왔소? 썩 물러가시오! 난 고변이나 하는 비루한 사람과 교류하고 싶지 않소."

천막개에 향한 남인의 태도는 매우 싸늘했다. 특히 허적은 남인을 역적으로 고변해 죽인 뒤 자신은 하루아침에 천민에서 당상관이 된 천막개를 벌레 보듯 경시했다.

천막개는 허적의 말이 칼로 가슴을 베는 것 같았다.

'날더러 비루한 사람이라고? 허 대감, 내가 그렇게 만만하게 보여? 나, 천하의 천막개야.'

천막개가 허적의 사랑채에서 나오는데 막 비가 내리기 시작했다. 그러자 하인들이 마당에 천막을 치고 있는 것을 보았다.

천막은 임금이 궁궐에서만 사용하는 유악(油幄, 기름 먹인 천막)이었다.

'이것 봐라. 영의정이라고 왕의 물건을 마음대로 가져와도 되는 건가?'

천막개는 허적의 집을 나와 곧바로 김석주 집으로 뛰어갔다.

진사였던 김석주는 대과에 장원을 한 뒤 요직을 두루 거친 뒤 어영대장에 올랐다. 그는 음모가인 데다 목적을 위해 수단을 가리지 않는 점에서 기질상 천막개와 비슷했다.

북촌 거리에 우뚝 솟아 있는 김석주 저택 서추재의 위용은 대궐의 고루거각에 못지않았다. 사랑채 내실에는 옻칠을 한 화초장이 반짝이며 앉아 있었다. 벽에는 '청렴장구(淸廉長久 청렴은 오래간다)'라는 족자가 걸려 있고, 삼층 탁자 안에는 상감청자와 이조백자, 청화백자가 전시되어 있었다.

김석주는 쥐눈을 가늘게 뜨고 천막개가 가져온 보따리를 보면서 말했다.

"천 영감, 반갑네."

"아이고, 대감님. 미천한 것을 이렇게 맞아주셔서 감사합니다."

천막개는 보따리를 풀어 김석주 앞으로 밀었다.

그가 가져온 물목들은 유향, 호추, 금송아지, 은자, 유리, 술, 상아, 서각(무소뿔)으로 아라비아와 중국과 왜에서 가져온 진귀한 물품들이었다. 천막개는 마지막으로 품속에서 엽전 꾸러미를 내었다. 상평통보였다. 인조 때 발행된 이 화폐는 숙종 때 전국적으로 유통되어 활발하게 사용되었다. 그러나 김석주는 천막개가 가져온 뇌물이 그다지 만족스럽지 않은 표정을 지었다.

천막개는 앉은걸음으로 바투 다가서며 말했다.

"저, 사실 여기에 온 것은 허적 대감에 대해 긴히 할 얘기가 있어 왔습니다."

그제야 김석주는 흥미를 느꼈는지 턱수염을 쓰다듬고는 말했다.

"허적 대감이라?"

"오늘 영의정 허적 대감집을 찾았습니다."

"그래서?"

"그런데 허 대감의 집에서 연시연 잔치를 벌이는데 궁궐에서 왕의 유악 천막을 가져와 사사로이 쓰는 것을 보았습니다."

"기름 먹인 천막은 임금만 사용하는 것으로 사가에서 함부로 사용할 수 없는 것 아닌가?"

"그래서 말씀드리는 것입니다."

그러자 김석주의 치켜 올라간 작은 쥐 눈이 빠르게 돌아갔다. 김석주는 권력의 향배에 따라 남인에게 갔으나 근본은 서인이었고, 특히 남인의 영수인 영의정 허적은 처내야 할 경쟁관계에 있다는 것을 천막개는 잘 알고 있었다.

김석주는 부랴부랴 의관을 챙겨 입기 시작했다. 이런 일은 시간이 생명이었다.

"천 영감이 가져온 소식은 보따리에 싸고 온 이 모든 물목보다 더 귀한 것이오. 지금 바로 입궐해야겠소. 급하니까 나가면서 얘기합시다. 그래 무슨 청탁 때문에 왕림하셨소?"

"두 가지가 있습니다."

천막개는 먼저 울산부사가 천막개에게 옥동의 술도가와 청량의 여각을 자신의 조카에게 헐값에 넘겨주라고 압박하는 것에 대해 말했다.

"울산부사 놈은 의금부 부제조를 내려 보내 족치겠소. 그 다음 건은?"

"아들 천어둔 때문입니다."

"천 영감의 아들, 어둔과 함께 옛날 우암학당에서 수학한 일이 기억나는군. 지금 견습 관원인 권지로 있지 않은가?"

"그래서 실직인 외방직이라도 주십사 하고 찾아왔습니다."

밖은 비가 내리고 있었다. 김석주와 천막개는 도롱이를 챙겨 입었고, 천막개는 김석주의 머리 위로 큰 우산을 받쳐 들고 궁궐로 가고 있었다.

김석주가 말했다.

"천어둔이 똑똑한 건 잘 알고 있지. 하지만 서인당이라서 힘들 거

야. 어둔은 전시 표문에서 고지식하게 역적 송시열을 옹호하고 남인

들을 곡학아세하는 간신의 무리라고 질타했지. 아무리 논리가 정연

하고 문체가 휘황한들 권력을 잡고 있는 남인들이 어떻게 보겠나."

"제 자식 놈이 사실 업둥이라 매우 고지식합니다. 어찌 역적 송시

열을 두둔하는 그런 글을 썼단 말입니까?"

"아니, 천어둔이 업둥이라는 건가?"

"그래서 아명이 업둥이고 지금 이름이 어둔입니다. 대감님과 저만

의 비밀로 해두시죠. 이제 저의 둘째 놈이 건강하게 자라고 있어 떳

떳하게 말할 수 있답니다. 어쨌든 업둥이도 제 자식 놈인데, 벌써

3년째 권지로 있는데 어떻게 외방직이라도 내보낼 수 없겠습니까?"

김석주가 천막개에게 말했다.

"천 영감, 일전에 한 여자도 여기로 찾아와 똑같은 부탁을 했네."

천어둔은 순간적으로 통님이를 생각했다. 하지만 천금성이를 키우

느라 정신이 없는 통님이가 무슨 수로 한양까지 올라와 그런 일을 한

단 말인가. 불가능한 일이었다.

"도대체 그 여자가 누군지요?"

"북촌 홍루의 행수 홍매야."

"예, 북촌 홍루의 행수라고요? 그 기생이 왜 제 아들을 위해 청탁

을 한답디까?"

천막개는 무슨 귀신 씨나락 까먹는 소리를 듣고 있는지 정신이 휘

황했다.

"업둥이라고 해서 하는 말이야. 홍매의 말이 모자지간이 아닌가 생각이 들만큼 예사롭지가 않았지. 한양의 기생이 대감집 아들을 몰래 낳아 대감집에 업둥이로 넣는다는 말도 있고."

"아이고, 저는 그 시절 홍루 출입은 꿈에도 생각해보지 못했습니다. 어쨌든 우리 아들을 영감님께 부탁드립니다. 올해 외방직이라도 하나 주시면 감사하겠습니다."

"천 영감이 부탁하는 데 거절할 수 있겠소. 내 힘은 없지만 알아보지요."

"고맙습니다. 대감님."

천막개는 김석주와 헤어져 집으로 돌아오면서 생각했다.

'홍매는 어둔과 도대체 무슨 관계이기에 김석주 대감에게 청탁을 넣는단 말인가. 업둥이를 홍매라는 기생이 밀어 넣었다? 홍루에 발쇠꾼을 보내야겠다. 반드시 무슨 곡절이 있을 것이다.'

그는 본능적으로 수상한 느낌을 받았다.

아버지의 편지

어둔은 울진현감으로 발령을 받은 뒤 북촌 홍루에 갔다. 이모악은 그를 행수 홍매에게 안내했다. 홍매는 그가 올 줄 알았다는 듯 평상복을 입고 기다리고 있었다.

어둔은 먼저 술을 한 잔 청했다.

"오늘은 제가 행수님께 한 잔 사지요."

"아, 드디어 발령을 받으셨군요."

"예, 권지 삼 년만에 울진현감을 제수받아 떠납니다."

"장합니다. 참으로 감축드립니다."

홍매는 자신의 일인 양 기뻐했고, 눈시울에 이슬마저 맺히는 듯했다.

어둔은 품속에서 청동방울을 꺼냈다.

"행수님, 혹시 이것이 기억나시는지요?"

"그게 뭐지요?"

"방울입니다. 전 이 방울소리를 들을 때마다 울산 십 리 대밭에서 나와 함께 걸었던 여인을 생각하고는 하염없이 추억 속으로 빨려 들어갑니다. 그런데 얼마 전 홍매 행수, 당신이 바로 어릴 때 만났던 그 여자라는 생각을 했습니다."

"난 무슨 소리를 듣는지 도무지 이해가 가지 않네요."

"대과시험 보기 전날 밤, 잠이 오지 않아 대금을 불고, 방울소리를 들으며 마음을 달래고 있었지요."

대과 시험 날이 다가올수록 긴장감이 점점 고조되었다. 책을 읽어도 머리에 들어오지 않았다. 그는 유랑객 아저씨로부터 받았던 만파식적 대금을 불었다. 어린 시절 그에게 만파식적 대금소리를 처음 들려준 사람은 언젠가 꿈속처럼 바람처럼 지나간 한 유랑객이었다. 마음이 조금은 진정이 되는 듯했다. 방 안으로 들어와 어릴 적부터 지니고 있었던 노리개 방울을 흔들어보았다.

딸랑 딸랑 딸랑

방울소리를 듣자 왠지 마음이 아늑하고 평안해졌다. 울산의 십 리 대밭 길을 함께 걷고 자신에게 방울을 주고 자신을 안아주었던 여인이 생각났다. 어린 시절 안개처럼 희미하게 떠오르는 그 여인을 어디서 본 느낌이 들었다. 그런데 홍매의 얼굴이 스쳐지나갔던 것이다.

"십 리 대밭에서 저에게 바로 방울을 준 여자가 당신이라는 생각이 들었습니다. 이 방울, 분명 당신이 내게 준 것 맞죠?"

"……."

"아버지로부터 당신이 나의 이번 외방직 임명에도 힘을 썼다고 들었습니다. 도대체 나에게 왜 이러시는 거죠? 당신의 정체가 무엇입니까?"

홍매는 한동안 말이 없었다.

"이제 말할 때가 되었나 보네요."

방울소리를 듣고 찾아온 아들이 대견했다. 그리고 그것은 그녀가 바라던 바였다.

그녀는 조용히 일어나서 벽장문을 열어 상자 하나를 꺼냈다.

"여기 안에 있는 서신과 그림을 보세요."

어둔은 상자 속에서 서신을 꺼내 읽어보았다.

사랑하는 아버에게

그동안 잘 지내고 있는지 궁금하오. 나는 고향이 조선 울산부 박기산이고 아버 윤보향의 지아비이오. 이탈리아 이름으로는 페드로 코레아라고 하오. 나는 역적의 누명을 쓰고 원수를 갚기 위해 활동하다 고향 울산을 떠나게 되었소. 일본 나가사키에서 이탈리아 상인 포를란을 따라 지구 반대편인 먼 이탈리아까지 오게 되었소. 이곳에서 유리세공 기술을 배웠고, 지금은 베네치아 중심가에서 멋진 유리 공방도 차리고 있소.

버가 천막개에 의해 역적으로 몰려 가옥과 전답을 모두 빼앗기고 당신 보향은 종의 신분으로 떨어질 때 회임 중이었소. 난 당신의 아이가 유산되고 당신마저 기생이 되었다는 소식을 듣고 청남당 종갓집으로 천막개를 죽이러 쳐들어갔소. 나와 맞닥뜨린 아이가 천막개의 아들인 줄 알고 죽이려고 했지만 본능적으로 나의 핏줄인 것 같아서 죽이지 못했소. 복수에 실패하고 조선을 떠나기 전 아이를 만나 내가 아끼던 대금을 주고 일본을 거쳐 아시아 항로를 타고 유럽으로 들어왔소.

만약 천막개의 아들 어둔이가 내 아이가 맞으면 그 아이에게 천막개가 아비가 아니라 나 박기산의 아들인 것을 분명히 알려주시오. 그리고 그 아이를 이곳 이탈리아 베네치아로 보내서 코레아 유리공방의 주인 페드로 코레아를 찾으라고 하시오. 내 핏줄을 타고 난 아이라면 이역만리 떨어져 있어도 능히 날 찾아올 수 있을 것이오. 일본으로 가는 네덜란드 상단을 통해 이 편지를 보내오.

내가 예전에 이탈리아의 유명화가를 통해 그린 초상화가 몇 장 있는데 그중에 조선옷을 입고 그린 그림 한 장을 함께 보내오. 보향이, 사랑하오. 저승에서 만날 때 날 모른 척 하지 마오.

이탈리아 베네치아에서 박기산

어둔은 이 서신을 한 번 읽어보고는 내용이 너무 충격적이어서 얼른 이해가 되지 않았다.

'도대체 홍매가 왜 역적 박기산의 서신을 나에게 주는 것인가?'

그는 다시 읽으며 서신과 함께 동봉되어 있는 초상화를 보았다.

자신을 죽이려던 역적 박기산이 분명했다. 처음에는 청남당 종갓집에서 칼을 든 모습으로 마주쳤고, 두 번째는 태화강 언덕에서 대금을 불어 주고 갔던 바로 그 사람이었다.

그리고 울산의 십 리 대밭에서 만나 홍매로부터 방울을 받은 기억이 또렷이 되살아났다.

안개 같은 것이 걷혀지면서 내용이 뚜렷해졌다.

"내가 천어둔이 아니라 역적 박기산의 아들, 박어둔이라는 것이오? 이 사람이 바로 나의 생부라는 것입니까?"

나에게 칼을 겨눴던 박기산이 바로 나의 생부이고, 북촌 홍루의 기생 홍매가 나의 생모라는 말인가!

어둔의 머릿속에서 대혼란이 일어났다. 하지만 서신 한 쪽으로 모든 걸 믿고 단정할 수는 없는 법이다. 이 서신의 내용만으로는 내가 왜 천막개의 집에서 천막개를 아버지라고 믿고 자랐는지는 해명되지 않는다.

이 글과 초상을 지금 어떻게 믿으라는 것인가.

홍매는 어둔에게 지금까지의 말투와는 다르게 단호하게 말했다.

"아들아, 그 초상의 얼굴이 네 아버지이고 내가 네 어미가 맞다. 천막개로 인해 참으로 우리 가족 인생이 기구하게 얽혔다. 내가 낳은 아들을 우리 집안을 망하게 한 원수 천막개의 집에 업둥이로 밀어 넣었다. 어미로서는 차마 못할 노릇이었지만 우리 집안을 풍비박산 낸 천막개에 대한 최고 보복이라 생각했다. 그리고 반드시 너와 종갓집을 다시 찾겠다고 결심했다."

"……."

"네 이름이 업둔이, 어둔이가 된 것도 그래서이다."

박어둔은 갑작스런 충격과 혼돈이 주는 괴로움에 못 이겨 술을 벌컥벌컥 마셨다.

한숨과 눈물, 회한으로 범벅이 된 홍매의 이야기는 하염없이 이어졌다.

하인 천막개의 고변으로 주인 박기산은 역적이 되고 아내 윤보향은 종과 기생의 신분으로 떨어졌다. 당시 회임 중이었던 윤보향은 아이를 낳아 울산 청남당 종갓집 문 앞에 버렸다. 천막개의 마누라 통님이는 가련한 마음에 종갓집 문 앞에 버린 업둥이를 거뒀고, 천막개는 자신이 고변으로 죽인 박기산의 아들이라는 걸 모른 채 지금까지 교육시켜 마침내 대과까지 합격하게 해 울진현감이 되게 했다.

어린 시절 윤보향이 십 리 대밭에서 해주었던 말도 떠올랐다.

"아, 어둔아. 내가 말하고 싶어도 말을 못하겠구나. 하지만 이것만은 명심해라. 세상에 네가 커서 박기산의 행동을 꼭 이해할 날이 올 것이다."

"어린 저에게도 선악을 가리는 시비지심이 있습니다. 제 생애에서 박기산을 이해하는 그런 일은 없을 것입니다."

"앞일은 아무도 알지 못한단다. 그저 주어진 길을 열심히 걸어갈 뿐이다. 어둔아, 열심히 공부해라. 과거 급제하면 다시 너를 찾으마."

자기에게 방울을 주고 떠났던 여인의 마음을 이제야 이해할 것 같았다. 어둔이 홍루에서 밤새 가슴을 만지며 치근덕거렸던 여인, 그녀는 아무 말 없이 자신을 가슴으로 따뜻하게 안아주었다.

어머니 윤보향이 말했다.

"네 아버지는 역적이 아니다. 너는 경주 박씨 종손이고 이제 잃었던 종갓집을 찾아야 한다."

어둔의 눈에서 서서히 안개가 걷혀가기 시작했다. 자신의 딸까지 세자에게 바치고 오히려 세자에게 빌붙으려 했던 천막개, 스승을 버리고 남인당으로 가라던 속물근성의 천막개는 아버지가 아니라는 생각이 들었다. 더욱이 늦둥이 천금성을 낳자 너무도 순식간에 자신이 찬밥 신세로 전락해버린 것에서 알 수 있었다.

칼을 들고 자신을 죽이려다 멈칫했던 박기산, 태화강 언덕에서 대금을 불어주고 떠났던 그 유랑객이 진정한 자신의 아버지인 것이다.

아, 천막개, 지통님, 박기산, 홍매, 그리고 천시금. 무엇보다도 정체성이 흔들리는 자신이 몹시도 괴롭고 외롭고 슬픈 존재로 생각되었다. 이런 때 만파식적 대금이라도 마음껏 불면 시원해질 텐데.

홍매는 동래 교방청에서 한양으로 올라와서 가장 먼저 명남당으로 찾아가 아들을 먼 발치에서 본 일이며, 이모악, 윤두서를 통해 어둔의 삶을 알아본 일, 천시금의 미인도를 구입한 일 등을 이야기했다.

어둔은 모든 것이 일목요연해지는 것 같았다.

그는 격한 감정을 이기지 못하고 와락 홍매 품에 안겼다.

"어머니, 당신의 아들입니다."

홍매도 아들 박어둔을 안고 하염없이 눈물을 흘렸다.

"아들아, 다시는 헤어지지 말자."

"알겠습니다, 어머니."

"네 이름은 천어둔이 아니라 박어둔이다."

"'얻은', 새로 얻은 아들이라는 뜻이다. 박어둔(朴於屯)은 이제 못다 이룬 네 아버지의 꿈을 이루고, 나라를 빛내는 훌륭한 인물이 될 것이다. 박어둔, 다시 얻은 내 아들. 이제부터 새로운 삶을 시작하자!"

"예, 어머니!"

어머니 윤보향은 두 팔과 가슴으로 아들을 꽉 껴안았다.

둘은 지난날을 하염없이 이야기했다. 웃다가 울다가 분노하기도 하고 슬퍼하기도 했다.

박어둔이 말했다.

"그럼, 천막개 영감은 어떻게 할까요?"

갑자기 윤보향의 목소리가 새된 목소리로 바뀌었다.

"그 배신자 종놈은 반드시 도륙을 내어야 한다. 네 아버지가 실패한 일을 내 아들이 완수해야 한다. 잃어버린 경주 박씨 종갓집을 되찾아야 한다. 난 오늘 이런 날을 위해 피눈물을 흘리며 살았다."

"우리 가족의 운명이 너무나 가혹합니다."

그날 홍루는 문을 열지 않았다.

모자는 눈물과 한숨 속에 지난날의 이야기를 밤새도록 나눴다.

어둔의 생모(生母)

천막개는 한양에 둔 발쇠꾼 모갑이로부터 충격적인 보고를 받았다. 북촌 홍루의 행수 홍매가 박기산의 아내 윤보향이며 어둔의 어미라는 것이다.

천막개는 몸을 부르르 떨며 말했다.

"북촌 홍루의 행수 홍매가 윤보향이고, 내 아들 어둔의 생모라는 말이냐?"

"그렇습니다. 그 여자가 대감님 집에 어둔을 업둥이로 넣었답니다!"

날벼락 같은 소식을 듣자 천막개는 온몸이 부들부들 떨렸다. 허적의 유악사건을 왕에게 보고한 김석주가 자신에게 허적의 서자 허견과 복선군이 만나는지 동향을 탐문하라고 했는데 그것은 다음 문제였다. 평생을 음모와 고변으로 살아온 천막개는 자기가 취하고 버린 윤보향에게 더 큰 음모의 철추로 뒤통수를 맞았다.

천막개의 마누라 통님이는 그것도 모르고 청남당 문 앞에 버린 업둥이를 가련한 마음에 거뒀고, 천막개는 자신의 원수 박기산의 아들을 지금까지 최고의 스승에게 보내 교육을 시켜 훌륭한 선비와 관리로 키웠던 것이다. 그나마 늦둥이 천금성이 무럭무럭 자라고 있어 천만다행이었다.

천막개는 당장 북촌의 홍루로 향했다. 행수 홍매를 찾아가고 있는 그의 감정은 복잡했다. 홍매를 만나 당장 내 아들에게 손을 떼라고 말할 것인가. 아니면 원수의 아들이니 데리고 가라 해야 하나. 어쨌든 홍매를 대매로 때려죽이고 싶었다.

천막개는 왕실의 대군들과 공경대부가 드나드는 고급 주점 북촌 홍루에 갔다.

영업 전이라서 악생 이모악이 안내하고 있었다.

"어디서 왔습니까?"

"난 천어둔의 애비되는 사람이야. 행수와 만나 할 얘기가 있어."

"울진현감 천어둔의 부친이 되신다고요? 잠시만 기다려주십시오."

이모악이 먼저 들어가 행수에게 말했다.

"명남당의 천막개 영감이 찾아오셨습니다."

홍매는 착 가라앉은 목소리로 말했다.

"들어오시라고 해라."

홍매는 때가 온 것 같다고 생각했다. 어차피 천막개와 한 번은 부딪혀야 한다. 한때는 자신의 사노로 있던 그가 한양으로 올라가 남편 박기산을 역적으로 고변해 집과 재산을 다 **빼앗고** 자신을 종과 기생의 신분으로 떨어뜨렸다. 그는 사노로 있을 때도 염창에서 자신을 능욕했고 주인이 되어서도 자신을 능욕하고 버렸다. 그는 여전히 권력과 재산을 가지고 위세를 떨치고 있다. 그를 똑바로 쳐다볼 수 있을까. 쳐다봐야 한다.

천막개는 헛기침을 하며 행수 방에 들어왔다.

그는 홍매의 얼굴을 보고 옛날의 윤보향임을 쉽게 알아보지 못했다.

반면 홍매는 즉시 천막개임을 알아차렸다.

"안녕하세요. 천 영감님. 어인 일로 이 누추한 곳까지 행차하셨습니까?"

그녀 앞에 한 사람이 걸어오는 것이 아니라 무지막지한 한 인생이 걸어오는 듯했다.

아들은 과거에 급제했고, 가계와 출생에 얽힌 모든 비밀을 안 아들은 울진으로 내려가기 전, 매일같이 그녀를 찾아왔다.

"청남당, 우리 집의 종, 윤보향 아니던가?"

"그 전에는 당신은 저의 종 천막개였죠."

"네 이년! 천한 기생년이 무슨 까닭으로 우리 아들을 꾀어 매일 이곳에 출입하게 했느냐?"

"무슨 말씀을 하시는가요? 전 그 아들이 천 영감의 아들인 줄 몰랐습니다."

"내가 다 알고 왔다. 거짓말을 하면 네 년 입을 찢어 놓을 테다.

그래, 천어둔이는 정녕 그때 네가 회임한 박기산의 아들이 맞느냐?"

"아닙니다. 제가 낳은 아이는 동래 교방청 뒷산에 묻었습니다."

"이 천하에 못된 년! 어느 안전에서 거짓말인고! 역적 박기산의 자식을 상전 집에 업둥이로 밀어 넣은 것을 다 알고 왔다. 천어둔의 얼굴이 역적 박기산을 닮은 것을 알았지만 설마 네 년이 우리 집에 업둥이로 넣을 줄은 몰랐다!"

"지금 누가 누구보고 할 소리를 하십니까! 우리 집안을 풍비박산 시키고 하극상을 일으킨 종이 바로 당신 아닙니까. 이제 와서 업둥이로 키운 아들을 역적의 자식으로 만들어 죽이려고 하시는군요!"

"아아, 이 뻔뻔한 년! 넌 복수하려고 계획적으로 그 아이를 우리 집에 업둥이로 넣은 게야. 아들을 복수의 도구로 이용했던 게지. 그게 어미로서 차마 할 짓인가. 이 더럽고 추악한 년아!"

감정이 달아오른 천막개는 윤보향의 따귀를 때리며 흥분하자 이모악이 뛰어 들어와 천막개를 제지했다.

윤보향이 불똥이 뚝뚝 떨어질 듯한 눈으로 말했다.

"천 영감님, 저는 가문을 몰락시키고 저와 온 가족을 역적과 종으로 만든 자에게 복수할 일념으로 지금까지 살아왔습니다. 반드시 오늘 맞은 이 따귀까지도 언젠가 되돌려 줄 것입니다."

"아, 내가 너를 너무 과소평가했다. 배숙의 물을 주던 아름다운 마음씨의 소녀로만 생각하고 있었던 게 잘못이다."

"배숙 물 한 잔이 그리 고맙던가요. 나는 물 한 잔 주는 사람보다

변함없이 충직한 사람이 좋습니다. 그때 뱃속의 아이를 거둬주신다고 했던가요? 끊임없는 배신과 음모, 약속을 헌신짝처럼 던져버리는 당신 같은 사람은 두 번 다시 보기 싫습니다."

"어허, 천한 기생년에게 천하의 천막개가 이렇게 당하다니!"

'어둔이 이놈! 임지인 울진으로 떠날 때 뒤도 안 돌아보고 뛰쳐나가더니 뭔가 내막이 있었구나. 이놈! 업둥이로 던져진 놈을 평생 목숨을 바쳐 키워놓았더니 아비의 등에 배신의 칼을 꽂아? 이놈이 윤보향보다 더 괘씸한 놈이다.'

천막개는 이를 부득부득 갈았다.

"홍매, 아니 윤보향, 똑똑히 들어라. 나, 천막개가 어떤 자인지 잘 알 테지? 이렇게 당하고만 있지 않을 거야. 네 놈의 자식이 날기 전에 날개를 꺾어버릴 테다."

천막개는 치를 떨다가 청남당의 천금성을 생각하고 마음을 겨우 다잡았다.

천막개는 북촌 홍루에서 나온 즉시 자신의 후견인인 어영대장 김석주를 찾아갔다.

시련

　박어둔은 강원도 울진현감으로 부임했다. 울진은 당시 강원도 소속이었다. 강원도와 경상도의 경계선에 있는 울진현은 강원도 삼척과 경상도 영해, 울산, 동래와 뱃길로 이어져 있고 무엇보다도 울릉도와 우산도로 들어가는 해상교통의 요충지였다.

　어둔은 조선 사회에서 신분상 가장 낮은 마채 염전의 염부들과 함께 숙식하면서 결심했다. 만약 내가 고을 목민관이 되면 탁상행정보다 직접 발로 뛰는 현장행정가가 되겠다고 마음먹었다. 가진 자와 힘있는 자보다 없는 자와 약한 자, 억울한 자를 돕겠다는 생각도 했다.

　어둔은 가장 먼저 곳간에 필요 이상으로 쌓인 미곡을 풀어 가난과 기근으로 아사 직전에 있는 기민들과 환과고독에 처한 빈민을 구휼했다. 특히 바닷가 어민들의 어려운 삶을 자기 삶처럼 챙겼다. 울산부에서 자란 어린 시절 바닷가 어민들의 비참한 생활상을 많이 봐온 어둔이었기에 어민들의 실상을 누구보다도 잘 알았다.

어둔은 울진 연안 일대와 울릉도, 우산도에서 불법어로에 시달리는 해척들 전원에게 자신의 수결이 있는 울릉도 채복(探鰒, 전복 채취)공문을 발부했다. 그런데 울릉도와 우산도를 오가는 해척들은 우산도를 자산도(子山島)라고 부르고 있거나 돌섬(石島, 독도)이라고 불렀다.

또한 조선 지도에는 대부분 우산도를 울릉도보다 안쪽 혹은 나란히 그려놓았다. 그것은 오류라기보다는 우산도를 우리 땅이라고 느끼기에 심리적으로 그만큼 가까운 곳에 그려놓은 것이다.

어쨌든 울릉도 채복공문은 전복을 딸 수 있는 공문이나 실질적으로는 울릉도에 갈 수 있는 출어증을 대신했고 그것만 있으면 고기잡이 등 모든 어렵활동을 다할 수 있었다.

"이것이 있어야 어느 곳에 가든지 합법적으로 어로활동을 할 수 있습니다."

"아이고, 현감님. 정말 고맙습니다."

어민들은 뛸 듯이 기뻐했다. 어부들은 조상대대로 조금만 먼 바다로 나가면 방금을 어긴 불법어로자로 낙인 찍혀 고기와 해산물을 관청에 다 빼앗기고 감옥에 갔다. 해척들 중에는 감옥에 가지 않은 자가 없을 정도였다. 그런데 이제는 공문을 가지고 떳떳하게 어로활동을 할 수 있게 되었으니 어민들은 참으로 신임 목민관이 고마웠다.

역대 현감들은 극히 일부의 유력한 해척들에게만 채복공문을 발부했고, 그 대가로 수확한 어물의 절반을 거둬갔다.

"그럼, 그동안 세금은 어떻게 내었습니까?"

"잡은 해산물의 절반을 내었나이다."

"앞으로 채취한 것의 일 할만 현에 내도록 하시오."

"아니, 허가해 주신 것만 해도 고마운데 절반이 아니고 십 분의 일만 내라는 것입니까?"

"그렇소."

현감과 아전은 출어세, 토민세, 염세 등 각종 세금 명목으로 해척들이 잡은 어물의 절반을 거두어가고 또 수영과 병영이 남은 절반에서 물선군의 명목으로 거둬가고 선주는 어선세, 상선세, 어구세 등의 명목으로 거둬가니 해척들은 만선으로 돌아와도 제 손에 들어오는 것이 거의 없었다. 아전과 향반은 직영 포자를 설치해 현물세로 받은 어물을 되팔면서 이중으로 수익을 챙겼다.

울진현감이 된 어둔은 해산물을 출어세, 토민세, 염세, 물선군을 모두 경감하고 선주들에게도 고용한 해척들에게 일 할 이상의 세금을 거두는 것을 금했다.

어둔의 감세 덕에 해척들의 연안과 울릉도의 출어 횟수가 평소보다 몇 배는 많아지고 울진 항구의 포자와 장터가 활성화되자 오히려 울진현의 재정 수익이 늘어났다. 또한 그는 어민들에게 염전을 만들고 토지를 개간하는 자에게 세금혜택을 주고 항구에 포자를 차리고 있는 어민들에게 이익이 되는 공동구매와 공동판매의 길을 가르쳐주었다. 울진현 백성들의 살림살이가 좋아지고 박어둔의 명망은 날로 높아져갔다.

또한 그는 목민관으로서 무엇보다도 올바른 재판과 공정한 옥사에 중점을 두었다.

채복공문 없이 울릉도와 우산도로 나가 어렵활동을 하다가 잡혀와 갇힌 자들을 풀어주었다.

"암행어사 출두야! 죄인 천어둔은 무릎을 꿇어라!"

한양에서 내려온 강원도 암행어사 남구만이 마패를 내밀고 동헌대청에 올라가 외쳤다.

역졸들이 우르르 몰려와 천어둔을 포박하고 동헌 뜰에 무릎을 꿇렸다. 대리(帶吏, 어사가 대동하는 수졸)들은 동헌의 공문서를 압수하고, '봉고(封庫)'라고 쓴 백지를 창고 문에 붙였다.

"도대체 무슨 일로 이리합니까?"

천어둔은 영문을 모른 채 말했다.

"네 놈이 울릉도 도행증과 채복공문을 무단으로 남발하여 가난한 백성의 돈을 착복하고 방금을 어겼다. 또한 스스로 방금을 어기고 울릉도와 우산도, 대마도와 대만을 오간 죄를 엄히 물으러 왔다."

"어사님, 저는 가난한 백성의 돈을 착복한 적도 없거니와 스스로 방금령을 어긴 적도 없습니다."

"그런 적이 없다? 조사하면 다 나와. 나도 증거가 없이는 너의 관인과 병부권을 압수하지 않겠다. 여봐라, 이놈을 당장 감옥에 넣어라."

역졸들이 그를 동헌 감옥에 가뒀다.

남구만은 공문서를 검열하고 관가창고를 검고(檢庫)한 뒤 직접 아전과 백성, 해척을 만나 현감에 대해 조사를 했다.

남구만은 하루 종일 조사를 끝낸 뒤 다시 천어둔을 동헌 뜰로 끌어냈다.

하지만 눈빛은 전보다 많이 부드러워져 있었다.

"천어둔, 고개를 들라. 내가 지금까지 수없이 공문서와 관가창고를 검열해봤지만 여기처럼 정확하고 깨끗한 것은 없었다. 며칠 전 이곳에 와 저잣거리를 염찰할 때도 일 잘하고 청렴한 현감에 대해 칭송할 뿐 욕하는 자를 보지 못했다."

울진에서 만나는 사람들마다 천 현감의 선정과 청렴에 대해 칭찬해 처음에는 뭔가 짜고 말하는 게 아닌가 하는 생각이 들 정도였다. 그러나 며칠에 걸쳐 직접 마을과 항구와 관가를 세세히 둘러보고 생각을 바꾸었다. 자신이 현감으로 부임해도 이보다 더 잘할 수 없다고 판단했기 때문이다.

남구만은 충청남도 홍성에 살다가 서울로 올라와 송준길 문하에서 글을 배웠다. 효종 때에 문과에 급제하여 정언이 되었다가 중전 명성왕후의 인척을 탄핵하였다가 파직된 뒤 다시 어사로 복직된 강직하고 청렴한 인물이었다.

"조사한 결과, 방금령을 어긴 것은 문제가 된다. 방금령을 어기면 그 벌이 지극히 엄중하여 최고 사형에 처하는 줄 목민관인 네가 더 잘 알지 않느냐."

"울릉도 방금이 엄하긴 하지만 그 공효성이 사라진 지 오래입니다.

현재 울진의 경우 해척들이 매주 울릉도에 출어합니다. 그리고 오랫동안 채복공문 없이 출어하는 것이 관행으로 되어 왔습니다. 하지만 저는 반드시 울릉도 채복공문을 발급하였기에 어민들이 방금령을 어기지 않았습니다. 다만 서당학동 시절, 꿈과 모험심에 부풀어 채복공문이나 출어증 없이 울릉도에 간 것은 사실입니다."

"그때 나이는 몇 살이었느냐?"

"열두 살이었습니다."

"그것은 문제가 없는 걸로 하겠다. 마지막 한 가지 더 큰 문제가 남아 있다."

"그게 무엇입니까?"

"이 소지(所志, 진정서)에 따르면 너는 통정대부 천막개 영감의 아들 천어둔이 아니라 역모죄를 지은 역적 박기산의 아들이라고 했다. 북촌 홍루의 기생인 네 어미 윤보향은 완강하게 부인하고 있다. 내가 생각해봐도 이것은 소지를 올린 자의 무고인 것 같다. 이제 이것만 부인하면 너는 무죄로 풀려난다."

어둔은 곰곰이 생각했다. 어머니 윤보향은 박기산의 아들임을 결코 입밖에 내어서는 안 된다고 신신당부했다. 하지만 지금 부인하더라도 양부 천막개는 자신이 박기산의 아들임을 밝혀낼 것이다. 그동안 밖으로는 천어둔으로 살고 스스로는 박어둔으로 살았다. 이번 기회에 솔직하게 자신이 박어둔임을 인정하고 출생의 비밀을 털어버리자. 어차피 관직에 대한 큰 미련은 없었다. 다시 염전마을로 가서 염부로, 소금서당의 훈장으로 가난한 이웃들과 더불어 살아가리라. 그 것이 진정한 행복이다.

"저는 역적 박기산의 아들이 맞습니다. 그것을 대과에 합격하고 권지로 있는 중에 알았습니다."

동헌에 있던 사람들이 모두 놀라며 웅성거렸다.

남구만도 어둔이 천막개의 아들 천어둔이 아니라 스스로 역적의 아들임을 인정한 것에 놀라 재차 물었다.

"음, 정녕 역적 박기산의 아들임을 인정한단 말인가?"

"그렇사옵니다."

암행어사 남구만은 동헌 대청에서 천어둔이 아닌 박어둔에 대해 판결을 내렸다.

"나 암행어사 남구만은 변복하여 울진 관부에 야골(野鶻, 들의 매)처럼 들이닥쳐 순찰하고 조사한 결과, 현감의 탐도혹형(貪饕酷刑, 재물을 탐하고 형을 가혹하게 함)이나 아전의 가렴주구는 없었다. 공문서를 검열해 창고를 검고 해도 틀린 물건이 없고, 옥에 갇힌 죄수를 조사해도 원통한 옥살이가 없었다. 방금을 어긴 죄도 없었다. 단, 천어둔이 역적 박기산의 아들임을 뒤늦게 안 것은 죄가 성립되지 않는다고 본다. 이에 대한 조처는 조정으로부터 별도의 지시가 있을 때까지 울진현감 직을 수행하도록 판결한다."

남구만이 대리와 역졸에게 명했다.

"여봐랏, 박어둔 현감의 포승을 풀고 모든 것을 복원시켜라."

비로소 천어둔이 아닌 박어둔이 된 그는 남구만의 조처에 감읍할 뿐이었다.

"고맙습니다."

"현감, 난 현감의 솔직함과 청렴이 좋소이다. 밤새 얘기를 나눠봅시다."

박어둔과 남구만은 객사에서 어둔의 신상에서부터 울릉도와 우산도의 문제에 이르기까지 올챙이묵에 강냉이로 만든 곡주를 받아놓고 밤새 얘기했다. 남구만은 어떤 일에 한 번 관심을 가지면 뿌리를 뽑는 성격이었다.

"흠, 울릉도와 우산도가 그렇게 넓고 좋은 땅인데 조정이 방치를 해 두다니 안타까운 일이로다. 어쨌든 해척들이 나라의 방금을 어기고 목숨을 걸고 그곳에 갈 만한 곳이다 이 말이렷다."

"그러하옵니다. 그리고 또한 왜인들이 전복과 해삼을 채취하기 위해 마구잡이로 드나들고 있어 반드시 조선의 본토사람들을 보내 울릉도와 우산도에 거주하게 하고 진과 보를 쌓아 왜인들을 막아야 합니다."

"왜인들이 이 두 섬을 침탈하는 것이 큰 문제로군."

"그러합니다. 조종의 강토에 왜인들이 올 수 없도록 엄중한 조처를 취해야 합니다."

남구만은 술잔을 뒤집으며 말했다.

"울릉도 방금령에 대해선 나도 평소에 가진 생각이 있네. 내가 조정에 이번 울진 사건에 대한 서계(書啓, 보고서)를 올릴 때 울릉도와 우산도에 관한 것도 함께 올리겠네. 그동안 현감은 법이 허용하는 테두리 내에서 울릉도와 우산도에 관한 역사와 실태, 그리고 왜인들의 침범상황을 자세하게 조사해 주게."

"알겠습니다."

그날 밤을 새워 울릉도와 우산도에 관한 이야기를 하면서 박어둔과 남구만은 한마음이 되었다.

다음날 아침 일찍 박어둔 현감이 동헌 객사로 갔다.

남구만은 일찍 일어나 서안 앞에 앉아 무엇인가를 쓰고 있었다.

"기침하셨습니까?"

"오, 박 현감인가?"

"새벽에 주무셨을 텐데 피곤하지 않습니까?"

"괜찮네. 내가 아침 일찍 일어나 시조 한 편을 지어보았네. 졸시지만 한 번 읽어 보게나."

남구만은 손수 쓴 시조를 박어둔에게 건네주었다.

박어둔은 시조를 받아 읽었다.

동창이 밝았느냐 노고지리 우지진다.

소치는 아이는 상기 아니 일었느냐

재 너머 사래 긴 밭을 언제 갈려 하나니.

박어둔이 말했다.

"제가 아는 시조 중 가장 힘찬 기상이 느껴지는 시조입니다. 제가 어사님의 대구에 맞추어 시조를 하나 지어 보겠습니다."

박어둔이 당석에서 단어만 바꾼 시조를 지었다.

동해야 밝았느냐 갈매기 우지진다
배 모는 해척은 상기 아니 일었느냐
물 건너 울릉·우산 길을 언제 가려 하느냐

박어둔이 남구만에게 말했다.

"너무 흉내낸 것 같아 미안합니다."

"아냐, 좋아. 내가 쓴 시조의 2연으로서 손색이 없네."

"울릉도와 우산도를 직접 탐사해 양도의 실태를 면밀하게 조사해 나에게 보고하게. 무엇보다도 울릉도와 우산도가 왜놈이 점거하여 제 2의 대마도가 되는 걸 막아야 하네."

"알겠습니다."

남구만은 울진을 떠나면서 말했다.

"헌데 자네의 양부, 천막개를 조심하게."

천막개가 실권자인 김석주 어영대장에게 소지를 내고 김석주가 남구만에게 명을 내려 울진 동헌에 암행어사 출두를 하지 않을 수 없었던 것이다.

박어둔을 봉고파직하기 위해 내려왔던 강원도 암행어사 남구만은 오히려 그의 어깨를 두드리며 격려해주고 한양으로 올라갔다.

울릉도 탐사

　남구만 어사의 울릉도 탐사 명령을 받은 박어둔은 즉시 강원도 관찰사로부터 출어증을 발부받아, 울릉도로 떠났다. 배는 두 척이었다. 한 척은 울산에 올라온 울산호로 안용복을 비롯해 양담사리, 김가을동, 서화립, 김득생, 이환, 김자신 등 열 명이 탔고, 한 척은 울진호로 박어둔을 비롯해 울릉도 지리를 잘 아는 삼척 어부 진형두와 울진호의 강수 김남수 등을 비롯해 울진 사람 열 명이 탔다. 배 두 척은 순풍을 만나 이틀만에 울릉도에 도착했다. 울산호와 울진호가 공동 탐사한 울릉도와 우산도의 현황은 매우 심각했다.

　조선 해척들은 울릉도 서항 가파른 곳에 여막을 짓고 어로활동을 하고 있었고, 입항이 쉬운 남항과 동항 쪽에는 조선 해척 대신 왜인들이 들어와 관사와 움막을 지어놓고 마치 자기 땅인 것처럼 행세하고 있었다. 박어둔이 소년 시절에 들어갔을 때는 볼 수 없었던 풍경이었다.

왜인들은 호키주(伯耆州)의 두 가문인 오야가(大谷家)와 무라카와가(村川家)로 이들은 아예 에도(江戸, 도쿄의 옛이름, 일본 막부의 중심지)의 관백(關伯, 막부의 우두머리)으로부터 봉지를 받은 것처럼 양도에서 마구잡이로 어복을 채취하며 어렵을 하고 있었다. 그들은 울릉도 곳곳에 통발과 정치망을 쳐놓고 어업을 독점하고 있었다.

동도와 서도로 나뉘어져 있는 우산도에는 바다사자인 강치들이 떼지어 서식하고 있었다. 박어둔은 강치를 보는 순간, 소년시절 이사부가 데리고 갔다는 사자떼가 바로 우산도에 서식하는 바다사자인 강치가 아닌가 생각했다. 왜인들은 제멋대로 우산도에 들어가 그곳에 서식하는 강치를 잡아 고기는 먹고 가죽은 옷과 방석으로 사용하며 기름은 짜내 어화를 밝히는데 사용하고 있었다.

박어둔은 왜인들에게 도살당하는 우산도 강치를 보며 탄식했다.

"아, 이사부가 불을 뿜는 사자를 데리고 우산국을 정벌했을 때처럼 이 바다사자떼들이 불을 뿜어 왜인들을 물리칠 수만 있다면!"

박어둔은 울릉도, 우산도 두 섬의 탐사만으로는 현황을 제대로 알 수 없었다. 배후에서 조종하고 있는 뿌리인 호키주와 일본 조정을 제대로 알아야 울릉도를 둘러싼 정확한 정황을 알 수 있으리라 생각했다.

울진현감인 박어둔은 임시로 안용복에게 양도감세관 임명장을 주고 지속적으로 두 섬을 탐사하게 했다. 울산의 선단을 데리고 호키주에 가서 오야가와 무라카와가가 실제로 에도의 관백으로부터 울릉도와 우산도 두 섬을 봉지로 받았는지 조사하도록 했다.

박어둔은 우산도에서 돌아오는 길에 일본배의 습격을 받았다.

왜인들은 안택선을 타고 빠르게 다가와 다짜고짜로 조총으로 조선배를 향해 총질을 해대며 소리쳤다.

"이노무, 조센징들! 어디 우리 봉지에 들어와 노략질이야!"

울산호와 울진호에는 탐사장비 외에 조총 다섯 자루와 활, 검밖에 없었다. 불의의 공격을 받은 울진호, 울산호 두 배는 맞총질을 하면서 대항했으나 상대가 되지 않았다. 울산호에 탔던 해척 한 명이 총에 맞아 죽고 울진호의 선원 한 명이 중상을 입었다. 적반하장도 유분수였다. 전함과 같은 왜선들을 작은 어선과 수참선(水站船, 연안선)으로는 대항할 수 없었다. 큰 배가 필요하다는 것을 절감했다.

박어둔은 두 섬에 관한 역사자료와 현장 탐사자료를 모아 보고서를 작성해 남구만 어사에게 보냈다.

안용복은 박어둔에게 말했다.

"울릉도와 우산도 섬의 일은 남구만 어사가 아니라 왕에게 직접 보고해야 할 일이다. 양도로 출입하는 왜적을 소탕하고 울릉도와 우산도가 조선의 땅이며 다시는 침범하지 않겠다는 에도 막부의 서계(書契, 공식외교문서)를 확실히 받아야 한다."

숙종과 장희빈

어영대장 김석주는 왕에게 보고할 채비를 차려 왕이 머무는 경회루로 갔다.

지난번 천막개의 청탁을 받은 김석주는 남구만 어사를 울진으로 보내 박어둔을 잡아오라고 지시했다. 하지만 남구만은 박어둔을 잡아오는 대신 박어둔 울진현감이 지역민의 칭송을 받는 청렴한 목민관이고, 오히려 '울릉도 방금령은 개선될 여지가 있다.'라는 보고서를 보내왔다. 이런 일은 백에 하나 있는 일로 김석주로서도 지극히 곤혹스러웠다.

천막개는 남구만이 박어둔의 뇌물을 먹고 구워삶긴 것이라고 말했지만 남구만의 강직한 성품을 아는 김석주로서는 천막개의 말을 믿지 않았다.

천막개는 집요한 인물이었다. 허적의 유악사건을 물어온 천막개가 이번에는 더 큰 역모사건을 물어왔다. 김석주는 많은 발쇠꾼을 거느리고 정보를 수집해 필요한 시기마다 환국을 일으켰다. 김석주는 천막개에게 단순히 인조의 3남인 인평대군의 세 아들 복창군, 복선군, 복평군과 허적의 서자에 대한 동향만 탐문하라고 말했다. 그런데 탐문이 아니라 정국을 뒤바꿔놓을 수 있는 어마어마한 역모사건을 물고 온 것이다.

김석주는 천막개의 말을 믿을 수 없어 정원로를 불러 이실직고하게 했다. 그제야 정원로는 그 모든 것이 사실이라며 자백했다. 허적의 유악남용사건도 자신에게 가장 먼저 알려준 자는 천막개였다. 도대체 그는 이 모든 정보를 어디서 가져오는지 궁금했다.

"대장님, 이번 건은 큰 만큼 저에게도 보답을 주십시오."

"뭘 원하는가."

"역적 박어둔을 원합니다."

"아니, 박어둔 현감은 울진에 있는데 이번 삼복 사건과 무슨 연루가 있단 말인가."

"울진 처가에 내려간 막내 복평군을 후히 대접하고 함께 역모를 도모했다고 하지요."

"알겠네. 자네는 나보다 더 무서운 사람이군."

김석주는 지체 없이 경회루로 갔다. 왕은 경회루에서 배를 띄우고 소연을 베풀고 있었다. 최근 왕은 중인 역관출신의 딸 장희빈의 미색에 푹 빠져 있었다. 장희빈이 부르는 노래와 가야금을 탄주하는 곡은 넓은 인공연못에 잔잔한 파문을 일으키며 애잔하게 퍼져나갔다. 왕은 경회루 연못에 두쪽배인 월선을 띄워놓고 장희빈의 노래에 푹 젖어 있었다. 외쪽배 목선에서는 악공이 오현과 필률, 요고와 비파로 황조가를 연주하였다. 씩씩한 남성적 기상과 섬세한 여성적 부드러움이 조화를 이룬 이 황조가는 오래 전부터 중국과 일본으로 전해져 고려악으로 불리어져 궁궐과 여염에서 널리 연주되고 있었다.

장희빈은 가야금을 탄주하며 '황조가'를 노래했다.

펄펄 나는 저 피꼬리(翩翩黃鳥)

암수 서로 노는구나(雌雄相依)

외롭구나 이 내 몸은(念我之獨)

누구와 함께 돌아갈꼬(誰其與歸),

장희빈의 노래를 듣고 흥이 난 숙종이 이백의 '황조가'를 불렀다.

절풍모에 금빛 꽃을 꽂고(金花折風帽)

백마 타고 유유히 거니네(白馬小遲回)

훨훨 춤추는 넓은 소매(翩翩舞廣袖)

해동에서 날아온 새와 같구나(似鳥海東來).

왕은 무소뿔로 만든 서각배(犀角盃)에 송화주를 부어주며 말했다.

"장희빈, 이 연못이 어떤가?"

왕은 서각배를 뒤집어 술을 들이켠 뒤 안주로 육포를 씹었다.

"연못이 아니라 호수네요. 참 아름다워요."

"경회루는 태조께서 짓고 이 연못은 태종이 조성하셨지."

경회루는 북악산과 인왕산을 배경으로 자연과 어우러져 아름다운 위용을 드러내고 있다. 북악산은 한양 팔경의 으뜸이고 경회루와 경회지는 궁궐에서 가장 아름다운 곳이다.

장희빈의 '황조가' 노래와 탄주가 끝나자 왕이 우륵의 '회소곡'을 한 곡 더 청했다.

장희빈은 노래뿐만 아니라 가야금 탄주 솜씨도 출중했다.

장희빈이 탄주를 하는 동안 왕은 그녀의 치마 속으로 손을 넣었다. 탄주소리가 뒤틀렸다. 왕은 그녀의 옷고름을 벗겼다. 장희빈의 뽀얗고 몽실한 젖가슴이 드러났다. 왕은 장희빈의 유방을 움켜쥐더니 그녀를 안고 배 안으로 쓰러졌다.

장희빈의 본명은 장옥정으로 열 살 때 아버지를 여읜 뒤 남자들의 손을 두루 거치며 자라났다. 그녀의 몸을 최초로 가진 자는 그녀의 숙부 장현이었다. 어려서부터 색기가 넘쳐흐르는 그녀의 모습을 눈여겨 보았던 숙부는 아버지가 죽자 그녀의 후견인으로 자처해 그녀의 봉오리 몸을 탐했다. 그녀를 한 단계 높은 몸으로 다듬은 사람은 어머니의 정부인 조사석이었다. 조사석은 의붓딸 장옥정에게 음악과 가무, 시서화와 방중술을 가르쳐 요화로 키웠다. 장희빈 정도의 미색이라면 궁중에서도 통할 것이라 내다보았던 조사석은 종친인 동평군항에게 자신의 의붓딸을 소개시켰다. 동평군은 다시 한 번 소녀경 황재내경 등 궁중의 방중술로 그녀를 다듬은 뒤 궁궐 속으로 집어넣었던 것이다.

바야흐로 해는 서산에 머물다 지는 순간이어서 경회루 연못은 온통 금가루를 뿌린 듯 장관이었다. 궁궐 안 소나무 숲은 수묵화처럼 그윽했고, 노을에 젖은 경회루는 금각 같았다.

왕은 장희빈의 머릿결을 쓰다듬으며 말했다.

"물은 모든 만물의 근원이지. 그래서 이곳에 연못을 파고 한강물을 끌어들였지."

사공이 노를 젓고 왕과 장희빈은 두쪽배 월선에서 애무를 나눴다.

왕은 부끄러움이 없는 '불치(不恥)적 존재'라 하여 남의 눈에 띄는 공개적인 장소에서도 스스럼없이 교합했다.

사공은 먼 산만 바라보고 열심히 노를 젓고 있었다.

장희빈의 풍만한 유방은 무르익을 대로 무르익어 터질 듯했다. 풀어헤친 옷이 뱀의 허물처럼 스스로 아래로 내려갔다.

풍만한 유방에서 굴곡을 이루고 아래로 이어진 허리선에서 개미처럼 가늘어지다 다시 엉덩이에서 풍만한 언덕을 만든 뒤 흰 허벅지와 종아리에서 길고 매끈하게 이어져 아래로 쭉 빠졌다.

왕은 오랜만에 골치 아픈 정사에서 해방된 기분으로 경회루 연못 선상에 배를 띄워놓고 장희빈의 흐벅진 허벅지를 베고 누웠다.

"장희빈."

"네."

"세상에서 제일 재미있는 놀이가 뭔지 알아?"

"모르겠사옵니다."

"놀이 바로 그 자체에서 나온 놀음이지. 투전과 화투, 마작을 싸잡아서 노름이라고 하지 않아? 질서와 도덕률 따위는 다 벗어던지고 오로지 쾌락과 즐거움에 탐닉하는 것이지. 그런데 도박보다 더한 중독성이 있는 게 남녀 간 교합이지."

장희빈은 엉덩이를 좌우로 흔들었고, 월선은 이제 장희빈의 움직임에 따라 출렁대기 시작했다.

장희빈이 궁궐에 들어와 황음한 왕을 낚아 올리는 일은 양어장에서 고기를 낚는 일보다 쉬웠다.

첫날밤 왕은 그녀의 옥문을 경험한 뒤 곧바로 처녀성을 의심했다.

왕은 차마 말로 못하고 지필묵을 꺼내어 글로 썼다.

'모심내활필과타인(毛深內闊必過他人, 털이 깊고 안이 넓어 허전하니 필시 타인이 지나간 자취로다)'

그러자 장희빈이 배시시 웃으면서 붓을 들어 대구를 적었다.

'후원황률불봉탁 계변양유불우장(後園黃栗不蜂坼 溪邊楊柳不雨長, 뒷동산의 익은 밤송이는 벌이 쏘지 않아도 저절로 벌어지고, 시냇가의 수양버들은 비가 오지 않아도 저절로 무성하게 자랍니다)'

장희빈의 재치 있는 답변에 왕은 그만 너털웃음을 터뜨리고 말았다.

해가 넘어가고 노을이 스러지자 사공이 월선에 꽃등을 켰다.

왕의 배와 악공이 탄 배가 흥을 돋우며 놀고 있는데 경회루에서 외쪽선 배 한 척이 급히 움직이기 시작했다. 배는 왕이 탄 배로 접근했다.

"상감마마, 급한 일이 있사옵니다."

군권을 쥐고 있는 어영대장 김석주였다.

"어허, 무슨 급한 일이 있기에 이곳까지 보고하러 오는가."

"역모사건입니다."

왕은 악공들에게 즉각 음악을 중지하라고 말했다.

"무슨 역모사건이란 말이냐?"

"복선군이 허적의 아들 허견과 내통하여 역모를 꾸몄습니다."

"무엇이, 복선군과 허견이 역모를?"

"네, 상감마마."

"언제부턴가 이곳에서 군신 간의 만남이 경회(慶會, 기쁜 만남)가 되지 못하고 끊임없이 마회(魔會, 마귀와의 만남)가 되었는지 모르겠다. 차라리 이곳을 마회루라 불렀으면 좋겠구나."

"황공하옵니다."

"그래 역모의 내용이 뭐냐?"

김석주는 역모내용을 알렸다.

"허적의 서자 허견이 인평군의 세 아들 복창군, 복선군, 복평군 3형제와 결탁하여 역모했습니다. 허견이 복선군을 보고, '주상께서 몸이 약하고, 형제도 아들도 없는데 만일 불행한 일이 생기는 날에는 대감이 왕위를 이을 후계자가 될 것이오. 이때 만일 서인들이 임성군을 추대한다면 대감을 위해서 병력으로 뒷받침하겠소.' 하니 복선군이 고개를 끄덕이며 동조했다고 하옵니다."

"음 날이 밝으면 얼마 전 유악사건을 일으킨 허적과 그 서자 허견, 그리고 역모를 꾸민 삼복(복창, 복선, 복평)을 의금부에 잡아들이고 남인 잔당을 모조리 내치도록 하라."

"알겠나이다."

숙종이 김석주에게 말했다.

"어영대장, 이번 삼복지변의 고변자는 누구인가?"

"정원로와 천막개입니다."

"둘 다 역모에 가담하지 않고서는 고변하지 못할 터!"

"그러하옵니다. 정원로는 공모자로서 깊숙이 개입되고, 천막개는 고변의 공이 많습니다."

숙종은 미간을 찌푸리며 말했다.

"정원로는 사형에 처하도록 하라. 헌데 천막개는 고변의 공이 많다고?"

"과도 많으나 조사를 보존하는 데 공이 많은 자이옵니다."

"과인이 보니 천막개는 두 번의 예송논쟁과 유악사건, 이번 삼복의 난까지 역모사건에 끼지 않은 데가 없어. 고변 상습범 아닌가? 천막개가 하는 짓이 자네와 비슷한 것 같아."

왕의 말에 김석주는 갑자기 뒷목이 서늘해짐을 느꼈다. 잘못하다 천막개와 동시에 내쳐질 판이 될 수 있다. 왕의 역린을 건드렸다가는 그 길로 역적이 되어 주살형을 받게 된다.

"황송하옵니다. 생각해보니 천막개는 근본이 천한 종이었습니다. 그런데 하극상을 일으켜 당상관을 받으니 고변이 무슨 업이 된 것 같습니다. 이번 기회에 고변자 천막개를 원래의 종으로 되돌리고, 옛날 박씨 가문을 원상 복권시키는 게 어떻겠습니까?"

"좋은 생각이야. 그동안 천막개를 처벌하라는 상소가 당색을 가리지 않고 빗발치듯 올라오고 있었는데 이번 기회에 내치도록 해! 그렇다면 천막개의 아들 천어둔은 어떻게 되나?"

왕은 천막개보다 한양미인도 천시금과 천어둔을 더 선명하게 기억하고 있었다.

"실은 천어둔이 박기산의 친자입니다."

김석주는 어둔이 천막개집에 업둥이로 들어간 일과 자신이 알고 있는 천막개와 박기산, 천어둔과의 관계를 간단하게 보고했다.

"지난번 남구만 어사가 울진현감 천어둔에 대해 좋게 이야기를 하던데 경주 박씨 집안이 다시 복권되면 궁으로 부르게. 한 번 보도록 하지."

"분부대로 하겠나이다."

"그럼, 가봐."

왕은 악공들에게 음악을 다시 연주하게 하고 장희빈의 치맛자락을 걷었다.

어영대장 김석주는 자신이 원하는 답을 얻었으나 자칫 천막개와 함께 저승 문턱을 넘을 뻔 했다. 김석주는 고변으로 몇 번의 환국을 했지만 그때마다 항상 저승 문턱을 밟고 있는 느낌이었는데 이번만 큼 아찔한 적은 없었다. 저승 문턱 너머 한 발을 넣었다 뺐던 것이다.

아무리 업둥이라지만 아들까지 무고를 일삼는 천막개에 대해 김석 주도 혀를 내둘렀다. 반면 김석주는 오랜 기간 북촌 홍루를 출입할 때마다 중요한 정보와 후한 접대에 선물 보따리를 한 아름씩 안겨준 행수 홍매의 청원을 물리칠 수 없었다. 홍매는 '아들을 살리고 천막 개를 내쳐달라'고 간절하게 청원했다. 어둔은 왕도 그 총명함을 인정 하고 있는데다 서인의 영수 우암 송시열에 대해 절개를 지켰으며 그 를 잡으러 간 남구만 어사까지 칭찬하고 나선 인물이었다.

김석주는 왕에게 역모를 보고하기 전, 천막개와 어둔에 대한 마음 이 두 갈래였다. 하지만 왕에게 보고하는 도중, 순간적으로 천막개를 버리고 어둔을 선택함으로써 죽음의 고비를 넘겼다. 결국 천막개의 고변은 자승자박이 되고 말았다.

'천막개는 사골처럼 우려먹을 대로 우려먹었다. 천막개로 인해 나 에게 화가 미치기 전에 꼬리를 잘라버린 게 정말 잘한 일이다. 허나 이제 남인 천하는 끝나고 또다시 서인 천하가 오는구나. 피비린내가 천지를 진동할 것이다.'

김석주는 자신이 주도한 새로운 환국에 스스로 치를 떨면서 궐 밖 으로 나왔다.

가문의 복권

박어둔이 울릉도 탐사를 마치고 울진항으로 귀항하는데 울진 앞바다에서 작은 배가 한 척 들어오고 있었다. 뱃머리에 조선 왕실 문양을 상징하는 다섯 잎 오얏꽃 기가 꽂혀 있는 것으로 봐서 조정에서 특파된 관선임을 알 수 있었다.

조정에서는 지금 경신대출척(庚申大黜陟, 경신년에 남인을 대거 숙청한 사건)이라는 피비린내 나는 정쟁이 일어나고 있었다. 남인은 2차 예송논쟁에서 이겨 정권을 잡았으나 허적의 유악남용사건과 삼복지변으로 허적, 허견을 비롯한 남인들은 잡혀와 고문 끝에 처형되었고 귀양간 나머지 사람들도 다시 잡혀와 죽었다.

박어둔은 과연 저 배가 자신에게 어떤 소식을 가져올까 마음이 초조했다. 자신은 송시열을 옹호한 서인이기에 안심했지만 양부 천막개가 자신을 삼복지변에 연루된 것으로 고변했다는 것을 남구만 어사의 대리로부터 들었다. 박어둔은 생부 박기산처럼 무고하게 역적으로 몰리면 배를 돌려 대만 안핑으로 도망갈까 생각도 했지만 떳떳하게 친국(親鞫, 왕이 직접하는 심문)을 받기로 마음먹었다.

관선을 타고 온 사람은 남구만과 뜻밖에도 홍루의 악생 이모악이었다.

남구만은 배에 오르자마자 왕의 교지를 꺼냈다.

박어둔과 배 안에 있는 사람들이 모두 무릎을 꿇었다.

"울진현감 박어둔에게 교지를 내리노라. 이번 경신년 광정(匡正)으로 삼복지변에서 삼복과 내통한 역적 천막개와 그의 처자와 종들은 모두 다시 경주 박씨 종손 박어둔의 종으로 환원한다. 역적 천막개의 무고로 잃었던 재산과 천막개의 모든 소유도 박씨 종갓집의 종손 박어둔의 소유로 한다. 삭탈관직 당했던 박기산은 통정대부로 추증 복관하고 그의 가족도 면천하여 다시 복원한다. 박어둔은 왕명에 의해 경상도 암행어사를 제수한다."

이게 도대체 무슨 일이란 말인가. 자신의 어머니 윤보향과 죽은 할머니 조말녀, 멀리 유럽에 있는 아버지는 복권이 되었다. 기쁜 소식이었다. 하지만 아버지 천막개는 다시 종의 신분으로 전락함과 동시에 양모인 지통님, 이복춘, 구월이와 이제 일곱 살인 동생 천금성, 사랑하는 누이 천시금마저 종의 신분으로 떨어지고 마는 것이다. 시원하게 복수를 했다는 느낌보다는 슬프고 안타까운 생각이 앞섰다.

박어둔은 궁궐 방향인 서쪽을 향해 큰절을 하며 말했다.

"황은이 망극하나이다."

남구만이 말했다.

"다들 일어서게. 박 어사, 지금 조정의 사태가 매우 심각하네. 연일 피비린내가 나고 있지."

"어사님께서 보낸 대리로부터 소식을 들어서 알고 있습니다. 제가 삼복지변에 연루되었다는 소문을 들었는데 오히려 복권되었다니 참으로 감읍스럽습니다."

"사필귀정이 아닌가. 그리고 또 다른 왕명이 내려왔네."

"그게 뭡니까?"

"대왕마마가 자네를 궁궐로 데려오라는 거야. 동해의 국경선인 울릉도와 우산도에 대한 자네의 탐사보고서를 받겠다는 거야."

"이 모든 게 다 어사님 덕분입니다."

"자네 어머니와 김석주 병판 대감이 애를 썼네. 자세한 이야기는 이 사람에게 들어보게."

그제야 이모악이 눈에 들어와 그에게 물었다.

"그래, 어머니는 잘 계시는가?"

"지금 홍루에 계시지 않고 명남당으로 옮기셨고, 조만간 울산 청남당 종갓집으로 내려가시겠다고 합니다."

"당연히 그러셔야지."

"천막개와 지통님, 천금성, 이복춘, 구월이, 천시금 등이 모두 종이 되고 가옥과 전답은 다시 경주 박씨 종갓집으로 돌아왔습니다."

"그러나 난 천영감과 그 가족들이 다치기를 원하지는 않는다. 천

254

영감은 나를 길러주신 양부이시고 가족 또한 여전히 나의 가족이다."

"모든 것은 청남당 당주가 되신 박 어사님의 처분에 달려 있습니다."

"헌데 누이동생 천시금은 어디에 있는가?"

박어둔이 천시금을 말할 때는 그리운 마음이 바닷바람처럼 일었다. 그녀의 크고 선량한 눈이 아슴아슴 떠올랐고, 속살거리는 감미로운 목소리도 귀에 들리는 듯했다.

"부모와 함께 강 건너 정선 영감의 노비로 들어갔습니다. 모친이 명남당의 사노로 받기를 거절해 윤두서가 주선해 그리로 간 것입니다."

양반집 규수 천시금이 노비가 되어 정선 영감집에 들어갔다는 말이 아팠다.

"알겠네. 내 왕명을 받들어 한양으로 갈 때 이 일들을 처리하지."

남구만은 박어둔의 어깨를 두드리며 말했다.

"그래, 울릉도와 우산도의 이번 현황은 어떻던가?"

그동안 박어둔은 두 번에 걸친 울릉, 우산도를 탐사해 남구만에게 보고서를 올렸다.

"왜적 침범의 상태가 생각보다 심각합니다. 우리 배도 왜선으로부터 공격을 당해 어민이 죽고 부상까지 입었습니다."

"알겠네. 그럼, 나와 함께 한양으로 올라가세나."

어머니로부터 '어둔아, 울진으로 들어오면 잡혀서 기필코 능지처사 되어 죽으니 당분간 나라밖으로 멀리 도피해 있으라'는 소문을 들

은 게 엊그제 같은 데 정말 꿈만 같은 일이 벌어졌다. 멀리서 밤길을
비춰주는 달빛 같은 어머니가 고마울 뿐이었다.

숙종과의 알현

박어둔은 왕에게 불려 근정전으로 들어갔다.

숙종은 박어둔을 보고 말했다.

"그동안 울진에서 잘 있었나?"

"예, 상감마마. 이번에 미천한 저희 경주 박씨 가문을 복권해 주시고 경상도 암행어사를 제수해주셔서 고맙습니다."

박어둔은 다시 한 번 엎드려 절하며 고마움을 표시했다.

"박어둔, 사필귀정이야. 이번에 자네도 경신환국의 덕을 본 것이지, 그렇지 않나?"

경신환국으로 허적을 영수로 하는 남인이 대거 숙청되고 서인이 다시 정권을 잡았다.

"성은이 망극하옵니다."

"그래, 울릉도와 우산도 탐사는 잘 끝났는가?"

"그러하옵니다. 세 차례에 걸친 양도 탐사보고서는 이미 읽으셨으

257

리라 생각합니다."

"그래, 남구만 어사를 통해 잘 읽었다."

왕은 경상(經床) 위에 올려놓은 박어둔이 쓴 두툼한 보고서를 펼치며 말했다.

"음, 과인도 동해의 두 섬에 관심이 많지. 그런데 이 많은 자료들을 어디서 구했나? 아주 훌륭해."

박어둔이 울릉도에 관해 뒤진 사료에 의하면, 아주 오랜 옛날부터 울릉도는 한반도 본국의 영토였고, 본국과 긴밀한 관계에 있었다. 그의 보고서는 옥저국에서부터 시작되었다.

울릉도 우산도의 역사 보고서

옛 옥저국의 기로(耆老, 60세 이상의 노인)들의 이야기가 있다. 옛날 함경남도지방에 살던 옥저국 사람들이 배를 타고 물고기를 잡으러 갔다가 풍랑을 만나 표류하고 말았다. 이들 뱃사람들은 수십 일 만에 간신히 한 섬에 닿았는데 이름이 우산국이었다. 옥저국 사람들은 우산국 사람들을 만났으나, 처음에는 섬사람들의 언어를 알 수 없어 서로 소통이 되지 않았다. 그러나 시일이 지나 그들과 어느 정도 소통이 되어 섬의 형편을 알 수 있었는데 울릉도 풍속으로 7월에 동녀를 구하여 바다에 집어넣는 해신제를 지낸 사실을 알아냈다. 이를 미루어 보면 울릉도에는 일찍부터 사람들이 거주하여 소국을 형성하여 나름대로 자기의 문화와 풍속을 가지고 있었음을 알 수 있다.

지증왕 13년(512년)년 신라 이사부 장군에 의해 울릉도가 우리나라 영토에 편입된 뒤 울릉도는 본격적으로 본토와 긴밀한 연결을 가지면서 발전해 왔다(일차 보고서에 썼으므로 略함).

고려 태조 13년(930년) 울릉도에서 백길과 토두, 두 사람을 파견해 방물(方物, 왕에게 바치는 특산물)을 바치자, 태조는 백길을 정위로, 토두를 정조라는 벼슬을 주었다. 왕건이 백제와 신라를 합병해 고려를 통일하자 각지에서 할거하던 호족들이 왕건에게 속속 귀부했다. 이런 추세에 뒤질세라 울릉도도 왕건에게 방물을 바치며 고려에 귀속한 것이다. 이러한 사실을 미뤄볼 때 울릉도는 고립된 섬이 아니라 본국 내의 정세를 잘 알고 있었을 뿐더러 본국도 긴밀하게 교류하고 연결되어 있었음을 보여주는 것이다.

현종 9년(1018년)에는 울릉도가 동여진의 침입을 받아 섬이 황폐해지자 고려 조정에서는 이원구를 파견해 울릉도 주민들에게 낫, 호미, 가래 등 농기구를 제공하였고, 덕종1년(1032년)에는 울릉성주가 조정에 어복과 향죽 등 토산물을 바쳤다.

고려 조정에서는 울릉도를 직접 개척하려는 시도도 여러 번 한 적이 있었다.

인종 19년(1141년) 왕실은 이양실을 울릉도에 파견하여 섬을 조사했고, 의종 11년(1157년)에는 김유립을 파견하여 울릉도 지역의 식생과 자연환경, 그리고 주민들의 삶의 형편을 조사하고 울릉도에 정착해 살 사람인 사민들을 일부 보내기도 했다.

고려 말에는 왜구 때문에 울릉도는 황폐화되어 무인도가 되었으나, 조선 초 이래 육지의 백성들이 계속 울릉도에 건너가 살았다. 하지만 조선 조정은 울릉도가 왜구의 거점이 되는 것이 두려워 울릉도 주민을 쇄환(刷還, 이탈자를 원거주지로 돌려보냄)하는 공도정책을 계속 시행했다. 그렇지만 많은 백성들은 조정의 시책을 어기고 물산이 풍부한 그곳에 몰래 들어가 살았다.

조선조에 들어와서 양도와 관련된 일로는 다음과 같다.

태종12년(1412년) 강원도관찰사의 보고에 의하면 울릉도에 11호 60여 인이 거주하고 있었고, 소와 말과 논은 없지만 콩과 보리를 경작하고 해산 물과 과일이 많았다고 한다. 그 뒤에도 섬으로 생활고에 쫓긴 사람들, 부역을 회피한 사람들, 범법자들, 기타 여러 가지 이유로 백성들의 잠입이 계속 이뤄지자 조정은 수시로 안무사와 경차관을 파견하여 울릉도 주민을 쇄환하였다.

세종과 성종 때는 새로운 땅과 새로운 섬을 찾는 운동이 전개되어, 그 때마다 울릉도가 거론되었다. 그러나 너무 멀리 떨어진 동해 바다 가운데 있어 바닷길이 험난하고 왜구의 침입이 염려된다고 하여 끝내 공도정책이 유지되었다.

성종 2(1471년)에는 부역을 피하여 삼봉도로 달아난 범법자들을 쇄환하기 위해 경차관 박종원을 파견했다.

병조는 삼봉도를 조사하기 위해 다음과 같은 조치를 취하였다.

1. 초마선 4척에 각각 군인 40명을 정하되, 본도 군사의 무재가 있는

자와 자원하여 응모한 사람 17명을 가려서 충당함.

2. 형명과 군기, 화포는 본도의 삼척, 울진, 평해 등의 관소에 소장한 것으로 함.

3. 바람이 잔잔한 4월 그믐 때를 기다려서 출발하게 함.

4. 부령 사람 김한경이 삼봉도가 있는 곳을 알고 있으니, 함께 출발하기로 함.

왕은 삼봉도 경차관 박종원에게 저포 철릭과 면주 겹철릭, 면포 철릭 각각 1령과, 마피화 1부를 내려 주며 험한 바닷길로 가는 장도를 독려했다. 그러나 박종원이 탄 배는 새벽 미명에 무릉도(울릉도)를 15리쯤 앞에 두고 큰 바람을 만나 닻줄이 끊어지고 말았다. 배는 대양 가운데로 표류하여 동서를 분간하지 못한 채 7주야를 보냈다가 간신히 간성군의 청간진에 이르러 구조를 받았다.

그러나 다른 세 척의 배는 무릉도에 무사히 도착해 3일을 머물렀는데, 섬 가운데를 수색해 보니 사는 사람은 보이지 아니하고 다만 옛 집터만 있을 따름이었다. 섬 가운데 대나무가 있어 그 모양이 이상하고 크기가 매우 컸으므로 곽영강 등이 두어 개를 베어 배에 싣고 돌아왔다. 그달 초 6일에 강릉 우계현 오이진에 이르러 관소에 쇄환의 전말을 보고했다.

임진왜란이 끝난 뒤 약 15년 뒤인 광해군 6년(1614년)에 일본이 울릉도를 의죽도(礒竹島)라 하여 그곳에 살기를 청했다.

광해군이 비변사 관리에게 말했다.

"지금 대마도의 왜인이 울릉도를 자의로 의죽도라 칭하며 울릉도에 살기를 청하고 있는 게 사실인가?"

비변사가 왕에게 아뢰었다.

"그러하옵니다. 대마도 도주가 울릉도에 왜인들을 살게 해달라는 서계를 보내왔습니다."

"전일 울릉도는 조선의 영토이니 왜노의 왕래를 일절 금한다는 예조의 서계를 보냈거늘 또 다시 그런 터무니없는 주장을 한단 말인가. 울릉도가 우리나라에 소속되었음은 삼국사기 이사부조에 기록되어 있고 또 최근의 기록인 여지승람에도 잘 나타나 있다. 아조(我朝)에 들어서도 울릉도에서 방물을 거두기도 하고 도민을 조사 정리하기도 한 전고(典故,옛날의 증거)가 명확히 있거늘 왜노들은 무슨 망발을 하고 있는 것이냐."

"황공하옵니다."

광해군이 비변사 관리에게 전교했다.

"내가 말한 것을 회답하는 서계 가운데 갖추어 기재하고 의리에 의거하여 깊이 꾸짖어서 간사하고 교활한 꾀를 막도록 하여라. 그리고 경상 감사와 부산의 변신(邊臣)에게 공문을 보내 왜에게 특별히 유시하게 하고, 대마도 도주에게 조정의 금약을 준수하도록 하라."

광해군은 울릉도에 일본인을 살게 해달라는 왜의 요구를 일언지하에 거절했고, 울릉도가 조선의 영토임을 분명하게 깨우치고 가르쳤다.

왕은 역사 보고서에 대해 박어둔을 다시 한 번 칭찬했다.

박어둔은 가져온 두툼한 울릉도 우산도 탐사보고서를 왕에게 바치며 말했다.

"이 책은 탐사보고서입니다. 나중에 읽어보시고 내용을 지금 구두로 보고드리겠습니다."

"자네는 철저한 사람이야."

"그 전에 전하, 혹시 전복을 좋아하십니까?"

"그럼, 맛이 좋고 영양이 풍부해 과인이 보양식으로 즐겨 먹고 있지."

"궁궐에서 드시는 그 전복은 대부분 울릉도에서 나는 전복입니다. 울릉도는 섬 모양이 전복처럼 생겨 그런지 전복이 많이 납니다. 울릉도의 전복은 크고 맛이 좋아 임금님의 수라상에 올라가는 봉진품으로 매달 진상됩니다. 그런데 울릉도에 배를 타고 나가는 건 불법이라고 하면 모순아니겠습니까? 울릉도 방금을 엄히 하는데 어떻게 국주지용(國主之用)을 마련합니까?"

"허긴 그렇구나. 방금령을 고치는 것에 대해 생각해 보겠다."

"전하, 그것보다 더 큰 문제는 왜인들이 울릉도와 우산도를 끊임없이 침범하고 있다는 사실입니다."

그는 이번 세 번에 걸친 울릉도 탐사에서 왜선들의 조총 공격을 받아 사망 2명을 포함해 사상자가 여러 명 발생한 것을 말하면서 말했다.

"어찌 그런 일이! 왜 왜인들이 작은 두 섬을 그렇게 호시탐탐 노리는가?"

"그 이유는 두 가지가 있습니다. 첫째는 인적이 닿지 않은 곳이라 해산물과 고기가 지천으로 있기 때문입니다. 저희들이 탐사를 하면서 측연수(測鉛手)가 납을 단 밧줄로 수심을 측정해본 결과 육지에서 울릉도까지는 수심이 무한정 깊습니다. 하지만 울릉도에서 우산도까지, 우산도에서 일본의 이끼 섬까지는 수심이 아주 낮아 물고기들이 살기에 아주 좋습니다."

"조사를 자세하게 했구만."

박어둔은 가져온 상자에서 동국지도를 꺼냈다.

그는 손가락으로 지도 위의 동해바다를 짚으며 말했다.

"전하, 여기 조선과 북방대륙과 일본으로 둘러싸인 동해바다를 보십시오. 동해를 둥그런 원으로 보면 우산도는 딱 원 중심점에 해당하는 섬입니다."

"오, 과연 그렇군."

"왜놈이 양도를 침탈하는 둘째 이유는 울릉도와 우산도가 동해바다와 나아가 아시아와 태평양을 제패할 수 있는 전략적 요충지이기 때문입니다. 일본 막부는 이를 알고 전략적 요충지인 울릉도와 우산도를 발판으로 삼아 조선과 만주, 러시아 연해주를 제패하고 나아가 동해 너머 태평양까지 먹으려고 끊임없이 침탈하는 것입니다."

"물고기가 많은 것보다 전략적 요충지이기 때문에 왜선들이 출입한다는 것이군."

"그러하옵니다. 일본은 전략적으로 침범하고 있는데 우리는 그곳을 고기 잡으러 출입하는 어부조차 방금령으로 잡아버리면 울릉도와 우산도는 장차 왜구의 소굴인 대마도처럼 되어 조선의 큰 근심거리가 될 것입니다. 대마도는 조선의 꽁무니를 찌르는 곳이라면 왜인이 침탈한 울릉도는 조선의 등을 찌르는 비수가 될 것입니다."

"허면 어떡하면 좋다는 것인가?"

"세종대왕이 이미 좋은 방안을 제시했습니다. 세종대왕은 압록강에 최윤덕 장군을 보내 4군을 개척하고 두만강에 김종서를 보내 6진을 설치했습니다. 대왕은 최윤덕과 김종서로 하여금 여진족을 몰아내고 성을 쌓은 뒤 군을 주둔시키고, 십 년 동안 조선의 백성들을 한 가족 두 가족씩 정복지에 이주시키는 사민정책을 썼습니다."

박어둔이 형형한 눈빛으로 말했다.

"땅의 주인은 군인이 아니라 백성들입니다. 백성들이 점령지에 들어가 밭을 갈고 씨를 뿌리고 장사를 하고 혼인하고 아이를 낳고 살아야 비로소 우리 땅이 되는 것입니다. 세종대왕께서는 이를 아시고 국경에 이주하는 백성들에게는 세금을 감면하고 정착금을 지원해 사민을 독려하신 것입니다. 그 결과 마을과 장시가 형성된 국경지대를 여진족과 금과 청이 함부로 침범하지 못한 것입니다. 그런데 고려 때 서희가 외교로 얻은 강동 6주나 윤관이 별무반으로 차지한 9성은 얼마 가지 않아 실지(失地)하고 말았습니다. 그러나 세종대왕이 개척한 4군 6진은 지금까지 남아 중국과 조선의 국경선이 되고 있습니다."

"과연 그렇구나."

"만약 대마도 정벌이 세종 1년이 아니라 세종이 실권을 쥔 세종 7년 이후에 단행되었더라면 대마도는 지금 조선 땅이 돼 있었을 것입니다. 태종 임금은 전격적으로 일을 처리하는 것을 좋아했습니다. 반면 세종대왕은 오히려 너무 느리다 싶을 정도로 서서히 일을 이루어 갔습니다. 기해동정(己亥東征)이라 불리는 이종무의 대마도 정벌도 태종 임금님이 기획하고 단행한 것입니다. 태종 임금님은 왜구의 근거지를 전격적으로 소탕한 뒤 물러나 아무런 후속 조치도 취하지 않았습니다. 하지만 세종대왕이라면 틀림없이 대마도를 군사적으로 친 뒤 점령지에 조선군을 주둔시키고 동래와 가덕 견내량의 조선백성을 대마도에 이주시키는 사민정책을 시행해 북변의 4군과 6진처럼 대마도도 완벽하게 조선땅으로 만들었을 것입니다."

박어둔의 말에 왕은 고개를 크게 끄덕였다.

"울릉도에 공도정책을 폐지하고 사민(徙民, 백성을 옮김)정책을 하자는 것이군."

"그렇습니다. 울릉도에 백성을 옮겨 장시를 열고 둔전을 일구며 살다가 왜구가 쳐들어오면 병사가 되어 싸우는 것입니다. 그게 세종대왕의 방책으로 울릉도와 우산도를 지키는 장구지책(長久之策)이 될 것입니다."

"평화로울 때 땀을 더 흘리면 전쟁에서 피를 덜 흘리는 법이지. 하지만 사민을 하기 전에 먼저 할 일이 있지."

"그게 뭡니까?"

"울릉도와 우산도를 지키기 위해서는 대형 전함이 필요할 걸세."

"과연 그러하옵니다."

"왕실 서고에는 중국 정화함대의 보선 설계도와 일본 안택선의 설계도가 있을 것일세. 그것을 참고해 조선식 대한선(大韓船)을 건조해 보게."

"알겠습니다. 배는 저희 울산 개운포 선소에서 건조하도록 해 주십시오. 대신 비용은 전하께서 복원해주신 저희 경주 박씨 재산에서 대도록 하겠습니다."

박어둔은 재물에 미련이 없었다. 콩 한 쪽도 동지들과 나눠 먹어야 속이 편했다. 자신을 길러준 양아버지 천막개에게 고마운 마음이 없지는 않으나 재물과 권력에 대한 그의 탐욕을 이해할 수 없었다. 박어둔은 권력과 재물보다는 인간의 우정을 소중히 했다. 돈을 잃어버리는 것은 용서할 수 있어도 우정을 잃어버리는 것은 절대로 용서할 수 없었다. 왜냐하면 잃어버린 돈은 다시 벌 수 있지만 한 번 잃어버린 우정은 다시 찾을 수 없기 때문이다.

또한 그는 과거에 안주하지 않고 끊임없이 새로운 것에 도전하고 새로운 가치를 창출하려 했다. 도전과 창출, 그것이 스승 이동영과 박창우에게 배운 정신이었다.

"과연! 그렇게 하면 국가의 재정에 큰 도움이 되지. 경상도 암행어사인 그대에게 울릉도와 우산도 양도 태수를 추가로 임명하겠다. 단 양도 태수로서 세 가지 나의 명령을 꼭 지키도록 하라.

첫째, 울릉도와 우산도에 보와 진을 설치하고, 둔전을 일구는 사민정책을 실시할 것.

둘째, 새롭고 강력한 전함 대한선을 건조해 울릉도와 우산도에서 왜구를 퇴치할 것.

셋째, 일본 도쿠가와 관백과 협상하여 울릉도와 우산도를 침범하지 않겠다는 서계를 받아오는 것이다."

"명령을 받들어 수행하겠나이다."

숙종은 어려서부터 천재라더니 과연 그러했다. 천재는 천재를 알아보고 지도자는 지도자를 알아보는 법이다. 사람을 알아보는 사람은 훌륭한 사람이다. 그러나 지도자를 알아보고 개발하는 사람은 더욱 훌륭한 사람이다. 그런 점에서 두 사람은 제왕인 것이다.

그날 하루 근정전에서 왕과 박어둔은 군신을 초월해 뜻을 같이 한 동지가 되었다.

박어둔이 근정전에서 물러나려고 하는데 임금이 물었다.

"그런데 박 어사의 여동생, 한양미인도 천시금 말이야. 지금 어디 있는가?"

"울진에서 바로 올라오느라 잘은 모르겠습니다만 강 건너 어느 곳에 사노로 있다고 합니다."

어머니 윤보향이 천씨 일가가 보기 싫다고 해서 공재 윤두서가 식객으로 있던 정선 영감집에 임시 기거를 시켜놓았다. 박어둔은 일부러 구체적인 장소를 말하지 않았다.

"천시금이 사노가 되기엔 너무 아까운 인물이 아닌가. 과인과 당신이 그렇게 아끼던 여자이었는데 말이야."

박어둔은 마음이 움찔했다.

'아직도 임금은 한양미인도의 천시금을 못 잊고 연연해 한단 말인가.'

사실 박어둔도 한양으로 오면서 천시금을 한시바삐 만나야겠다는 생각에 잠도 제대로 자지 못했다.

"내가 천시금을 궁궐로 데려올까 하는데 박 어사의 생각은 어떤가? 그러고 보니 천시금은 이제 자네 누이가 아니군. 자네는 박기산의 아들 경주 박씨 아닌가. 혼인도 할 수 있겠군, 그래."

"……."

"왜 갑자기 꿀 먹은 벙어리가 됐는가? 나는 도전은 좋아하지만 도전자는 싫어하네. 천시금을 궁궐로 들이도록 하겠네."

숙종은 지금까지 유일하게 사랑을 얻는데 실패한 천시금을 자신의 발 앞에 무릎을 꿇게 하고 싶었다. 숙종은 천시금이라는 지렛대를 통해 한계를 초월하려는 위험한 인물인 박어둔을 통제하고 싶기도 했다.

"알겠나이다."

왕과 뜻이 맞아 한 방에 뒹굴어도 왕의 역린만을 건드려서는 안 된다. 천시금이 바로 왕의 역린이다.

왕의 말대로 박어둔은 과거는 이복누이여서 혼인할 수 없었지만 이제 천시금과 혼인할 수 있다. 사랑하는 천시금만은 왕이라도 양보할 수 없다는 것이 박어둔의 고민이기도 했다. 박어둔은 왕에게 큰절을 올린 뒤 근정전에서 나와 왕실 도서를 수장하고 있는 서고에 갔다. 그는 방대한 왕실 서고에서 정화함대와 안택선의 설계도뿐만 아니라 울릉도와 우산도에 관한 여러 자료와 기록을 구할 수 있었다. 왕실 서고에 없는 자료는 전에 권지로 있던 교서관에서 찾았다. 박어둔은 왕실 서고와 교서관에서 살았으며 필요한 것은 빌려와 필사하고 연구했다.

대한선 건조

개운포에는 윗대로부터 경영해온 마채 염전과 배를 만드는 선소가 있으며 동해안 연안과 울릉도, 대마도와 일본으로 가는 울산항구가 있었다. 개운포 선소마을에 도착한 박어둔과 김가을동은 선소에 들어가 양담사리를 만났다. 양담사리는 아버지 양비의 뒤를 이어 선소에서 배를 만드는 선소장을 하고 있었다. 딱부리눈을 가진 양담사리는 성격이 차분한데다 일을 시작하고 맺는 매조지가 좋아, 박어둔은 그를 신뢰하고 선소의 일을 모두 맡겼다.

박어둔이 선소를 둘러본 뒤 양담사리에게 말했다.

"여긴 갈수록 발전하고 있는 것 같아."

"점점 배 만드는 기술이 축적되는데다 동해안에서 운항하는 배들은 모두 여기에서 주문받기 때문입니다."

"난 왕명에 의해 경상도 암행어사와 울릉도 우산도 양도 태수를 임명받았네."

"네, 감축드립니다. 종갓집 얘기는 들었습니다."

"종갓집 얘기는 하지 말게. 난 튼튼하고 큰 배가 필요해서 내려왔네."

"연안선이 아니라 먼 바다를 항해하는 해선을 원하는구만요."

"그래, 저 배는 뭔가?"

"조운선입니다. 그동안 경기지역에서만 만들던 조운선 제작을 우리 선소에서도 만들 수 있도록 조정에서 허가했습니다."

"배 위에 화포 열 문을 얹을 수 있는 크고 튼튼한 전함을 만들어야 하네."

"그건 왜입니까? 임진왜란이 끝난 지 근 80년이 지났는데 거북선과 같은 전함을 찾는 이유는 무엇인지요?"

"왕명을 받고 울릉도와 우산도를 침범한 왜인들을 내쫓으려고 그러네. 지난번 울릉도와 우산도를 탐사했는데 그냥 어선 몇 척으로 가서는 남항에 상륙조차 힘들 것 같아."

"알겠습니다. 그렇다면 바닥이 넓고 선체가 큰 판옥선을 만들어야겠습니다."

"여기 왕실 서고에서 가져온 설계도가 있네. 이것으로 유럽까지 갈 수 있는 외양 항해용 대한선을 만들어 보게."

양비와 양담사리, 김도부, 안용복, 김가을동, 서화립, 김자신을 비롯한 모든 사람들이 배의 건조에 매달렸다.

양담사리는 박어둔이 왕실 서고에서 가져온 정화함선의 설계도와 일본배 안택선의 설계도에다 중국의 융극선, 인도의 다우, 스페인의 갤리온, 포르투갈의 카라벨, 네덜란드의 푸카, 아랍범선 지벡의 설계도까지 구해 대한선의 설계도를 그렸다.

250년 전 정화 함대의 대보선을 건조했던 용강선창지를 본받아 개운포 선소의 규모를 크게 확장하고 거대한 건선거를 지었다. 대한선의 건조가 시작되자 울산과 동래, 기장, 영해, 삼척 등 전국 각지에서 수천 명에 이르는 목수, 봉범공, 선장들이 선소로 몰려와 배를 건조하기 시작했다.

새롭게 짓는 대한선은 길이 200척, 선폭 70척, 높이 20척의 대형선이었다. 배의 주 재질은 인도네시아에서 가져온 티크나무로 초량왜관을 통해 들여왔다. 티크는 쇠처럼 견고하지만 습기에는 금처럼 강하다. 수축과 팽창, 뒤틀림이나 갈라짐이 적고 부식이 없어 선박재로는 으뜸이다.

배는 4층으로 되어 있고 맨 윗층인 갑판 위에는 선실이 두 개 있었다. 강수라 불리는 선장이 머물며 지휘하는 선장실과 상단의 행수가 머무는 행수실이 배의 고물 위에 나란히 자리 잡고 있다.

그 밑 갑판실에는 부강수(부선장), 암해장(일등항해사), 도장장(조타장), 사수장(포관리자), 소공(키잡이), 고공장(갑판장), 의사, 상인, 스님 등 선원들과 수행원, 외국특사를 위한 20여 개의 방이 마련되어 있고, 옆에는 여자들만의 방이 따로 마련되어 있다.

갑판실 밑 하갑판실에는 갖가지 분야의 기술공과 직인이 머무는 공간을 만들었다.

마지막으로 맨 밑 선창은 창고로 각종 무기류와 배에 필요한 기구들을 비롯해 곡식과 술통, 생사와 인삼, 김치와 된장독, 야채와 생선 말린 것, 소금과 갖가지 양념 등을 싣는 곳이었다.

대한선의 가장 큰 특징은 배의 벽에 14개의 분리된 수밀격벽을 만들어 배가 암초나 포탄을 맞아 구멍이 뚫리더라도 침몰하지 않도록 한 것이다. 구획된 격실에는 뚜껑 달린 구멍 두 개를 뚫어 놓았다. 하나는 수부가 배 밑창을 수리하기 위해 드나드는 구멍이고, 또 하나는 바닷물이나 강물을 올려 쓸 수 있도록 뚫은 물구멍이었다.

배 위에 놓은 십 문의 화포는 옥동공방에서 제조했다. 서충지의 아들 서화립은 화포뿐만 아니라 갖가지 근대식 무기제작의 달인이었다. 그는 하멜이 훈련도감에서 작성한 서양식 대포의 설계도를 가지고 있었고, 이를 바탕으로 개량된 천지현황자 총통을 개발할 수 있었다. 그 과정에 실패와 실수도 많았다. 화약이 터지는 바람에 머리가 그슬려 산발이 되고 공방을 태워먹는 일도 있었다.

동래 죽성 이인성

개운포에서 대한선이 건조되고 있었고, 박어둔은 경상도의 암행일을 수행하고 있었다. 그는 왕명에 의해 승지로부터 받은 팔도어사 사목 책과 마패와 유척(鍮尺, 길이를 재는 자)을 받은 뒤 경상도 해안 일대를 암행했다. 암행할 때는 그는 폐의파립(敝衣破笠, 해진 옷과 깨진 삿갓)의 허름한 복장을 하고 김가을동과 서화립을 자신의 대리로 대동하고 다녔다. 김가을동과 서화립은 둘 다 영민하고 청렴할 뿐 아니라 무예가 출중한 자들이었다. 김가을동이 덩치가 크고 고리눈에 텁석부리 수염을 한 완강한 인상이라면 서화립은 큰 키와 매끈한 피부에 미꾸라지수염을 한 멋쟁이 모습이었다. 김가을동은 24반 전통무예를 익혀 칼과 창을 잘 다뤘고 서화립은 화약을 잘 다루고 총통과 권총을 잘 사용했다.

이들은 주로 경상도 해안가의 관청을 염찰하고 해척들의 민원들을 해결했지만 역졸을 거느리고 마패를 앞세운 암행어사 출두는 없었다.

가능한 한 대화로서 설득하되 봉고파직 대신 자원사임과 개과천선으로 유도했다. 민원의 내용은 해척들에 대한 수령이나 향간들의 부정과 폐정 및 가렴주구가 대부분이었지만 절도, 살인, 강간, 치정, 능혼, 누명, 재산다툼, 무고, 역모, 불법출어 등이었다.

박어둔은 어느 날 뇌헌의 요청으로 태화사에 갔다.

"아이고, 스님 오랜 만입니다."

뇌헌은 박어둔의 무예스승이었다. 원래 전라도 흥왕사 주지로 있다가 안용복의 소개로 울산서당의 무예스승이 되었다. 나이는 들었지만 선무도로 단련된 때문인지 아직도 정정했다.

"안용복으로부터 어사님 이야기는 많이 듣고 있습니다."

둘은 무예스승과 제자로서 오랫동안 옛말을 하며 회포를 나누었다.

"그래 스님, 무슨 일로 절 부르신 것입니까?"

"기장에 이인성(李仁成)이라는 제 당질이 하나 있소."

이인성이라는 5촌 조카는 원래 순천의 서당에서 공부해 젊은 나이에 소과 초시에 합격한 수재였다. 그런데 무관인 아버지가 가덕진 첨사로 있던 중 일본과 관련된 무기밀수 사건에 연루되어 참형을 당했다. 그 이후 온 집안이 풍비박산이 되어 흩어졌고 뇌헌도 인생이 덧없어 중이 되었다. 당질인 이인성은 어디로 갔는지 알 수 없다가 최근 행방을 알았다는 것이다.

"억울한 일로 기장 감옥에 갇혀 있다고 저에게 서신을 보내왔습니다. 제가 간들 무슨 도움이 되겠습니까? 한 번 찾아가서 신원해주시오.”

“알겠습니다.”

박어둔은 거지행색으로 기장의 동헌 감옥을 방문했다. 막아서는 옥리에게 친인척이라고 말해 간신히 뇌옥 안으로 들어가니 수많은 죄수들이 좁은 뇌옥에 빽빽하게 갇혀 있었다. 그들은 무더운 여름에 낮에는 땀을 뻘뻘 흘리며 앉아 있고 밤에는 누울 자리도 없어 칼잠을 자며 버티고 있었다.

‘작은 기장현 뇌옥에 이렇게 많은 죄수들이 있다니.’

박어둔은 이상하게 생각했다.

“이인성은 어디 있소?”

죄수들 중 거적대기를 쓰고 누운 자가 고개를 돌리고 바라보며 꺼져가는 목소리로 말했다.

“제가 이인성이오. 댁은 뉘시오?”

“뇌헌 스님에게 선무도를 전수받은 제자로 전국을 떠도는 자요.”

“당숙은 잘 계시오?”

“태화사에서 잘 수도하고 계시오. 몸이 좋지 않은 것 같소.”

“억울하다며 왕에게 상소장을 쓰겠다고 항의하다 주뢰형을 당했소.”

“사건의 전말을 말해 보오.”

이인성이 간신히 일어나 옥 창살을 잡고 말했다.

“차림을 보아하니 우리와 별반 다를 바 없는데 해결이 되겠소?”

"온 김에 얘기나 들어봅시다. 밖에서 두 발로 돌아다니니 조금이라도 도움이 되지 않겠소."

"달포 전 우리 죽성마을 앞바다에 조운선이 좌초되었습니다. 영해현 해창(海倉)에서 미곡 백 석을 싣고 동래부로 가던 조운선이 풍랑을 만나 해안가에서 좌초한 것입니다. 우리들이 가보니 배가 독바위와 부딪쳐 좌초된 채 반쯤 걸쳐 있었습니다."

조운선의 곡식을 본 마을 어민들은 집집마다 난파된 조운선에서 볏섬을 건져 가져갔다. 난파된 배에서 건진 곡식이라 누구도 그것이 큰 죄가 되리라고 생각하지 못했다.

하지만 이 사실을 안 기장현감이 죽성마을 사람들을 절도죄로 무더기로 잡아와 뇌옥에 가두었다. 감히 임금에게 갈 국량(國糧)에 손을 댄 것은 절도를 넘어 역적질이며 엄벌에 처해 마땅하다는 것이었다. 뇌옥에 갇힌 어민들은 형틀에 매달려 갖은 매질과 주뢰형을 당하고, 피가 튀고 살이 떨어져나가 그 자리에서 죽은 사람까지 생겨났다.

이인성이 말했다.

"매의 눈으로 우리의 허물을 살피면 누가 살아남겠습니까? 그동안 바다에 가라앉은 쌀을 건져 먹었다는 죄로 한 명은 장에 맞아 죽고 수많은 사람이 고문당해 불구가 되었으며 아직도 스물다섯 사람이 죄인이 되어 동헌 뇌옥에 갇혀 있습니다. 입장을 바꿔놓고 생각해봐도 그런 상황이면 어느 누가 바다에 빠진 볏섬을 건져 올리지 않겠습니까. 그런데 절도죄에다 국사범이라니!"

박어둔은 공맹과 주자의 성리학을 공부했으나 치도에 있어서는 법가인 이사와 한비자를 사숙했다. 대명률, 경국대전을 암송했으며, 조선 왕국을 법의 엄격한 집행으로 바로 세울 수 있다고 믿었다. 상황은 억울했지만 단순 절도가 아니라 국량을 절취한 국사범으로 갇혀 있었다. 어사로서 해결하기가 쉽지 않다는 예감이 들었다.

박어둔은 이인성의 손을 잡고 말했다.

"어찌 되었든지 힘내시고 몸을 잘 건사하시오."

그는 옷을 갈아입고 기장현감을 찾아가 어사의 신분을 밝히고 말했다.

"현감, 이번 사건은 국량 절도사건이라기보다 임자 없는 물건을 점유한 것이오. 첫째 백성들은 배가 난파당해 미곡이 바닷물에 잠기자 더 이상 쓸모가 없어 버려진 것이라 생각하고 집에 가져갔기 때문에 절도가 아닙니다. 둘째 그들은 이 배가 조운선이라는 것을 모르고 일반 배인 줄 알았기 때문에 국량을 절취한 것도 아니므로 국사범이 될 수 없습니다. 따라서 방면되어야 합니다."

"하지만 제가 조사한 내용은 좀 다릅니다. 어민들은 스스로 자신의 절도를 시인했고 배가 조운선임을 알았다고도 자백했습니다. 바닷물에 침수되지 않은 마른 곡식으로 한 석 이상을 가져간 자만 뇌옥에 가두었습니다. 이 사건은 이미 조정에 보고되어 왕명을 기다리고 있기 때문에 지금 방면하기는 어렵습니다."

"음, 현감의 말을 듣고 보니 일리가 있소. 백성들이 형법이 얼마나 위중한지 알아야 질서가 바로 잡히는 법이오. 그럼, 난 죽성 앞바다로 가봐야겠소."

목민관은 현장을 살피지 않으면 실수를 하기 마련이다. 박어둔은 관리의 보고가 죽은 생선이라면 현장은 살아있는 활어라고 생각하며 사건이 있는 곳은 어디든지 두 발로 뛰어다녔다.

박어둔은 죽성 앞바다 독바위에 가서 직접 현장을 확인했다.

달포가 지났으나 곡식을 실은 조운선이 여전히 독바위에 걸쳐져 있었다. 곡식을 실은 선실이 부서지고 곡식이 반 이상 잠긴 것만은 확실했다.

"생각보다 조난이 심각하군."

그때 흰옷을 입은 여자가 거안제미(擧案齊眉, 밥상을 눈 위로 받들어 올림)로 주안상을 올리며 절을 했다.

"어사님, 천하절경 죽성마을에 와서 술 한잔 않고 가시면 서운하지요."

"그대는 누구인가? 어떻게 나를 알고 여기에 왔는가?"

"저는 화자(花子)라고 합니다. 귀한 분이 오셨다는 소문을 듣고 술 한잔 대접하고자 왔습니다."

화자가 박어둔에게 술을 한잔 따라 올리며 말했다.

"난 업무를 볼 때 술을 하지 않네. 게다가 술을 한 잔 이상 못 마시네."

"어사님, 지금 업무를 끝내시면 되잖아요."

"허허, 그것 말이 되네. 이곳까지 애써 들고 온 상이니 한 잔은 먹지."

박어둔은 술잔을 들어 한 잔 마셨다.

아름다운 바다와 아리따운 여자를 두고 마신 탓인지 술맛이 남달랐다.

"그래, 그대는 나에게 뭔가 할 말이 있는 듯한데."

"어사님, 뇌옥에 갇힌 자들을 굽어 살펴 주옵소서."

"역시 짐작대로구만. 그 일이라면 나도 관심이 많네."

"사흘만 굶어도 담을 뛰어넘는다는데 삼 년 대흉년에 제 아이를 삶아먹었다는 흉흉한 소문마저 도는 지금, 어느 누가 바다에 빠진 공짜 볏섬을 건져 올리지 않겠습니까. 그런데 이를 절도범이니 국사범이라고 뇌옥에 잡아넣는 현감을 어떻게 공정하다고 하십니까? 하오니 어사님께서 이 억울함을 살펴주옵소서."

"음, 이 일이 그렇게 쉬운 것만은 아니야. 하지만 내 노력은 함세."

"고맙습니다."

"그런데 감옥에 갇힌 죄인 중에 그대의 인척이 있는가?"

"이인성이옵니다."

"이인성이라고? 이런 인연이 있나. 난 오늘 뇌옥에서 이인성을 만나고 오는 길이네."

"아, 그러셨습니다."

박어둔은 뇌헌과 이인성과의 관계를 말하고 석방에 최선을 다하겠다고 말했다.

"고맙습니다. 사실 저는 조선여자가 아니고 일본여자 하나코(花子)입니다."

"이건 또 무슨 말인가? 일본여자 하나코라니?"

"저와 인성에게 얽힌 기구한 사연이 있습니다."

조선은 임진왜란과 정유재란, 정묘호란과 병자호란으로 국토를 네 차례나 유린당했다. 효종은 북벌론의 기치를 들고 스스로 나라를 지키겠다며 자주국방을 건설해나갔다. 자주국방의 으뜸과제는 무기체계의 개량이었다. 효종은 재래식 활과 창 대신 화포와 조총으로 바꾸도록 지시한 것이다. 화포와 조총에는 화약이 절대 필요했다. 강력한 화약에는 유황이 필수적이었는데 조선에는 유황이 없었다. 화산지역인 일본에는 유황이 많았으나 도쿠가와 막부는 무기와 화약류의 외국 수출을 엄금했다. 결국 효종은 군사최고기구인 비변사에게 일본으로부터 유황과 무기를 밀수입하라고 명했다.

일본과 밀무역이 이뤄진 곳은 조선의 가덕도였다. 가덕도는 일본과 대마도에 진입하는 요충지로 선박이 접안하기에 용이한 곳이다.

두무포 왜관에서 통사로 일하던 이공찬은 어느 날 가덕진 첨사로부터 부름을 받았다.

"이통사, 오늘부터 여기 가덕진에서 일해야겠네."

"무슨 일입니까?"

"일본과 밀무역을 하는 걸세."

"예? 밀무역을 하다 잡히면 사형인데 어떻게 첨사님께서 그런 말씀을 하십니까?"

가덕진 첨사는 밀무역을 단속해야 할 처지였다.

"거역할 수 없는 왕명이다."

밀무역을 지시한 사람은 효종이었다. 일본의 무기수출 금지령이 내리자 왕은 비변사 도제조, 제조, 낭관, 가덕진첨사, 통사의 선으로 밀무역을 지시했다.

이공찬 통사는 그 뒤부터 동생 뇌헌과 임 주부와 피 봉사를 고용해 한밤중에 몰래 일본 배와 밀무역을 했다. 조선의 백사, 견직물, 인삼을 주고 일본의 유황, 흑각, 조총, 장검을 사들였다. 한 번에 거래되는 양은 어마어마했다. 유황 오백 근, 흑각 오십 근, 조총 500자루, 장검 100개였다. 이를 위해 대량의 백사와 견직물, 인삼이 후쿠오카 상인 이토 고자에몬(伊藤 小左衛門)에게 넘어갔다.

후쿠오카의 상인 이토는 조선의 인삼 한 근을 금 5냥에 사서 일본에서 금 25냥을 받았고, 일본 유황 100근을 은 1냥에 사서 조선에 은 5냥을 받고 팔았다. 사고파는 데서 각각 다섯 배의 이문을 남기니 일본의 유황으로 조선의 인삼을 사면 25배의 이익을 남길 수 있었다. 이런 방법으로 이토는 조선과 수십 차례 밀무역을 해 막대한 부를 축적했다.

현종7년(1667), 자시에 가덕도에 일본 배 한 척이 들어왔다. 조선의 중 뇌헌이 여자아이 하나를 데리고 뭍으로 올랐다.

뇌헌은 형 이공찬 통사를 만나 다급하게 말했다.

"형님, 일본에서 일이 터졌습니다. 우리와 이토와의 무기 밀무역이 발각되어 일본 전역이 발칵 뒤집어졌습니다."

"음, 이토가 전에부터 밀고자가 붙은 것 같다고 하더니."

"나가사키에서 43명의 이토 수하들이 참수당하고 주범 이토 고자에몬은 책형을 받아 참혹하게 나무에 매달려 죽었습니다."

"그런데 이 여자 아이는 누군가?"

이공찬은 승려의 길로 들어선 뇌헌의 아이는 아니라고 생각하며 물었다.

"이토의 막내딸로 하나코라고 합니다. 그의 친인척들도 모두 잡혀 참수당하고 남은 딸아이 하나를 조선으로 도피시키라는 말에 내가 데리고 나왔습니다."

"허, 천하의 이토가 그렇게 쉽게 갈 줄은 몰랐네."

이토는 조선뿐만이 아니라 동아시아 국가와도 쌀, 철, 유황, 은을 싣고 가 밀거래를 했다. 은 1천관이 있으면 일본에서 최고 갑부 축에 들었다. 그런데 이토는 은을 7천관이나 가지고 있었으니 일본 막부 장군 도쿠가와보다 더 부자였고 동아시아에서 최고 거부였다. 결국 이토는 밀무역으로 승승장구했으나 밀무역으로 멸문지화를 당했다.

"형님, 지금 죽은 이토를 걱정할 때가 아닙니다. 도쿠가와 막부는 조선왕에게 이번 사건의 진상규명과 책임자 처벌을 강력하게 요청했습니다. 형님도 당장 피하셔야 합니다."

"내가 무슨 죄가 있나. 위에서 시킨 대로 한 것뿐인데, 왕이 우리를 보호해 줄 거야."

"형님, 왕이 보호해준다는 어리석은 생각은 버리세요. 결국 위험한 일은 우리가 다하고 돈은 왕과 인척이 다 벌어갔지 않았습니까?"

일본과 유황, 인삼을 거래해 돈을 번 사람은 왕실과 그 인척인 김근행과 변승업이었다. 재주는 곰이 부리고 돈은 되놈이 번다는 말이 그른 것이 아니었다.

"나 같은 피라미는 죽여도 왜가 만족하지 않을 거야. 적어도 가덕진 첨사나 비변사 낭관 정도는 되어야 하지 않을까."

"아닙니다. 결국 희생되는 사람은 약자입니다. 임진왜란 후 국교재개 때를 보십시오. 조선은 국교 재개의 조건으로 일본에 왕릉을 훼손한 범인 인도를 요구했습니다."

조선은 임진왜란 초 선릉과 정릉을 파헤친 도굴범을 잡아 인도하지 않는 한 국교 재개는 없다고 했다. 일본은 두 왜인 사형수 마고사구(痲古沙九)와 마다화지(痲多化之)를 도굴범이라며 조선으로 보냈다.

마고사구는 37세, 다마화지는 27세. 마고사구는 임진년에 부산 선소까지만 왔고, 당시 나이 13살인 마다화지는 아예 조선 땅을 밟은 적도 없었다. 13세의 나이로 참전해 왕릉을 도굴할 수 없다는 걸 삼척동자도 알 수 있었으나 조정 신료 중 누구도 이를 지적하지 않았다. 오히려 도굴범이라는 진술을 받아내기 위해 여러 차례 엄한 국문을 가했다. 두 왜인들이 끝까지 자백하지 않자 조선 조정은 국교를 재개하려는 도쿠가와의 성의를 받아들여 두 왜인을 왕릉 도굴범으로 공포하고 저잣거리에서 목을 베어 장대에 달았다.

"형님, 두 왜인을 처형하고 한 달 뒤 조선은 대규모 조선통신사를 일본에 파견하였습니다. 국제 관계에선 옳고 그름이 필요 없고 오로지 국익만이 있을 뿐입니다."

"내가 좁은 조선 땅에서 도망을 가본들 어디로 갈 것인가. 우리 아들 인성이도 아직 어리고."

두 형제의 이야기가 채 끝나기도 전에 문이 덜컹 열렸다. 한양에서 내려온 의금부 도사가 들이닥쳐 이공찬을 체포해 한양으로 압송해갔다.

일본 막부는 조선에 무기밀매사건의 진상규명과 조선의 책임자 처벌을 강력히 요청했다. 왕은 의금부에서 형식적으로 이공찬을 국문했다. 사흘 뒤 이공찬을 왜와의 밀무역 주범으로 공포하고 서울 저잣거리에서 목을 베어 장대에 높이 달았다. 조선은 이공찬을 효수하고 일본이 그렇게 원했던 초량에 10만 평 왜관 신축을 허락함으로써 조일간의 껄끄러웠던 무기밀무역사건을 종결지었다.

이공찬이 죽고 뇌헌은 흥왕사 주지가 되어 이인성과 하나코를 절에서 거둬 키웠다. 이인성은 왜역관이 되기 위해 열심히 공부해 역관 시험 초시에 합격했다. 그는 마지막 남은 복시를 위해 더욱 정진했다.

하나코도 어여쁜 규수로 자라났다. 어느 날 순천 흥왕사로 낯선 왜상 한 사람이 찾아왔다.

그는 하나코가 일본여자임을 확인하더니 말했다.

"난 일본 나가사키에서 안남, 인도로 오가는 왜상이다. 인도의 고리에서 우연히 무기밀매사건으로 죽은 이토 고자에몬의 부인이라는 미야코를 만났지. 미야코는 어릴 때 조선으로 간 딸이 하나 있다며 꼭 찾아 안부를 전해달라고 부탁했지."

그래서 부산포로 밀항해 수소문 끝에 하나코가 뇌헌을 따라가 흥왕사에 있다는 소문을 듣고 찾아왔다는 것이다.

어머니 소식을 들은 하나코는 눈물을 글썽이더니 왜상을 따라 어머니를 찾아 인도로 간다며 절을 떠났다. 뇌헌은 딸 같이 키운 하나코가 떠나는 게 서운했지만 왜상에게 하나코를 잘 부탁한다며 큰돈을 마련해 주었다. 하지만 하나코를 인도로 데려간다던 왜상은 하나코를 동래 2패의 기생으로 팔아버리고 사라져 버렸다. 기생이 된 하나코는 2패에서 도망쳐 전국을 떠돌아다니다 기장 죽성 바닷가에서 비로소 술장사를 하며 정착했다. 그런데 여기서 우연히 동생 이인성을 만나게 된 것이다. 그녀에게 우연일지 몰라도 이인성에게는 결코 우연이 아니었다. 누나가 떠난 뒤 이인성도 절을 떠나 전국을 돌아다니며 누나를 찾아 나섰다 마침내 기장 죽성에서 누나를 만나게 된 것이다. 그런데 만난 지 얼마 안 돼 조운선 국량절취사건으로 둘은 다시 헤어지게 된 것이다.

박어둔은 의관을 바로잡고 술잔을 들이키며 하나코에게 말했다.

"이야기를 들으니 내 동료 김만중이 쓰고 있는 소설보다 더 기구하구려. 배는 이미 난파되었고, 배고픈 백성들이 곡식을 건져먹은 것이 무슨 큰 죄가 되겠는가? 다만 국사범이어서 어사라 하더라도 마음대로 석방할 수 없소. 조정의 재가를 받아 반드시 석방시키겠소. 특히 이인성은 어떤 일이 있더라도 그대와 다시 만날 수 있도록 하겠소."

억울하게 갇힌 죄수를 풀어주는 것이 어사가 할 일이 아니던가. 기생인 하나코보다 먼저 생각하고 행동하지 못한 것이 아쉬울 따름이었다.

"고맙습니다. 어사님의 은총만 기다리겠습니다."

하나코는 독바위 위에서 큰절을 올릴 때 박어둔은 이미 발걸음을 옮기고 있었다.

일본 여인 하나코

    처녀 시절 하나코는 흥왕사 아래 냇가로 빨래를 하러 나왔다. 그녀는 빨래방망이를 두드리다 그만 방망이가 손에서 미끄러져 물속으로 떨어졌다. 그녀는 떠내려가는 빨래방망이를 주우려고 몸을 굽혔다가 그만 중심을 잃고 물속에 빠져 물결에 휩쓸려 깊은 곳으로 빠르게 떠내려갔다.

    그녀는 몇 번이나 물속에 꼬로록 잠기면서 살려달라고 소리쳤다. 그녀는 점점 파도에 쓸려가 의식마저 서서히 멀어지는데 그녀를 끌어내는 강력한 힘이 느껴졌다. 물에 뛰어들어 그녀를 건져낸 사람은 남동생 이인성이었다. 동생은 누나가 삼킨 물을 몸에서 빼내고 입으로 호흡을 불어넣고 가슴을 누르고 흔들어 살려내었다. 의식이 깨어난 하나코는 누나지만 부끄러워 동생에게 제대로 인사도 못하고 도망치듯 집으로 돌아왔다. 하지만 생명을 전해주던 동생의 그 입술과 손길을 잊지 못했다.

하나코는 죽성 바닷가에 주막을 내었다. 주막을 낼 때 이인성은 울릉도로 건너가 왕대를 한 배 가득히 싣고 와 멋있고 운치 있는 주막을 만들어주었다.

이인성은 인근에 방을 내고 누나의 일을 도와주었다. 그것이 그녀에게 살아가는 큰 힘이 되었던 것이다.

그런데 어느 날 조운선이 울진 앞바다에 좌초되었다. 그런데 이를 맨 처음 발견한 이인성이 바다에서 가장 먼저 쌀을 건져 올렸다고 해서 이번 조운선 미곡 절도사건의 주범이 되어 갖은 고문을 당했다. 그녀가 이인성을 찾아갔을 때 그는 다리가 부러진 채 장독(杖毒)으로 부은 몸으로 뇌옥에 누워 있었다. 꼭 물에서 건져 올린 오래된 시체 같았다.

하나코가 말했다.

"오라버니, 저 하나코예요. 눈을 떠보세요. 기억나세요?"

그제야 이인성이 감았던 눈을 뜨며 간신히 대답했다.

"하나코."

"좋은 소식이 있어요. 며칠 뒤 암행어사가 이곳에 도착한대요."

이인성이 고개를 흔들며 말했다.

"다 한통속들이야. 소금에 전 쌀 좀 건져먹었다고 사람을 때려죽이고, 뇌옥에 가두는 자들이야."

"오라버니, 전에 제 생명을 구해주셨잖아요. 이번에는 어떻게든 제가 손을 써볼게요."

하나코는 옥창살 사이로 손을 넣어 이인성의 손을 잡으며 말했다.

"그리고 석방되면 울릉도에 가서 함께 살아요."

독도출정

수년에 걸친 노력 끝에 마침내 대한선이 완공되었다. 그는 배의 이름을 큰고래라는 뜻인 대경호(大鯨號)라고 지었다. 울산 태화강 실개에 거대한 대경호가 입항하자 사람들이 배를 구경하기 위해 구름처럼 몰려들었다.

그동안 박어둔과 안용복은 울산어선과 동래상선들을 이끌고 울릉도와 우산도를 꾸준하게 탐사했다. 탐사 결과 왜선들이 우리 섬들을 제집 드나들 듯이 하고 있어 지금 왜구들을 소탕하지 않으면 두 섬을 잃을 수도 있다는 판단이 섰다.

박어둔은 양도 원정대를 만들고 대경호에 승선할 선원들을 뽑았다.

가장 먼저 배에 승선한 사람들은 배의 살림살이에 꼭 필요한 기능 인원들이었다. 취사병, 취수병, 요리사, 뱃널 틈과 구멍을 메우는 사람, 돛을 깁는 사람, 닻과 펌프를 수리하는 사람, 비계목을 설치하는 사람, 목수, 직공, 장인, 재단사, 기름칠쟁이, 양계를 담당하고 야채를 재배하는 사람 등이었다.

그 위 갑판실에는 배를 움직이는 간부선원들이 승선했다. 박어둔은 생부 박기산과 함께 천막개의 종갓집을 습격할 때 죽었던 세 마름의 아들을 불렀다. 범서 목재와 숯막을 관리했던 김정대의 아들 김가을동, 옥동 공방과 도요를 담당하는 공장 서충지의 아들 서화립, 이곳 개운포에서 배와 여각, 술도가와 상단을 관리했던 김도상의 아들 김득생이었다. 이들은 천막개와 그 집안을 도살하러 들어갔다 모두 종갓집 안마당에서 난자당해 죽었다. 총을 맞고 부상을 당한 박기산만 집을 빠져나와 태화강 갈대밭에 숨긴 배를 타고 어디론가 사라져 버렸다.

김가을동은 강수를 도와 배를 운항하고 선박의 안전을 책임지는 암해장(일등항해사)을, 서화립은 포와 무기를 관리하는 사수를 맡았다. 김득생은 선원들을 통솔하고 배의 살림을 도맡아하는 고공장(갑판장)을 맡았다.

청남당 습격사건의 범인 중 한 사람이었던 김벌산만은 죽지 않고 살아남았다. 김벌산은 떠돌아다니던 낭인에서 갑자기 종갓집 마름으로 올라가고 그의 아들 김자신도 너른 삼산벌을 관리하는 작은 마름이 되었다. 부자가 마름직을 차지하게 된 것은 모두들 김벌산이 천막개와 미리 내통해 습격 정보를 알려준 대가라고 생각했다.

하지만 박어둔은 어릴 적 벗인 김자신을 버리지 않고 도장장(조타장)으로 일하게 했다. 천막개에게 충성한 사람 양비의 아들 양담사리는 박어둔의 죽마고우로 이 배를 설계하고 만든 자였다. 그는 부강수를 맡아 실질적으로 이 배를 움직이고 지휘했다. 박어둔은 통합의 지도력을 발휘하여 능력만 있으면 사람을 가리지 않고 모두를 불렀다.

실개라는 사포에서 김가을동과 서화립을 비롯한 선원, 뱃사람들이 강변 통막에서 기다리고 있었다. 울산 태화강 좌우의 둑가에는 거대한 대경호가 울릉도로 출항하는 모습을 보기 위해 수많은 사람들이 서 있었다.

"나으리, 오십시오."

"나으리는 무슨 나으린가."

"이제부터 나으리라 부르지 않겠습니다. 나으리."

서화립은 큰 키에 다소 싱거운 사람이었다.

그 말에 박어둔도 웃지 않을 수 없었다.

태화강의 좌우 강둑에서는 울릉도로 떠나는 거대한 함선 대경호를 구경하기 위해 사람들이 빽빽하게 몰려 있었다.

박어둔은 배의 이물 앞에 기함을 높이 올렸다.

박어둔이 윤두서에게 주문 제작한 깃발은 두 개였다. 이물에는 이씨 조선의 문양인 다섯 닢의 오얏꽃 그림을 내걸었고, 배의 고물에는 대경호의 상징인 물을 내뿜는 귀신고래 그림이 높이 걸려 있었다.

울산항에서 박어둔은 서화립에게 말했다.

"먼저 태화강에서 축포를 올릴 겸 시험 방포를 해보자."

"예!"

사수 서화립이 씩씩하게 대답했다.

대경호의 갑판엔 화포 십 문을 좌우에 장착하고 포신의 각도를 조절하여 사거리와 목표물을 조준하는 비목(比木)이 설치되어 있었다. 이 대경호는 안정감 있는 평저선으로 길이에 대한 너비와 높이의 비가 매우 커서 하체가 튼튼하게 만들어졌다. 적재량이 천 석 이상의 대맹선으로서 천자총통 화포 이십 문을 걸어도 끄떡없을 정도였다.

"저기 보이는 작은 갈대 섬을 향해 방포하라."

"알겠습니다."

박어둔이 말하자 서화립이 축국공만한 큰 철탄자를 천자총통의 구멍에 넣었다. 이어 화약 30냥을 재량하여 구멍에 넣고 부시를 집어 들었다.

"여기서 천 보는 족히 되겠구나."

"정확하게 천이백 보입니다."

서화립은 총통의 비목을 움직여 사거리를 조준하며 박어둔에게 말했다.

"준비됐느냐?"

"명령만 내려주십시오."

"방포!"

박어둔의 발사 명령이 떨어지자 서화립이 부시를 쳐서 약선에 점화했다. 약선 화승이 타들어가더니 장약에 점화되었다.

쾅!

천지를 진동하는 소리와 함께 구리와 철정과 화약으로 뭉친 30근의 거대한 탄환이 포구멍에서 하늘을 향해 포물선으로 날았다. 포성에 놀란 물새 떼들이 하늘을 날았고, 작은 갈대 섬에 거대한 포연이 일었다.

승선한 선원들과 태화강 강둑 좌우에 선 사람들은 동시에 만세를 불렀다.

엄청난 위력이었으나 배에는 떨림이 별로 없었다.

"이순신 장군이 왜선을 물리친 이유를 알겠군."

열 대의 화포를 장착한 대경호는 태화강을 떠나 울릉도와 우산도를 향해 출항했다.

대경호는 태화강을 내려가 염포를 지나 목도항에서 대경호 상단 행수 안용복과 그 수하의 사람들을 태웠다. 안용복이 데리고 온 사람은 순천사람 이인성과 하나코, 뇌헌, 연습, 승담, 영률, 단책과 해척들, 가덕의 석달호, 홍해사람 김도부, 평산포사람 이인성, 낙안사람 김성길과 연안사람 김순립 등이었다.

동래상인이자 능로군인 안용복은 울산이 외가로 어머니를 만나러 울산에 자주 드나들었다. 박기산과 함께 종갓집 습격 때 죽은 김도상은 안용복의 외삼촌으로 김득생은 안용복의 외사촌이 된다.

안용복은 늦은 나이에도 학문에 대한 열의가 있어 김득생을 따라 이휴정과 울산서당에 청강생으로 다녔는데 박창우는 그를 강학으로 모셔 학생들에게 배를 타고 장사한 경험담을 들려주게 했다. 박어둔은 동래상인으로 오랜 항해 경험이 있는 안용복에게 상단의 행수 자격으로 승선할 것을 부탁했고 그는 흔쾌히 허락했다.

대경호에 승선한 간부선원은 다음과 같다.

강수 — 박어둔
부강수 — 양담사리
행수 — 안용복
부행수 — 이인성
암해장 — 김가을동
사수장 — 서화립
도장장 — 김자신
고공장 — 김득생
선의 — 이환
조리장 — 하영
주방장 — 월희
농원장 — 하나코

이환은 한의사 이달의 아들로 아버지보다 의술이 탁월했으며 하영은 하멜의 딸로 박어둔의 출항소식을 듣고 벗은 발로 달려왔다. 하영은 고향 네덜란드로 가는 동안 조리장으로 봉사하겠다고 했다. 그녀는 음식 솜씨가 좋아 한양 홍루에 있을 때 주방장 일을 하면서 홍루의 살림살이를 도맡아 했다. 박어둔은 하영의 승선으로 어머니에게 빚진 한양미인도의 천 냥을 갚은 셈이 되었다.

박어둔이 큰 목소리로 말했다.

"좋은 소식을 하나 전하겠다. 오늘부터 왕의 명으로 여러분들은 모두 경상도 울산 병영 산하의 조선수군으로 임명되었다. 감축한다."

"와! 만세."

왕명에 의해 조선의 수군으로 임명된 그들은 만세를 불렀다.

"여러분에게 당부를 드릴 게 하나 있다. 이 배에는 전국에서 온 여러 가지 직업을 가진 사람이 다 타 있다. 학자, 상인, 군인, 장인, 농부, 해척, 여자 모두 합해서 150명이 타고 있다. 나의 생부 박기산에게 충성을 했던 사람과 그들의 아들과 나의 양부 천학에게 충성을 다 했던 사람들과 그들의 아들들도 있다. 그리고 갖가지 연고와 인연으로 이 배에 탄 사람들이 있다."

박어둔의 말에 배는 찬물을 끼얹은 듯 조용했다.

"그러나 그것은 과거다. 아버지는 아버지의 삶이 있다. 아들은 아들의 삶이 있는 법이다. 이제부터는 박어둔파니 안용복파니, 박기산파니 천학파니 하는 편가름은 없다. 반상의 차별도 없다. 업무의 다름만이 있을 뿐이다. 우리는 모두 한 배를 탄 한 가족이며 한 몸인 동지이다. 누구라도 지나간 과거의 일들을 입에 올리는 사람은 지금 즉시 이 배에서 내리게 할 것이다. 우리 모두는 조선 바다를 지키는 조선수군파이고 울릉도와 우산도 두 섬을 왜적으로부터 지켜내려는 조선강토파이다. 모두 저기 깃발에 그려진 고래의 기상으로 울릉도와 우산도를 정벌하고, 그곳을 개척하자. 알겠는가?"

"예!"

모두들 한 목소리로 대답했다.

그리고 승선한 사람들은 박어둔 강수의 말에 감격해 만세를 불렀다.

"조선수군 만세! 조선강토 만세!"

행수 안용복이 선교에 올라 말했다.

"울릉도를 향하는 특별한 날에 오늘 우리 배에 특별한 사람을 초대했소."

모두들 특별한 사람이 누구인지 궁금해 했다.

그는 갑판 위 강수실에서 한 사람을 데리고 나왔다.

천시금이었다.

박어둔은 깜짝 놀랐다. 한양에 있는 천시금이 여길 어떻게 온 것인가.

"동지들, 오늘 우리의 강수 박어둔과 천시금 두 사람의 조촐한 선상 혼인식을 하겠습니다."

박어둔은 서울 정선 영감집의 하녀로 있어야 할 천시금이 대경호에 있다는 사실을 믿을 수 없었다. 어사와 노비와의 혼인, 보통 사람들은 받아들일 수 없었다. 하지만 박어둔은 사랑에 있어서만은 왕과 죽음, 신분과 대명률, 그 무엇에도 양보할 수 없었다.

'나의 사랑은 단 한 번이며 단 한 차례 지나가는 것이다.'

왕은 천시금에게 끝내 미련을 버릴 수 없었던 것일까. 숙종이 정선 영감집에 사노비로 붙들어놓은 천시금을 궁궐의 무수리로 불러들인다는 소식을 공재 윤두서가 듣고 인편 서신으로 박어둔에게 전했다.

"천시금은 자네에게 도망가려다 정선 영감에게 붙잡혀 구금 중인데 이번에는 궁궐에서 무수리로 부른다는 소문이 있네."

박어둔은 절망했다.

'궁궐의 궁녀도 아니고 무수리가 무언가! 그럴 바엔 차라리 정선 영감집의 종이 낫지.'

매달 초하루 죽서루에서 왕에게 올리는 망궐례를 하면서 주먹을 부르쥐었다.

이 모습을 본 김가을동은 천시금에 대한 문제를 안용복과 서화립에게 이야기했다.

"저는 천시금을 형수로 모시는 길밖에 없다고 생각합니다."

안용복이 고개를 끄덕였다.

"왕이 궁궐로 불러들이기 이전에 우리가 먼저 손을 쓰자."

안용복의 주도하에 천시금 구출작전이 펼쳐졌다. 안용복, 김가을동, 서화립이 한양 정선대감집에 도착해 먼저 윤두서와 연락했다.

안용복이 윤두서에게 말했다.

"우리는 천시금이 궁으로 떠난다는 화가님의 연락을 받고 천시금을 데리러 왔습니다."

윤두서는 조금 흥분한 목소리로 말했다.

"박어둔의 명을 받고 왔군요. 천시금은 며칠 후면 궁궐로 떠납니다."

안용복이 말했다.

"그럼, 어떻게 하면 천시금을 데려갈 수 있겠습니까?"

"좋은 계책이 있습니다."

며칠 전 정선 영감의 아들 정상기는 이조의 관원으로 숙직 당번을 섰는데 바둑을 두다 적발되었다. 그 벌로 한강의 섬, 기도(碁島, 바둑섬)로 하루 유배를 가야 했다. 정상기는 천시금을 좋아해 치근거렸는데 바둑섬으로 하루 유배가는 날 천시금에게 음식을 가져오라고 시킨 것이다.

안용복과 김가을동, 서화립은 이틀을 기다려 천시금을 압구정 나루터에서 만나 울산에 함께 갈 것을 말했다. 천시금은 두말없이 안용복, 김가을동, 서화립을 따라나섰다. 천시금은 궁궐의 왕도 정선 영감의 아들 정상기도 싫었다. 그의 마음은 오직 박어둔에게 있었다.

대경호 선원들은 울산민요 '옹헤야'의 음률에 가사를 바꿔 부르며 두 사람의 혼인을 축복해 주었다. 다시 한 번 축포가 터지고 술과 떡이 선상 위에서 돌았다.

배는 개운포항으로 나아가기 시작했다. 선실 창밖에는 보름달이 교교한 달빛을 흘리며 울산 태화강을 거울처럼 환히 비추고 있었다.

잔잔한 개운포 바다가 달빛에 젖어 애잔하고 밤의 경물은 수묵화처럼 신비로웠다.

배는 울산만에서 돌아 개운포항으로 나아가고 있었다.

박어둔은 천시금과 함께 행수실에 들어갔다. 이 선실의 구조를 왕과 대군이 쓰도록 최고급으로 꾸몄다. 널찍한 공간에 놓인 향나무 침대와 둥근 탁자, 꽃그림 비단지로 도배된 벽과 페르시아 융단이 깔린 바닥, 시원하게 열린 선창 등 한눈에 최고급 선실임을 알아볼 수 있었다.

"이런 멋진 선실에서 오라버니를 뵙게 되어 더욱 반갑네요."

천시금이 감탄하며 말했다.

선장실의 장식장에는 외국술인 모대주(마오타이주), 오량액주, 죽엽청주 등 중국술과 야마다니시키, 고햐쿠만고쿠, 미야마니시키와 조선의 고급 전통주인 향온주, 백하주, 석탄(惜呑)주, 소국주로 가득 채워져 있었다.

박어둔이 천시금에게 말했다.

"이렇게 뜻밖에 만나다니 너무 놀랍고 행복해."

"저도 참으로 행복해요."

"이곳은 안용복 행수가 머무는 곳이야. 내 방으로 가지."

박어둔은 화려한 행수실을 떠나 옆방으로 옮겼다. 그곳은 강수실로 검소하게 꾸려져 있었다. 바닥에는 탁자 하나에 대나무 침대 하나가 놓여 있고 벽에는 책이 꽂힌 서가와 향죽으로 만든 대금과 쌍떡잎

모양의 청동방울이 있었다. 한쪽 벽에는 세계지도인 혼일강리도가 걸려 있고 그 옆에는 윤두서가 그린 한양미인도가 걸려 있었다.

천시금은 자신을 그린 한양미인도를 보는 순간 가슴이 울컥하고 눈시울이 뜨거워졌다.

"난 이 그림 하나면 황제의 방도 부럽지 않아."

"아, 오라버니."

"이젠 오라버니가 아니라 당신의 남편이지."

탁자 위에 막걸리 한 주전자와 막사발 두 개가 있었다.

박어둔과 천시금은 탁자에 나란히 앉아 창밖을 보면서 막걸리를 마셨다.

박어둔이 선창에 걸린 풍성하고 둥근 보름달을 보며 말했다.

"난 어린 시절 당신을 처음 볼 때부터 가슴이 뛰었지. 이제 아내로 맞이하니 꿈만 같아."

"저도 오라버니와 함께 있는 게 꿈만 같아요."

"오라버니로 부르지 말라니까. 여보라고 불러."

"여보, 사랑해요."

"내가 더 사랑해."

박어둔은 달빛에 비친 천시금의 얼굴을 보았다. 함박꽃처럼 아리따웠다.

박어둔과 천시금은 서로 기댄 채 창밖으로 눈길을 돌렸다. 선실 창으로 바라보는 태화강 하류의 밤 풍경은 참으로 아름다웠다. 보름달이 두터운 구름 속을 빠져나오자 넓은 태화강은 은빛을 뿌린 듯 황홀했다. 산등성이의 소나무는 수묵화처럼 그윽했고, 재마다 잡은 요해처들의 성곽과 깃발들, 강변으로 내려온 마을의 굴뚝들은 태화강의 젖줄을 빨아 풍성하게 보였다.

박어둔은 숫총각이었다. 그동안 기회가 아주 없었던 것은 아니지만, 누이 천시금을 짝사랑했던 탓에 지금껏 동정을 지켜왔다. 배는 태화강을 유유히 내려가고 있었다. 뱃머리의 용두를 교교한 달빛과 별빛이 번갈아 미끄럼을 타고 있었다.

배를 탄 선원들은 갑판 선실에서 잠을 자거나 술을 마시고 있을 터이다. 초롱을 밝혀놓고 박어둔은 하염없이 술잔을 들이켜며 머뭇거리고 있었다. 반가의 예절을 배워온 천시금이 참다못해 먼저 박어둔의 몸에 기대어왔다. 그녀의 몸에서 염야한 체취가 물씬 풍겨 숨이 막힐 듯했다. 윤기 나는 흑단 머리칼을 어깨 앞으로 쓰다듬어 내려 맨살로 드러난 풍염한 유방을 반쯤 덮고 있었다. 맨살의 체취와 새큼한 냄새가 뒤섞여 기묘하리만치 관능적인 냄새를 발산시키고 있었다.

박어둔은 자기도 모르게 고개를 파묻었다.

어느새 천시금의 부드러우면서도 탄력 있는 유방이 얼굴을 압박하는 감촉에 숨이 막힐 듯했다.

"이 배를 타고 멀리 울릉도로 간다면서요."

"그래, 그곳에서 왜놈들을 물리치고 새로운 마을을 조성할 것이다."

"저는 무릉도라고 불리는 울릉도에 살고 싶습니다."

"그곳은 왜구가 준동하는 위험한 곳이야."

"하지만 그곳에는 물산이 풍부해 끼니 걱정도 없고 반상의 차별이 없어 살기 좋아 무릉도라 불린다지요. 더욱이 왕의 손길이 미치는 곳도 아니지 않습니까?"

천시금이 왕의 손길이 미치지 않는 곳이라는 말에 박어둔이 마음이 동했다. 사실 그가 천시금을 데려온 것도 왕의 손길에서 벗어나기 위해서가 아닌가.

"음, 내일 다시 한 번 생각해보지."

한양미인도의 주인공이었던 천시금은 얼굴도 몸도 아름다웠다. 그녀의 몸은 탄탄하고 굴곡이 유난히 많은 타고난 염질이었다. 옥비녀로 감아올린 검은 머리 밑으로 천시금의 목이 달빛에 유난히 희었다. 그녀의 부드러우면서도 풍만한 엉덩이의 곡선에 교교한 달빛이 둥근 곡선을 그리며 미끄러져 내렸다. 달빛에 함박꽃이 수줍게 벌어졌으나 사내는 헛방망이질을 몇 번 했다. 마침내 벌은 꽃 속에 들어가 꿀을 마음껏 빨았다. 달은 휘영청 기울어 태화강에 새벽 미명이 밝아오고 있었다.

울릉도 정벌

대경호는 울산 태화강을 빠져나와 흑조(黑潮) 해류를 따라 동해안을 올라가 그의 첫 부임지인 울진에서 이틀을 정박하며 선원과 물자를 조달했다. 대경호는 울진항을 떠나 동해바다로 나갔다. 하늘은 맑고 바람은 잔잔했고 풍랑은 없었다. 하늬바람이 불어 열 개의 돛을 펴고 순항을 했다.

멀리 울릉도가 보이자 안용복이 박어둔에게 말했다.

"동생, 울릉도는 몇 번째인가?"

"학동 때 한 번, 울진현감으로 세 번, 이번이 다섯 번째입니다."

"내가 간 것의 절반은 되는군. 울릉도를 왜놈들은 죽도라 하고 우산도는 송도라고 하는데 왜놈들이 죽도 남항에는 막사를 지어놓고 어렵을 하고 있고, 송도에는 여막을 지어놓고 강치를 잡고 전복과 미역 따위를 채취하고 있지."

"저도 왜선이 남항에 정박하고 있는 것을 봤습니다. 이들을 물리치지 않으면 울릉도에 정박조차 힘듭니다."

"그렇지. 집도 비워놓으면 도둑이 들듯이 울릉도와 우산도를 비워 두니 왜적이 들어와 마음대로 도적질을 하고 있지."

안용복은 울릉도와 우산도의 현황에 대해 선교(船橋)에서 얘기했다.

호키주 어민들은 조선의 공도정책을 틈타 임진왜란 이후 불법으로 울릉도 남항과 동항에 어막을 짓고 어로활동을 해왔다. 호키주 태수 는 일본 요나고(米子)에 거주하는 두 쵸닌(町人, 상공업자)인 오야와 무 라카와 두 집안에게 죽도와 송도를 봉지로 주고, 도해(渡海) 면허증과 어업권을 발부했다.

안용복은 흥분해서 말했다.

"정작 섬 주인은 떡 줄 생각도 하지 않고 있는데 저들끼리 김칫국 을 마시며 마음대로 땅을 나눠 가지는 꼴이야. 중요한 것은 일본의 관백 도쿠가와조차도 이 사실을 모르고 있다는 사실이야."

"그럼, 오야와 무라카와 양씨가 울릉도 도해 면허를 받게 된 계기 는 뭡니까?"

"계기랄 게 뭐 있나, 뇌물이지. 어디 보자. 최근 대마도에서 구해 온 번역본 자료야. 이걸 읽어보면 알게 될 거야. 그리고 죽도, 송도 도해 면허를 주었다는 자체가 울릉도와 우산도가 자신들의 땅이 아 니라 외국 땅이라는 걸 인정하는 거야. 왜인들이 대마도, 북해도에 갈 때는 도해라는 말을 결코 쓰지 않거든."

"아, 정말 그렇군요."

안용복은 행수실에서 일본에서 가져온 자료를 박어둔에게 주었다. 박어둔은 대마도 자료를 차분하게 읽어보았다.

호키주(伯耆州)의 영주 나카무라가 경장 14년(1609)에 갑자기 죽고 난 뒤 후사가 없었다. 호키주 태수의 대가 끊어지자 호키주는 에도의 도쿠가와 막부의 직할령이 되었다. 해마다 막부에서 파견한 관리들이 내려와 호키주를 다스렸다.

원화 2년(1616)에는 아베가 에도에서 내려와 근무하였는데, 이때 오야와 무라카와 두 사람이 뇌물을 들고 가 아베에게 죽도(竹島, 울릉도) 도해를 청원하였다. 하지만 아베는 뇌물을 물리치며 죽도는 일본령이 아니라는 것을 내세워 이들의 청원을 물리쳤다.

아베가 돌아간 다음해, 마츠다이라가 에도에서 호키주에 파견되자 오야, 무라카와 두 사람은 또 다시 뇌물을 바치며 마츠다이라에게 죽도 도해를 청원했다.

그런데 마츠다이라는 이들의 뇌물을 받고 죽도 도해를 허락했고, 이후 오야(大谷)와 무라카와(村川) 두 집안이 죽도와 송도(松島, 독도)에 매년 도해하여 죽도 남항은 오야가가 울릉도 동항은 무라카와가가 마치 자신의 영토와 어장처럼 관리해왔다. 마츠다이라는 이 사실을 에도 막부에 보고하지 않았다. 설사 보고했다 하더라도 당시 일조관계를 보았을 때 에도 조정이 죽도 도해를 함부로 허락했을 리도 없다. 마츠다이라 개인이 두 가문으로부터 뇌물을 받고 자의적으로 허락한 것이 분명하고 따라서 불법 점유에 불과한 것이다. 죽도와 송도는 대마도가 지속적으로 관심을 가지고 어로활동을 한 지역이다. 만약 죽도와 송도 도해권이 있다면 대마도의 소(宗)가에 있다.

박어둔은 이 대마도 자료를 통해 두 가지를 알았다. 하나는 호키주의 오야가와 무라카와가가 도해라는 표현을 써가면서 불법으로 외국 땅인 울릉도와 우산도, 양도를 점유하고 있다는 것과 또 하나는 대마도 도주 또한 양도에 대한 탐욕으로 호키주의 점거 사실을 전혀 인정하지 않고 있다는 사실이다.

대경호는 하룻길을 달려 다음날 아침에야 동쪽 수평선 위에 한 점 점같이 떠있는 울릉도를 볼 수 있었다.

안용복은 울릉도를 보면서 어둔에게 말했다.

"동생, 저기 울릉도 남항에 정박한 왜선들을 봐."

"음, 모두 네 척이네요."

"호키주의 배지."

일본 호키주 태수가 오야가와 무라카와가 두 가문에게 울릉도 도해면허증을 발부해 어복을 채취하게 하고 해마다 막대한 공물을 거두어 부를 쌓아가고 있는 게 분명했다.

박어둔이 망원경을 내려놓으며 선원들에게 명령했다.

"화포에 탄환을 채워라!"

서화립을 비롯해 화포 사수와 조수들이 부지런히 움직였다.

"울릉도에 왜선들이 자기들의 집인 양 마구잡이로 드나드는구나. 이 섬은 삼국시대부터 우리 선조들이 물려준 땅이다. 한 치도 왜놈들에게 빼앗길 수 없다."

박어둔은 부강수인 양담사리에게 명을 내렸다.

"왜선이 화포의 사정거리 안에 들어올 때까지 배를 항구에 접근시켜라."

대경호에 승선한 양담사리와 백여 명의 해척들은 배를 서서히 울릉도 남항으로 근접시켰다.

대경호는 울릉도로 점점 다가갔고, 마침내 남항에 정박한 왜선들이 대경호에 장착한 화포의 사정거리 안에 들어왔다.

그때 작은 왜선 한 척이 빠르게 근접해와 대경호에 밧줄을 걸더니 왜인 둘이 올라왔다.

둘은 각각 조총과 일본도를 들었고, 일본도를 든 왜인은 조선말을 할 줄 알았다.

일본도를 든 왜인이 어둔에게 말했다.

"우리 대일본국 호키주의 봉지에 조선배가 왜 침입하는 거무니까?"

박어둔이 왜인 둘을 꾸짖으며 말했다.

"네 놈들이 무슨 똥 같은 소리를 하는 것인가! 우리 조선의 영토인 울릉도를 네 놈들이 불법 점거해 해렵(海獵)을 하고 산림을 벌목한다는 소리를 듣고 네 놈들을 쇄환하러 온 것이다."

대경호에 승선한 왜인은 굽히지 않고 울릉도가 자신의 영토임을 주장했다.

"죽도는 오랫동안 우리 호키주의 영토로 영주님이 오야가와 무라카와가에게 나눠준 봉지이무니다. 우리들은 이곳에서 산림과 어물을 채취하는 대가로 호키 영주님에게 세를 바치고 살아온 지 벌써 수십 년째이무니다."

박어둔은 홍소(哄笑, 크게 웃음)를 하며 말했다.

"섬 주인에게는 물어보지도 않고 네 놈들 멋대로 남의 땅을 나눠주고 세를 받아먹은 게로구나. 오늘부터는 그런 놀음을 할 수 없다!"

박어둔은 김가을동에게 명령했다.

"일단 이 둘은 우리 배를 탐지하러 온 간자이니 포박하여 선옥(船獄)에 감금하랏!"

힘이 좋은 김가을동은 왜놈들에게 무기를 빼앗고 둘을 포승줄로 결박하여 선옥에 가뒀다. 협상하러 간 동료 왜인 둘이 돌아오지 않자 왜인들은 배 아래에서 조총을 쏘며 달려들었고, 멀리서 왜선 네 척이 반원형으로 에워싸며 다가오고 있었다.

박어둔이 서화립에게 명령했다.

"화포를 발사할 준비를 하라!"

"예."

서화립이 자철탄자를 총통의 구멍에 넣으며 말했다.

"이 천자총통이 임진왜란에서 불을 뿜은 뒤 처음으로 적선을 향해 불을 뿜습니다.”

“놈의 배들이 최대한 가까이 다가올 때까지 방포하지 마라.”

대경호와 왜선들 사이의 간격이 점점 좁혀질수록 긴장감이 감돌고 있었다. 먼저 선수를 친 것은 왜선들이었다. 왜인들은 대경호를 향해 조총을 일제히 발사했다.

총알이 날아와 두꺼운 선벽에 박혔으나 위력이 없었다.

대경호는 네 척의 왜선 사이로 들어갔고, 적선에 50보 정도 다가 갔다.

박어둔이 명령했다.

“방포하라!”

서화립과 포 사수들이 화약 30냥을 재량하여 혈내에 넣고 총통의 비목(比木, 포신의 각도를 조절하는 나무)을 움직여 사거리를 조준한 뒤 부시를 쳤다.

약선에 불이 붙어 지지직 화승으로 타들어가 장약에 점화되었다.

쾅! 콰쾅!

천지를 진동하는 소리와 함께 배가 흔들리면서 구리와 철정과 화약으로 뭉친 30근의 거대한 탄환들이 잇달아 좌우의 포구멍에서 발사되어 왜선들을 향해 포물선으로 날았다. 잠시 후 왜선에 구멍이 나 와지끈 부서지면서 거대한 포연과 화염이 동시에 일었다.

두 척의 배가 전파되어 수장되었고, 한 척은 반파되었고, 나머지 한 척은 대경호의 위력에 놀라 뱃머리를 돌려 일본 쪽으로 달아났다.

"와, 만세!"

배 안에서 승리의 함성이 들렸다.

임진왜란 후 우리 영토를 침입한 왜선을 상대로 거둔 최초의 전과였다.

박어둔은 세 번의 울릉도 탐사 때 왜놈의 총에 죽은 해척과 선원들의 복수라고 생각했다.

박어둔과 양담사리, 김가을동, 서화립, 안용복 일행은 왜선을 물리치고 울릉도 남항에 상륙했다. 남항의 선창과 왜막을 지키고 있는 대부분의 왜인들은 배를 타고 도망가 버리고 없었다.

울릉도에 남아 있는 일본인들은 남항에 오야가 30호, 서항에는 무라가와가 20호, 약 100여 명이었다. 박어둔은 서항에서 왜막들을 수색하다가 무라카와가의 우두머리인 무라카와 이치베에를 포로로 잡았다. 그는 닛뽄도를 휘두르며 격렬하게 저항했으나 서화립이 권총으로 공포를 쏘아대자 칼을 버리고 항복했다. 박어둔은 울릉도를 점령한 뒤 항왜(降倭, 항복한 왜인)들은 조선인으로 귀화시켜 울릉도에 계속 거주하게 했고, 저항하는 일본인들은 뇌옥을 만들어 포로로 잡아두었다.

독도 정벌

박어둔은 울릉도를 점령하고 난 사흘 뒤 우산도에 호키주에서 온 왜선이 모여 반격을 준비한다는 첩보를 들었다. 우산도는 울릉도에서 하룻길이었다. 우산도는 동도, 서도 두 섬으로 나뉘어져 있고 강치라는 바다사자와 괭이갈매기들이 집단적으로 서식하고 있는 곳이었다.

척후로 보낸 어선 하나가 돌아와서 박어둔에게 보고했다.

"지금 우산도에는 오야가와 무라카와가 연합 어선 8척이 정박해 공격을 준비하고 있습니다."

박어둔이 화포 사수들에게 말했다.

"천자포에 철탄자 탄약을 장착하라!"

서화립은 천자총통 십 문에 화약을 동시에 장착했다.

안택선을 탄 오야가의 두목 오야 진키치(大谷甚吉)가 큰 목소리로 말했다.

"네 놈들이 우리 해역을 침범해 배 세 척을 침몰시켰느냐?"

그러자 김가을동이 뱃머리에 서서 우렁우렁한 목소리로 답했다.

"미친놈들! 이 섬의 주인은 우리 조선인들이다. 네 놈들이야말로 침입자다."

"넙죽한 배 모양과 오얏꽃 깃발을 보아하니 조선배가 분명하다. 그런데 왜 우리 호키주의 봉지인 다케시마를 넘보느냐?"

"섬 주인의 허락도 받지 않고 누구 마음대로 네 봉지냐?"

"무슨 소리. 우린 호키주 태수와 에도 막부로부터 죽도 도해 면허와 봉지를 받았다."

"정말 멍청한 놈들이구나. 그게 모두 사기다. 적반하장도 유분수지. 울릉도와 우산도는 대대로 우리 조선의 땅이다. 우리들이 끊임없이 네 놈들을 내쫓았건만 다시 쥐새끼처럼 들어와 이 섬에 붙어사는구나."

"네 놈들이 바로 오야가 배를 침몰시킨 놈들이구나!"

"그렇다. 너희 불법 원숭이들로부터 조선의 바다를 지키는 수군이다!"

불과 얼마 전만 해도 오야가, 무라카와가 두 집안은 사이좋게 남항은 오야가가 관할하고, 동항은 무라카와가가 맡아 항구에 어막과 여막을 짓고 마치 자기들의 땅인 양 마음대로 드나들었다.

대경호와 왜선들 사이의 간격이 점점 좁혀질수록 긴장감이 감돌고 있었다.

먼저 선수를 친 것은 왜선들이었다.

그들은 지난번 대경호의 함포사격에 당한 것을 알고 빠른 속도로 배에 붙여 오면서 마구잡이로 왜포와 조총을 발사했다.

쾅쾅!

포탄이 날아왔으나 정확도가 떨어지고 위력이 없었다.

대경호가 포탄 사이를 누비며 왜선 사이로 들어오자 왜선이 배를 붙였다.

박어둔이 명령했다.

"방포하라!"

서화립이 천자포에 장약하고 부시를 쳤다.

지지직.

화승이 타들어가더니 장약에 점화되었다.

쾅! 콰쾅!

천지를 진동하는 소리와 함께 배가 흔들리면서 왜선들을 향해 포물선으로 날았다. 하지만 이번에는 명중하지 못했다. 왜선들은 갈퀴가 걸린 밧줄을 던져 걸고 대경호로 필사적으로 기어 올라왔다. 안용복과 김가을동, 김자신, 양담사리, 김득생 등이 겸병(鎌柄, 자루가 긴 낫)을 들고 나와 휘두르며 올라오는 왜인들의 목을 날렸다. 겸병에 왜인들은 추풍낙엽처럼 배에서 떨어졌다. 하지만 고물에 밧줄을 건 오야진키치와 왜인들은 개미처럼 까맣게 기어 올라와 백병전을 펼쳤다. 칼잡이 왜인들은 조선인 수군을 닥치는 대로 베었다.

거구의 오야 진키치도 닛뽄도를 휘두르며 조선병사들을 베었다. 오야 진키치는 어려서부터 왜선을 타고 약탈로 세월을 보내는 왜구 생활을 해왔다. 대만과 비율빈, 안남과 인도네시아 등지를 왜선을 타고 다니면서 조용하고 평화로운 해변 마을을 닛뽄도를 차고 쳐들어가 닥치는 대로 사람을 베어 죽였다. 돈과 재물을 약탈한 뒤 으레 여인들을 방에 몰아넣고 난교(亂交)를 저질렀다. 그는 세월이 흐르자 고향 호키주로 돌아와 오야가에 두목으로 고용되었다. 그는 죽도와 송도를 관할하면서 이따금씩 찾아오는 조선인 어부들의 목을 베면서 비교적 편안한 세월을 보내고 있었다. 그런데 몇 년 전부터 박어둔과 안용복이 탄 배들이 두 섬에 자주 나타나 교전하면서 그를 다시 포악했던 왜구로 돌려놓았다.

"에잇, 내 칼을 받아라, 더러운 조센징 놈들!"

오야 진키치는 광란의 닛뽄도를 휘두르며 박어둔을 향해 쳐들어 왔다.

그때 김가을동이 조선검으로 오야 진키치의 칼을 받아내며 길을 막아섰다. 김가을동과 진키치는 선상에서 열 합을 겨뤘으나 승부는 좀처럼 나지 않았다. 그때 탕! 하는 소리가 들렸다. 서화립의 권총이 불을 뿜자 팔에 총을 맞은 진키치가 비틀거리며 칼을 떨어뜨렸다.

김가을동은 진키치를 포로로 잡고도 만족스런 얼굴이 아니었다. 자신의 힘으로 충분히 진키치를 잡을 수 있었는데 서화립이 끼어들어 자존심이 상했다는 표정이었다.

서화립이 김가을동에게 말했다.

"진키치는 네가 잡은 거야. 난 축포를 쏜 것뿐이라고."

두목 진키치가 사로잡히자 왜인들은 급격하게 무너져 칼을 버리고 투항하거나 왜선을 타고 도망가 버렸다.

"와, 박어둔 만세! 안용복 만세!"

배 안에서 두 번째 승리의 함성이 일었다.

임진왜란 후에도 왜인들은 우리 영토를 끊임없이 침입했다. 조선 관군과 조선어부들은 이들 왜선을 상대로 끊임없이 싸워 물리쳐야 했다. 이번 울릉도 정벌도 그 연장선상에 있었다. 박어둔은 우산도에 상륙했다. 강치와 괭이갈매기들은 도망갈 생각을 하지 않고 일행들을 반가이 맞아주었다. 동편 섬에는 조선인의 여막이 있고, 서편 섬에는 왜인의 움막이 있었다. 박어둔은 서도에서 왜인들을 잡아 포로로 하고 왜인 움막을 철거하고 섬 꼭대기에 일본을 호시(虎視, 호랑이 눈처럼 보는 것)할 수 있는 새로운 요새를 지었다.

대경호는 우산도에서 왜선 8척을 물리치고 울릉도로 귀환했다.

이치로와 월희

박어둔은 울릉도와 우산도를 점령하고 양도 태수가 되었고, 안용복을 양도 감세관으로 임명했다. 제법 건축의 틀을 갖춘 남항 관사에 들어갔을 때 미처 도망가지 못하고 관사에 숨어 있던 왜인 하나가 뛰어나와 칼을 들고 저항했다.

박어둔이 침착하게 말했다.

"칼을 버려라!"

힘센 김가을동이 날쌔게 달려들어 왜인의 저항을 가볍게 물리쳤다. 그는 울릉도 남항 왜막의 체류자인 이치로였다.

박어둔이 이치로에게 말했다.

"네 놈들이 울릉도가 조선의 영토임을 정녕 몰랐던가? 경계를 넘는 자, 우리 땅에서 어렵을 하는 자는 모두 사형에 처하고 효수한다!"

이치로는 고개를 주억거리고 말했다.

"우리들은 그 사실을 알고 있으무니다. 하지만 조선의 공도정책을 틈타 이 섬을 오야와 무라카와 두 집안의 봉지로 삼아 지금까지 이곳에서 해렵하고 있습니다."

"너는 누구인가?"

"저는 대마도의 상인이고, 제 아내 월희는 조선인입니다."

"조선인 월희는 어디에 있는가?"

"제 아내 월희는 서항에 있스므니다. 그곳에서 조선인들에게 국밥집을 열어 장사를 하고 있지요."

울릉도의 남항과 동항에서는 이치로가 왜인들과 거래를 하고, 서항에서는 월희가 조선인들과 거래를 하며 돈을 벌고 있었다. 수단이 좋은 이치로와 월희 부부는 서항, 남항, 동항 세 항구에서 조선과 일본에서 오는 배들과 무역하며 돈벌이를 했다.

"돈이 조금 모이면 저는 언젠가 가본 적이 있는 인도의 캘리컷으로 가려고 했으므니다."

오야 이치로는 얼마 전까지만 해도 동래 초량왜관에서 일했다. 그는 초량왜관에서 쫓겨나 조선 여인 월희와 함께 울릉도에 와 정착을 했다.

남항에는 접안시설을 주변으로 조그만 선창가가 형성되어 있었다. 곳곳에 일본인 주거시설과 상업시설 등이 보이고 제법 항구의 모습을 갖추어 가던 중이었다.

박어둔은 일단 이치로를 앞세워 남항을 둘러본 뒤 동항도 조사했다. 무라카와가가 정착을 시도한 동항은 남항보다 못했지만 곳곳에

숙소로 보이는 왜막들이 설치되어 있었다.

박어둔은 비록 우리의 영토를 침범한 적대국의 사람이긴 했지만 조선여인과 함께 울릉도에 거주하고 있는 이치로라는 인물에 대해 매력을 느꼈다.

박어둔은 그를 오야 진키치가 머물던 관사로 불러 술을 나누며 이야기를 나누었다.

"이치로, 울릉도에 오기 전에 초량왜관에 있었다고?"

이치로는 자신이 왜 이곳 울릉도에 정착을 시도하려 했는지 말하기 시작했다.

"전 초량왜관에서 월희라는 한 마늘각시를 사랑했습니다."

마늘각시란 마늘 같이 하얗고 매끈하게 생긴 여자를 말한다.

이치로는 아슴푸레하게 추억을 더듬었다.

자정이 지난 한밤. 초량왜관을 지키고 있는 조선인 복병의 감시를 피해 한 왜인이 동쪽방면에 있는 6척 담장을 넘고 있었다. 초량왜관 체류자인 이치로였다. 담을 넘자마자 장대 끝에 걸린 두 남녀의 머리가 이치로를 노려보고 있었다. 지난주 월담을 해 구봉산에서 몰래 밀무역과 교간(交姦, 간통)을 하다 발각돼 참수된 야나기와 점순이의 머리였다.

부산의 초량왜관에서는 매년 국경을 넘나드는 월경인들로 인해 몇 쌍씩 효수를 당했다. 왜인과 조선여자 사이는 엄격하게 접촉을 금하고 있지만 국경을 초월한 사랑 앞에는 효수도 문제가 되지 않았다. 효수는 머리를 베어 나무에 매다는 것을 말한다.

두모포 쪽으로 몇 걸음 더 나아가니 약조제찰비(約條制札碑)가 가로막고 있다. 왜관의 왜인들은 눈을 감고도 비석에 새겨진 내용을 알고 있다.

'경계를 넘는 자, 암거래를 하는 자는 모두 사형에 처하고 효수한다.'

이치로는 잠시 발이 멈칫했지만 효수당한 머리통이나 약조제찰비조차 월희를 향한 용솟음치는 욕정을 가로막지 못했다.

이치로는 두모포 객잔(客棧, 숙박시설)으로 향하면서 입으로 중얼거렸다.

'그래, 사랑하다 죽어버리자.'

십만 평의 초량왜관 안은 금녀의 구역으로 왜인 남자들만 삼천 명이 거주하고 있었다. 그들은 왜관 밖으로 나가 밀무역을 하거나 욕정을 참지 못하고 월담하다 발각돼 쌍으로 죽어나갔다.

객잔에서 이치로를 기다리고 있는 월희는 세계의 바다를 누비며 무역을 한 오빠를 닮은 탓인지 활달하고 개방적인 성격이었다. 이치로와 월희는 개시대청에서 견직물 매매를 하다 눈이 맞은 이후 초량왜관의 상관 창고에서 수졸의 눈을 피해 이미 몇 차례 합궁을 치른 관계였다.

이치로가 두모포 객잔 안으로 들어가자 월희는 벗은 몸으로 기다리고 있었다.

둘은 마른 박하 잎을 띄운 목조 온천탕으로 들어갔다.

이치로는 월희의 따뜻한 손길과 수온 속에서 참으로 오랜 만에 마음의 평화를 느꼈다. 초량왜관이 넓다 하나 남자들만의 세계에 갇혀 있던 이치로는 비로소 숨통이 트이는 듯했다.

"마늘각시."

"이치로."

"여기서 이대로 죽어도 여한이 없으무니다."

"우리 다른 곳으로 도망가요."

"어디로?"

"조정의 손길이 미치지 않는 곳으로요."

"나도 그렇게 하고 싶으무니다."

둘이 두모포 객잔의 욕조에서 금단의 정사를 나누고 있는데 갑자기 욕실 문이 덜컥 열리며 검광이 번뜩였다.

복병 넷이 나타나 두 사람을 향해 칼끝을 겨누며 말했다.

"교간사건이다. 두 연놈은 오라를 받아라!"

교합한 채로 붙잡힌 두 사람은 꼼짝없이 교간사건에 말려 죽게 되었다.

수졸 넷 중 우두머리가 말했다.

"왜인과 조선여인의 통간은 국법으로 엄하게 금하고 있거늘 이 무슨 더러운 짓이란 말이냐. 더욱이 정절을 소중히 여기고 반가의 긍지를 지닌 조선여인이 어찌 원숭이와 같은 왜놈과 붙어먹는단 말인가!"

흐트러진 매무새로 누워 있는 월희를 향해 칼을 휘두르자 온방에 검광이 번뜩였다.

이치로와 월희는 조선복병에게 발각되어 동래 뇌옥에 갇혔다. 조정에서 엄히 금한 왜인과 조선여인 사이의 교간사건을 범한 둘은 날이 밝으면 효수가 될 절체절명의 위기에 처했다.

이치로가 뇌옥의 간수에게 뇌물을 먹이고 동래부사와 면담을 요청했다.

동래부사는 '뇌옥에 갇힌 죄인 놈 따위가 무슨 면담이냐'고 일언지하에 거절했지만 '단 한 번의 거래로 천 냥의 돈을 벌 수 있다.'는 뒷말을 듣고 움찔했다. 승진을 위해서 중앙 요로에 들어갈 뇌물이 필요했던 부사의 귀가 번쩍 열린 것이다.

'천 냥을 벌 수 있다고? 어차피 죽을 놈, 죽기 전에 좋은 것이 있으면 빼내는 것도 나쁘지 않지.'

동래부사는 은밀하게 자기 방으로 이치로를 불렀다.

이치로는 동래부사와 목숨을 건 건곤일척의 거래를 하고 있었다.

초량왜관에서 대마도 상인으로 상주하던 이치로는 대마도 도주로부터 올봄, 대만에서 반란이 일어나 류큐와 대만과의 거래가 중지되었다는 소식을 들었다. 에도의 쇼군은 이 반란에 관한 정보를 대륙의 관문인 초량왜관에서 알아오도록 명령했다. 초량왜관의 관수가 쇼군으로부터 받은 명령은 두 가지였다.

첫째, 대만에서의 반란이 어떻게 진행되고 있는지 알아낼 것.

둘째, 대만과 거래중지된 물량을 초량왜관을 통해 조달할 것. 특히 일본에 필요한 생사와 견직물을 두 배로 늘려 수입할 것.

왜관관수가 감당하기에는 둘 다 어려운 과업이었다.

하지만 이치로는 이것을 이용하기로 했다.

동래부사 앞에서 이치로는 속으론 초조했지만 겉으론 짐짓 점잖을 떨며 가죽주머니에서 검붉은 가루를 내어 뜨거운 물을 부었다. 커피였다.

"이건 아랍에서 온 아주 귀한 고히라는 차이므니다."

동래부사는 이치로가 타주는 커피를 마시며 말했다.

"가파(咖笆)로군. 말라카에서 가져온 가파 가루가 몇 봉이나 있지."

이치로는 진귀한 커피 대접으로 거래의 기선을 제압하려다 오히려 동래부사에게 제압을 당한 꼴이 되었다.

하긴 나가사키 멀리 말라카까지 무역하는 동래상인의 창고인 여각에는 없는 것이 없었다. 일본으로 건너갈 인삼(상인삼, 소인삼, 미인삼), 생사, 축면, 문무, 사릉, 윤자와 일본에서 들어온 납, 구리, 유석, 토단, 단목, 후추, 오화당(과자), 설탕, 상아가 쌓여 있고, 멀리 인도와 아라비아에서 온 공작꼬리 진침(상아), 서각(물소뿔), 파사모전(페르시아 양탄자), 슬슬(에메랄드), 노창(알로에)과 아프리카 너머 유럽에서 건너온 럼주, 권총, 안경, 담배 파이프 등이 산더미처럼 쌓여 있었다.

"하, 그러스무니까. 그런데 지금 우리 일본은 생사와 견직물이 굉

장히 많이 필요하므니다."

"얼마나 필요한가?"

"전보다 두 배나 많은 양이 필요하므니다."

"왜지?"

"지금 대만에서 반란이 일어나 중국에서 대만을 통해 우리 일본으로 들어오는 생사 공급의 길이 끊겨 에도의 쇼군은 큰 곤란에 처해 있습니다. 대만 길이 막히니 일본은 조선의 생사가 작년보다 배나 많이 필요하지 않겠스무니까?"

"그렇지."

"반드시 초량왜관의 관수(館守, 왜관의 우두머리)는 두 배의 물량을 요구할 것입니다."

"음."

"그러니 값을 평소보다 두 배로 더 쳐서 받으면 천 냥을 더 벌 수 있습니다."

동래부사는 동북아시아의 형세를 꿰뚫고 말하는 이치로의 말을 믿을 수밖에 없었다.

"음, 그렇군."

"우선 생사 40만 근과 축면, 윤자 사릉 등 견직물 10만 근의 요구가 있을 거무니다. 값을 두 배로 쳐야 물량을 맞춘다고 하시면 되무니다. 그러면 부사님은 천 냥을 더 벌 수가 있으무니다."

이치로의 사전 정보에 형세판단이 빠른 동래부사는 쾌재를 불렀다.

"음, 대만의 반란 때문에 일본의 생사 수입량이 배나 늘게 되었다는데 그것으로 동래부가 천 냥을 더 벌 수 있다는 것은 매우 타당한 말이야."

"머지않아 쇼군의 명을 받은 왜관의 관수가 상담하러 달려올 것이무니다."

"알겠다. 단 네 말대로 실제 거래가 성립되고 난 뒤에 목숨은 살려줄 것이다."

"알겠스무니다."

동래부사와 담판을 마친 이치로는 다시 동래부 감옥으로 끌려갔다.

며칠 뒤 동래부사는 이치로의 정보에 의해 왜관의 관수와 유리한 상담을 이끌었고, 속을 간파당한 관수는 속수무책으로 평소보다 두 배의 값을 지불해야 했다.

동래부사는 초량왜관의 관수에게 교간사건을 일으킨 이치로와 월희를 참수해 가마솥 산에 묻었다고 통보했다. 그날 밤 동래부사는 둘을 동래부 감옥에서 빼내 울릉도로 가는 내상(萊商, 동래상인)의 배편으로 쫓아버렸던 것이다.

이후 울릉도에 정착한 이치로와 월희는 울릉도에 오는 왜인들과 조선인들을 상대로 무역을 하면서 지금까지 살고 있었던 것이다.

박어둔은 이치로의 말에 흥미를 느꼈다. 비록 왜인이긴 하지만 울릉도와 동북아의 정세를 꿰뚫고 있는 왜상 이치로야말로 활용가치가 있다고 생각했다.

"이치로, 그대의 말을 들으니 삶이 참 기구하구려. 그리고 울릉도와 동북아 정세와 뱃길에 밝은 그대를 내 곁에 두고 싶군."

"감사하무니다."

이치로는 목숨을 살려준 박어둔에게 넙죽 엎드려 절했다.

울릉도 독도 태수 박어둔

　왜인들로부터 울릉도를 다시 회복한 박어둔은 지난 3년간 울릉도에 정착하고 살아온 이치로와 월희 부부, 그리고 울릉도와 우산도를 자주 드나들었던 안용복과 이인성 등과 함께 울릉도와 우산도를 달포 동안 탐사하고 지형과 환경, 생태를 샅샅이 조사해 기록으로 남겼다.

　울릉도는 연중 고르게 비가 오고 온화한 기후로 농사짓고 주거하기에 좋지만 토지가 적고 땅이 척박하여 주민들이 대부분 어업과 무역에 종사하고 있었다. 여름엔 폭풍 일수가 많고, 특히 겨울철에는 강설량이 많아 우데기라는 특수한 가옥 구조를 가지고 있었다. 우데기는 한겨울에 눈이 많이 내리는 울릉도에서 설치하는 방설벽으로, 눈과 비와 햇빛을 막기 위해 집 바깥쪽에 설치한 외벽이었다. 겨울에는 눈과 차가운 바람을 막아주며 농작물을 저장하는 역할도 하고, 사람이 다니는 통로역할도 했다.

　울릉도에는 향나무와 박달나무가 많이 자라고 특히 마디가 굵은 왕대인 향죽이 많이 자라고 있었다. 향나무는 섬 전체에서 볼 수 있으며 해당화와 들국화도 자라고 있었다.

박어둔은 전처럼 이인성을 앞세워 조선인이 거주하는 서항에 가보았다. 그곳에는 울산과 울진에서 온 조선인 수십 명이 여막과 염막을 짓고 소금을 구워 잡은 생선과 전복을 소금에 절여 저장하고 채취한 미역을 말리고 있었다. 처음에는 쇄환하러 온 관리라고 생각하고 도망하려 했던 울릉도 주민들은 박어둔을 보고 반갑게 맞았다.

박어둔은 그들에게 말했다.

"나는 왕명으로 여기 태수로 임명받았소. 이제 왜놈들을 물리쳤으니 안심하시고 생업에 전념하시오. 여기에서는 마음껏 집을 짓고 땅을 개간하고 어로활동을 하시오. 그리고 왜인들을 쫓아내고 남항과 서항도 우리가 접수했으니 그곳으로도 옮겨 살아도 됩니다. 되도록 본토로 들어가 많은 어민들을 데리고 여기로 오시오."

울릉도는 나라의 방금과 공도정책에도 불구하고 빈 섬이 아니라 활발하게 어로활동을 하는 살아있는 섬이었다.

울릉도는 사람이 살기에 아주 좋은 섬이었다. 물고기와 전복이 풍부하고, 대나무와 인삼이 잘 자라 품질이 좋았다. 조선조정의 방금과 쇄환에도 불구하고 울릉도에는 많은 사람들이 거주하고 있었다.

이인성이 울릉도 전역에 출신 지역별 호구조사를 하였다.

연안 김순립 등 10명

삼척 진형두 등 36명

울진 김남수 등 40명

흥해 유일부 등 12명

영해 유봉석 등 20명

울산 박어둔 등 67명

기장 김한우 등 34명

동래 안용복 등 30명

가덕 원중태 등 25명

견내량 장상환 등 27명

평산포(남해) 이인성 등 10명

순천 뇌헌 등 20명

낙안 김성길 등 13명

진도 박동훈 등 10명

기타 49명

합계 403명

도합 403명에 112호에 달했다.

박어둔은 울릉도의 남항의 수군 20명, 동항에 수군 10명, 서항에 수군 5명을 주둔시켰다. 그리고 도내 고을을 탐사하여 동서남북항과 6개 마을로 10개 행정단위를 신설했고, 우산도를 울릉도에 편입했다.

박어둔은 임금의 특별 교지와 사백여 명의 울릉도 전 주민들의 지지로 울릉도와 우산도 양도 태수로 취임하였고, 양도 감세관 안용복, 부태수 유일봉, 항만장 김가을동, 진수(鎭守) 서화립, 장시장(場市長)에 김득생을 임명했다.

박어둔과 안용복은 강력한 통치력을 발휘하여 울릉도를 국방의 안전한 요새, 풍요로운 섬, 해양교역의 전진기지로 만들어갔다.

박어둔이 태수로 취임한 뒤 가장 먼저 한 일은 새로운 항구를 건설하는 일이었다. 대경호와 같은 큰 배가 입항할 수 있는 곳은 남항(남양) 동항(저동) 서항(태하) 북항(천부) 어디에도 마땅치가 않았다.

울릉도 동남쪽에 뱃길이 좋고 평지가 많은 곳에 복숭아 몇 그루가 피어 있는 곳이 있어 도동(桃洞)이라 부르고, 먼저 서화립에게 해안에 성을 쌓아 포를 장치한 진을 만들게 했다.

다음은 김가을동으로 하여금 구획을 정해 주민이 살 새로운 집을 짓고 도로를 내어 마을을 만들게 했다. 그는 터파기 공사를 깊게 하여 바닷바람에도 집이 날아가지 않도록 했다.

김득생에게 창고와 포자를 만들어 장시를 형성하게 했다. 원래 서항과 남항에는 장시가 형성되어 있었고, 그곳에서 국내, 국제간 밀무역이 나름 활발하게 행해지고 있었다.

박어둔은 젊은 시절 벼 25석과 소금 10석, 은자 10냥 등의 물건을 싣고 울릉도 서항 장시에서 파는 생선과 전복으로 바꾸고자 울진과 삼척을 거쳐 들어온 적도 있었다.

울진현감을 할 때는 울릉도에 장사를 하러 나가는 배에게 울릉도 채복공문을 발급해 세금을 내게 했고, 무허가로 상업적 목적으로 출어하다 발각된 배에게는 소정의 과금을 매겼다. 예조에서 간행한『변례집요』에도 '올해도 울릉도에 벌이를 위해 부산포에서 장삿배 3척이 나갔다'고 한 기록이 있다. 그동안 울릉도가 조선과 일본 사이에 잠통(潛通, 밀무역)과 사시(私市)가 있었다면 이제 공개적인 장시에서 세금만 내면 누구나 무엇이든 거래할 수 있게 했다.

박어둔은 양담사리로 하여금 배가 드나들기 좋은 해변가에 선소를 만들게 하고 섬잣나무와 솔송나무 등 단단한 선박목재를 베어내어 한선을 건조하게 했다. 건조한 배는 동서남북항에 배치하되 도동항을 주력항으로 키웠다.

선소를 지어 배를 건조한 것은 울릉도의 주력사업이 풍부한 해산물을 바탕으로 한 어업과 해상교역이라는 걸 알았기 때문이었다.

박어둔은 김자신으로 하여금 울릉도의 평지와 산간을 개척해 둔전을 일구게 했다. 신석기 시대 이래로 울릉도는 사람들이 거처하여 각종 곡식이 많았다. 교역을 통해 식량을 얻기도 하지만 최소한의 수확은 할 수 있도록 벼와 보리, 조와 콩, 메밀과 수수를 심었다. 울릉도 농작물로는 감자, 옥수수, 채소, 콩과 밤을 재배했으며, 한우와 염소도 길렀다. 산에는 각종 약초와 나물들이 지천으로 자라고 있었다. 과거 조정에 토공으로 바치던 당귀를 비롯한 약초를 채취하고 울릉도 특산물로 전호, 명이나물, 고사리, 땅두릅나물을 재배하게 했다.

울릉도는 위치나 크기에서 바다를 제패하는데 아무런 문제가 없었다. 신라의 장보고는 조그만 청해진(완도)를 근거지로 한반도와 일본 대만과 중국 멀리 필리핀까지 제패했다. 울릉도와 우산도의 영해는 청해진보다 더 큰 공간인데다 입지적 조건도 좋았다. 서쪽으로는 울산, 동래, 울진, 영해, 삼척 등 국내의 큰 항구와 연결되어 있고, 북으로는 중국의 만주와 연해주와 캄차카로 통하고 동으로는 일본과 그 너머 태평양 제도와 신대륙, 그리고 남으로는 일본을 거쳐 대만과 중국, 필리핀으로 나가는 아시아 바다 비단길과 연결되어 있었다. 무엇보다도 울릉도와 우산도 두 섬은 동북아시아의 전략적 요충지였다.

일본 에도로 가다

울릉도를 안정시킨 박어둔은 부행수이자 양도 감세관인 안용복과 함께 먼저 일본 에도로 가서 도쿠가와 쓰나요시(德川綱吉, 재임 1680-1709)를 만나 왜인의 울릉도와 우산도 도해령을 금하고 대신 정식으로 일본과 교역의 문을 열기로 했다. 그는 대경호에 포로로 잡은 호키주 두 가문의 우두머리인 오야 진키치와 무라카와 이치베에(村川市兵衛)를 태우고 도동항을 떠났다. 배는 일본에서 나포한 안택선이었다.

박어둔 태수는 양도 감세관이자 울릉도 상단의 행수인 안용복에게 말했다.

"형님, 이번에 울릉도와 우산도 문제를 쓰나요시와 확실하게 담판을 짓도록 합시다."

천시금은 이치로의 아내 월희와 함께 울릉도에 남아 있기를 원했다. 그것은 박어둔도 바라는 바였다. 새로운 울릉도의 사민 1호가 천시금이 되기를 원했다. 그는 남항 오야가의 두목인 오야 진키치가 묵던 집을 수리해 천시금과 월희를 머물게 했다.

박어둔이 천시금에게 말했다.

"나는 우산도와 호키주를 거쳐 일본 에도로 들어가야 해."

"그렇게 일본 배를 침몰시키고 적지로 들어가는데 무탈할까요?"

"호랑이를 잡으려면 호랑이굴로 들어가야지."

"여보, 저……."

"무슨 일이 있어?"

"아니에요."

"걱정 마. 왕명을 받들어 가는데 무슨 일이 있을라고. 우리 경주 박씨의 중시조인 박제상(朴堤上)의 마음으로 일본에 가야지."

박제상은 울산 출신의 신라 재상으로 경주 박씨의 시조(始祖), 박혁거세의 후손으로 우리나라 최초의 충신의 모본이었다. 그는 왜국으로 건너가 볼모로 잡혀 있던 왕의 아우 미해를 신라로 도망치게 하였다.

왜왕이 그 사실을 알고서 박제상에게 말했다.

"너는 어찌하여 몰래 네 나라 왕자를 보냈느냐?"

"저는 신라의 신하요 왜나라의 신하가 아닙니다. 우리 임금의 뜻을 이루려 했을 따름이오. 어찌 감히 그대에게 말을 하리요."

왜나라 왕이 화를 내며 말했다.

"네가 신라의 신하라고 말한다면, 반드시 오형(五刑)을 받아야 하리라. 만약 왜 나라의 신하라고 말한다면, 높은 벼슬을 상으로 내리리라."

"차라리 신라땅 개, 돼지가 될지언정 왜나라의 신하가 되지는 않을 것이오. 차라리 신라 땅에서 갖은 매를 맞을지언정 왜나라의 벼슬은 받지 않겠노라(寧爲鷄林之犬㹠, 不爲倭國之臣子, 寧受鷄林之箠楚, 不受倭國之爵祿)."

박제상의 말에 머리꼭대기까지 화가 난 왜왕은 박제상의 발바닥 거죽을 벗겨낸 뒤, 갈대를 잘라놓고 그 위로 걷게 하고 다시 물었다.

"너는 어느 나라의 신하냐?"

"신라의 신하이다."

왜왕은 발바닥 거죽이 벗겨진 발로 뜨거운 철판 위에 세워놓고 박제상에게 다시 물었다.

"너는 어느 나라의 신하냐?"

"신라의 신하다."

왜왕은 박제상을 굴복시킬 수 없음을 알고, 목도(木島)에서 장작으로 몸을 불태운 뒤 목을 베어 죽였다. 박제상의 부인은 치술령에서 남편을 기다리다가 망부석(望夫石)이 되었다.

천시금이 말했다.

"저를 망부석으로 만들지는 말아주세요."

"물론이지. 난 반드시 살아서 돌아올 거야."

"저……."

천시금은 경수가 끊어지고 입덧이 나면서 회임을 한 듯했다. 이야기를 해야겠다고 몇 번이나 마음을 먹었지만 그것을 끝내 말하지 못했다. 남편이 사소한 것에 얽매이지 않고 더 큰 일을 위해 훌훌 털고 떠나야 한다고 생각했다.

그녀는 입으로 옷고름을 사려 물다 놓으며 말했다.

"반드시 살아 돌아와야 해요."

박어둔은 대경호에 이번 두 번의 전투에서 생포한 일본인 포로들을 싣고 울릉도를 출발했다. 우산도를 지나 선장실 안에서 태양을 비스듬히 쳐다보며 조선의 기록물을 읽다가 깊은 생각에 잠겼다. 그의 선실 창에는 울릉도 황토 항아리 속에 심은 울릉도산 어린 향나무 한 그루가 놓여 있다. 향나무에서 나오는 시원하고 진한 향이 생각을 맑게 해주었다.

박어둔은 울릉도에서 왜구를 쫓아내고 현지를 시찰한 증거물인 저 울릉도 황토 화분과 향나무를 왕 앞에 바치겠다고 생각했다.

박어둔은 왕에게 보내는 글을 올렸다.

대왕마마 보시옵소서
전하, 강녕하시옵니까.
소신은 대왕마마의 명을 받들어 전함 대경호를 건조하고 출항하여 울릉도와 우산도를 정벌했습니다. 대경호에 안용복

김가을동, 서화립 등 100여 명이 승선해 울릉도에 당도해 왜선 4척을 만나 3척을 격파하고 사흘 뒤 우산도에서 호키주함대 7척을 격파한 뒤 오야가의 두목 오야 진키치와 무라카와가의 두목 무라카와 이치베에를 비롯해 포로 7명을 사로잡고 나머지 거주 왜인들을 모두 일본으로 돌려보냈습니다. 그보다 더 중요한 것은 대왕께서 분부하신 대로 일본의 관백 도쿠가와를 만나 다시는 조선의 섬인 울릉도와 우산도에 왜인들이 불법으로 침입하지 못하도록 하는 서계를 받아내는 일입니다. 소신과 안용복은 관백의 서계를 받기 위해 울릉도를 떠나 일본으로 가고자 합니다. 다시 돌아와서 보고 드릴 때까지 옥체보전하시기를 빕니다.

울릉도에서 박어둔 배상

박어둔은 이 서신을 영해사람 유일봉을 통해 조정으로 보냈다.

에도 담판

숙종19년(1693) 4월 18일 박어둔과 안용복은 울릉도와 우산도를 출항하여 이틀 뱃길을 가서 4월 20일 오후 한 식경 오키(隱岐)섬의 후쿠우라(福浦)에 도착했다. 대경호는 일본의 앞바다에 닻을 내리고 작은 배를 내려 박어둔과 안용복 두 사람이 왜인 포로 8명과 함께 후쿠우라 마을로 들어갔다.

그들은 일본 에도로 가서 관백인 도쿠가와 쓰나요시를 만나 왜인의 울릉도와 우산도 도해령을 금하는 서계를 받아와야 한다. 박어둔과 안용복은 포로로 잡은 오야 진키치와 무라카와 이치베에를 비롯한 8명의 왜인을 앞세우고 후쿠우라 선착장에 상륙했다.

후쿠우라에 조선 배와 조선인이 왔다는 소문이 퍼지자 삽시간에 사람들이 몰려왔다.

특히 호키주에서 온 오야가와 무라카와 가문의 사람들이 흥분해서 칼과 몽치를 들고 뛰쳐나왔다.

"네 놈들이 바로 우리 죽도를 불법 점거한 박어둔, 안용복 패거리들이구나. 저놈들을 잡아 죽여라."

박어둔이 말하고 안용복은 우렁우렁한 목소리로 통역했다.

"적반하장도 유분수지, 만약 우리에게 손을 대면 이 두 포로를 죽이겠다."

박어둔과 안용복은 각각 칼로 오야 진키치와 무라카와 이치베에의 뒷목을 겨누었다.

그때 부랴부랴 촌장이 나서며 말했다.

"도쿠가와 장군과 담판을 하겠다고? 배짱도 큰 사람들이구만. 그런데 먼저 오야 진키치와 무라카와 이치베에, 그 두 사람을 풀어주시오."

박어둔이 촌장에게 말했다.

"먼저 호키주가 속한 돗도리번(鳥取藩)의 번주 쓰네기요(綱淸)를 만나게 해 달라. 그러면 포로를 풀어 줄 것이다."

촌장은 고개를 끄덕였다.

"알겠소. 당장 만나게 해줄 테니, 그 자들을 풀어주시오."

박어둔이 홍소를 하며 말했다.

"당장 만나게 해준다는 말은 거짓이다. 돗도리 번주는 천리 밖 에도에 있지 않는가. 그러니 당신의 말이 거짓이 아니고 무엇이겠나?"

촌장은 한 방 맞은 듯 한동안 말이 없다 다시 말을 이었다.

"그건 사실이오. 일단 포로를 풀어준다면 에도 번주까지 반드시

341

모셔다 드리겠소."

"당신 말은 못 믿겠다. 일단 쓰네기요의 가신인 아라오 슈리(荒尾修理)를 이리로 데리고 와라. 그 자가 우리를 안내한다면 믿겠다."

촌장은 박어둔의 정확한 정보력에 놀랐다. 과연 돗도리 번주 쓰네기요는 수도 요나고를 떠나 에도 번주에 있고, 가신인 아라오 슈리가 요나고와 에도 사이를 오가며 일을 처리하고 있었다. 이런 소식은 포로인 오야 진키치와 무라카와 이치베에를 심문하여 얻은 정보였다.

"좋소. 아라오를 데려올 테니, 두 사람을 풀어주시오."

해가 중천에 떴을 때 장로가 아라오 슈리를 데리고 왔다.

아라오는 칼을 차고 벗겨진 이마에 상투를 튼 전형적인 일본 사무라이 모습이었다.

"아라오, 이 두 사람과 포로를 풀어줄 테니 우리를 에도에 있는 돗도리 번주까지 데려다줄 수 있는가?"

"사무라이의 명예를 걸고 맹세하오. 모셔다 주겠소."

아라오는 허리를 꺾으며 읍례를 했다.

박어둔은 울릉도와 우산도에서 잡은 포로인 오야 진키치와 무라카와 이치베에를 풀어주었다. 그러자 오야가와 무라카와 사람들이 곧바로 칼을 들고 박어둔과 안용복에 덤벼들었으나 아라오 슈리가 칼을 빼며 강력하게 막았다.

"여러분, 이건 사무라이의 법이 아니오. 나는 이 두 사람을 에도 번주에 데려다 주기로 약속했소. 만약 당신들이 사무라이의 법을 어긴다면 내가 이 칼로 다스리겠소."

토관(土官, 지방관)인 촌장과 어민들이 에도에서 파견한 관리인 아라오의 말을 거역할 수 없었다. 일단 첫 협상에 성공한 박어둔은 대경호의 부선장 양담사리에게 수신호를 보냈다. 함포를 후쿠우라로 겨누고 있는 대경호는 뱃머리를 돌려 울릉도로 돌아갔다.

아라오는 박어둔과 안용복을 오키 도젠으로 옮겨 융숭하게 대접한 뒤, 이즈모 나가하마, 호키 요나고를 거쳐 이나바 돗도리의 자신의 집에 묵게 했다. 이동하는 중에도 호키주 요나고에서 가장 오래 머물렀다. 그곳에서 오야가와 무라카와가의 사람들이 돗도리 번주에게 두 사람을 다케시마를 침범해 왜인을 죽이고 포로로 잡은 사람으로 고소했기 때문이다.

하지만 박어둔은 오히려 당당하게 말했다.

"우리는 조선 왕의 명령으로 조선의 영토인 울릉도와 우산도에 불법 점거한 자들을 물리치고 잡아왔다. 작년에 불법 침입한 자들의 그물과 어구를 뺏고 돌려보냈는데도 근절이 되지 않았다. 그래서 이번에는 조선 수군들이 나서 아예 왜선과 왜인들을 소탕하고 도쿠가와 장군과 담판하고자 잡은 포로들을 데려온 것이다. 만약 여러분들 중에 다케시마와 마쓰시마에 불법도해를 한 자가 있다면 에도의 관백이 일본 해금법에 따라 그 자의 목을 칠 것이다."

박어둔이 왜인들 앞에서 호랑이처럼 얼마나 위풍당당하게 말했는지 그들은 박어둔을 '박도라베에(朴虎兵衛)', '박도라헤(朴虎平)'라고 부르며 두려워 했고, 안용복은 안행수라고 부르며 존중했다.

박어둔, 안용복, 아라오 셋은 돗도리번에서 에도로 출발했다. 6월 초의 일본 날씨는 무더웠다. 일본 혼슈를 둘로 가르는 척량산맥인 히다산맥과 기소산맥, 아카이시산맥은 일본의 기후를 동서로 나누고 있었다. 이 산맥들이 일본의 지붕을 이루고 있으며, 일본의 최고봉 후지산은 이 산맥 중앙부에 우뚝 솟아 있었다.

내상(동래상인)이었던 안용복은 일본 땅을 무수히 밟아봤지만, 박어둔은 젊은 시절 염간으로서 소금배를 타고 대만과 중국을 오갈 때 두 번 경유한 적이 있어 세 번째였다.

아라오가 박어둔에게 말했다.

"어떻게 호키주와 돗도리 번에 대해 그리도 잘 알고 있소?"

"울릉도와 우산도는 동북아 중심에 있는 섬이지요. 소식을 듣고자 조금만 귀를 곤두세우면 일본뿐만 아니라 중국, 러시아, 대만, 필리핀 그리고 일본을 넘어 신대륙의 소식까지 다 들을 수 있소이다."

"당신은 일본과 일본인을 증오한다는 말을 들었소."

"천만에. 난 일본인들을 좋아하고 일본역사에 흥미를 느끼고 있소. 우리가 넘어가는 이 도야마 관문이 전국시대 오다가 다케다 신겐을 물리친 곳이 아니오."

"호, 대단하시군요. 오다 가문의 맹장 삿사 나리마사가 이 산맥의 관문을 넘어서 기습하여 혁혁한 전공을 세우게 되지요."

"일본의 관동이라는 지명도 도야마관의 동쪽이라는 뜻 아닙니까.

산맥을 넘는 유일한 고갯길이 전략적 요충지이지요."

한중일 세 국가에서 쓰이는 관(關)이라는 지명은 공통점이 있다. 중국의 관중에서 중원으로 나가는 유일한 길이 함곡관이다. 조선에서도 태백산맥을 넘어가는 유일한 고개인 대관령을 기점으로 관서와 관동으로 나누어진다. 모두가 산맥을 넘어가는 유일한 고갯길로 전략적 요충지란 뜻이다.

박어둔과 안용복, 아라오는 도야마 관문을 넘어 에도로 향하고 있었다.

박어둔이 아라오에게 말했다.

"전 오다 장군을 좋아하지요. 직정적이고 호방한 성격, 그리고 변화를 두려워하지 않고 즐기는 사람으로 난세의 영웅이지요."

"하. 저도 좋아하는 분입니다."

"그러나 일본인 중에서 가장 좋아하는 인물은 신대륙을 통해 유럽으로 들어간 하세쿠라 츠네나가(支倉常長)지요."

"호, 그분은 나도 알지요. 아시아인 최초로 아메리카 신대륙을 통해 유럽으로 들어간 분이지요."

"일본인이 최초가 아닙니다. 조선인이 최초지요."

박어둔은 하세쿠라를 일본인들 중에서도 매우 좋아하지만 그가 동양인 중 최초로 신대륙을 다녀간 사람은 아니라는 것을 알고 있었다.

하세쿠라 츠네나가는 1613년 180명의 유럽파견 사절단을 이끌고, 태평양과 대서양을 건너 로마에 가서 아시아인으로서는 첫 귀족 예우를 받은 사람이었다. 1615년에 스페인 국왕 펠리페 3세와 로마 교황 바오로 5세를 알현하고 장장 7년 동안 유럽에 머물며 유럽 문화를 익힌 뒤, 1620년 9월 20일 일본으로 귀국하였다.

박어둔도 도쿠가와 영해 협상이 성공하고 울릉도와 우산도가 안정되면 유럽으로 갈 계획을 세우고 있었다.

아라오가 박어둔에게 물었다.

"그렇다면 하세가와보다 먼저 아메리카 신대륙을 갔다는 조선인은 누굽니까?"

"조선인 이회(李薈)요."

"이회가 누구요?"

"그는 세계 최초의 세계지도인 혼일강리역대국도지도(混一疆理歷代國都之圖)를 제작해 명나라 영락제에게 바치고 정화함대에 승선한 자요."

박어둔은 왕실 서고에서 혼일강리역대국도지도와 지도제작자 이회의 행장기를 보았고, 정화함대의 원정을 쓴 책 무비지도 읽었다.

"그럼, 정화함대가 태평양을 건너 신대륙에 갔다는 거요?"

"중국 책 무비지를 보면 정화함대의 원정길이 자세히 나옵니다."

그는 아라오에게 설명했다.

삼면이 바다로 둘러싸인 조선은 예로부터 항해술이 발달해 지도제작에 뛰어난 나라였다. 그래서 매년 중국은 세계를 알기 위해서 고려와 조선에게 지도제작을 요청했다. 혼일강리역대국도지도도 중국 명나라 황제 영락제의 요구로 조선에서 제작된 것이다. 태종 2년(1402)에 대사성 권근, 좌정승 김사형, 우정승 이무와 검상 이회가 만든 이 지도는 5대주 6대양을 전부 망라해 그린 최고의 세계지도였다.

1407년 이회는 중국 연행사로 가 영락제에게 이 지도를 바치고 정화함대의 암해자(항해사)로 승선했다. 정화함대의 선장은 주만이었다. 그는 이 정화함대의 제3선단의 배를 타고 중국을 떠나 아시아의 해상실크로드를 지나 아프리카까지 갔다. 이회의 제3선단은 희망봉을 지나 아프리카 해안을 타고 올라가다 케이프베르데 군도에서 서남으로 항해했고, 대서양을 지나 남아메리카의 북부에 도착함으로써 신대륙에 닿은 것이다. 이 해는 1421년으로 콜럼버스가 아메리카를 발견한 1492년보다 무려 71년이나 빨랐다.

제3선단은 아메리카 해안선을 따라 남하하여, 남미대륙 최남단의 마젤란해협을 지났다. 이때 아주 악독한 날씨를 만나, 살길을 찾기 위하여 이회의 선단은 극단적인 대모험을 했다. 그들은 마젤란해협을 통과한 후, 곧바로 태평양으로 들어가 남미의 서해안을 따라 북상한 것이다. 에콰도르에 도착한 후 태평양 동안해류를 만나 방향을 서쪽으로 바꾸어 태평양을 횡단하여, 뉴질랜드와 오스트레일리아의 동해안에 도착했다. 이들 선단은 오스트레일리아를 한 바퀴 돈 후에, 서북쪽으로 방향을 틀어 필리핀군도로 북상해 천신만고 끝에 중국으로 귀환한 것이다. 이후 이회는 조선으로 돌아와 증보된 혼일강리역대국도지도를 제작했고 아울러 국내의 산천을 두루 다니며 팔도지도를 제작한 뒤 일흔의 나이로 생을 마감했다.

박어둔의 말을 들은 아라이가 놀라며 말했다.

"아, 그렇다면 콜럼버스가 아니라 조선인 이회가 아메리카 대륙을 가장 먼저 발견했군요."

"엄밀하게 말하면 이회도 콜럼버스도 하세가와도 아닌 아메리카 대륙 원주민이 가장 먼저 발견한 것이지요."

도야마 관문을 넘어 관동으로 가니 멀리 후지산과 에도시가 보였다.

막부 장군의 서계

도쿄에 있는 에도성은 오사카에 있는 오사카성이나 교토에 있는 교토황거의 위용에 미치지 못했다. 에도를 관통하는 스미다 강물을 끌어들인 해자에는 오리들이 한가롭게 헤엄치고 있었다.

해자에 걸친 이중교를 지나니 천수각 터가 나타났다. 한때 에도성의 위용을 자랑했던 5층 높이의 천수각은 35년 전 대화재로 소실된 뒤 불에 거을린 검은 돌만 뒹굴고 있었다. 천수각터를 지나 관백의 궁성에 들어가니 염소수염을 한 사람이 개를 안고 앉아 있었다. 그는 도쿠가와 막부의 5대 장군인 도쿠가와 쓰나요시였다.

박어둔은 후쿠우라에서 에도로 들어오면서 여러 사람들을 만나 도쿠가와 쓰나요시의 성격을 파악하고 있었다. 그는 아버지 이에미쓰의 측실 오타마노가타의 소생으로 타고날 때부터 성격이 괴팍했다. 때론 갈대처럼 여린 듯 굴다가 범이라도 때려잡을 것처럼 강하고 병약한 듯 골골거리다가 강골을 발휘하는 등 조울증이 심했다.

그의 재위기간 서민문화가 고도로 발전한 겐로쿠 시대가 열렸다는 점에서 긍정적인 면도 있지만 개를 워낙 좋아해 이누쿠보(犬公方 : 개 쇼군)이란 별명이 붙기도 했다. 개를 좋아한 나머지 동물살생 금지령을 내려 인민들의 공분을 사기도 했다.

도쿠가와는 귀여운 강아지 한 마리를 품에 안고 쓰다듬으며 말했다.

"조선왕의 명을 받고 나를 만나겠다는데 왕의 교지나 문서를 가지고 왔는가?"

"예. 여기 있습니다."

박어둔은 숙종이 서명한 교지를 보였다.

조선왕은 경상도 암행어사 겸 울릉도 우산도 양도 태수 박어둔을 신의 사절로 일본에 보낸다. 박어둔이 한 말은 나의 말과 같은 효력이 있다.

조선왕 수결

쓰나요시가 쥐 눈을 반짝이며 교지를 흔들며 말했다.

"이것이 위조되지 않은 것이라고 어떻게 믿겠나? 이런 건 여기 개라도 만들 수 있네."

"서로 간에 신뢰가 없으면 아무런 이야기도 할 수 없습니다."

통역은 안용복이 했으나 실제로 울릉도와 우산도를 조선의 땅으로 인정하는 데 있어서 박어둔과 안용복, 둘의 목소리가 다를 수 없었다. 둘은 한 몸이 되어 한 목소리를 내었다.

"신뢰라? 박어둔, 안용복, 네 놈들이 우리 일본 섬 죽도와 송도를 침범해 우리 어부들을 내쫓은 마당에 무슨 똥 같은 신뢰란 말이냐!"

쓰나요시가 버럭 소리를 지르자 강아지는 놀라 귀를 쫑긋했다.

박어둔이 차분하게 대응했다.

"울릉도와 우산도는 대대로 우리 조선의 영토입니다. 그런데 당신 네 왜인들이 왜선을 타고와 함부로 어렵행위를 했소이다. 그래서 내 쫓은 것뿐이오."

"울릉도와 죽도가 네 놈들의 땅이라는 증거가 어디 있나?"

"울릉도와 우산도는 신라시대 이전부터 우리 조선의 땅이라는 걸 정녕 모른단 말이오? 그럼, 제가 똑똑히 설명해 드리리다. 도쿠가와 장군, 제 말을 똑똑히 듣고 머리에 새기시오. 아주 오랜 옛날부터 울릉도와 우산도는 한반도의 영토였고, 본국과 긴밀한 관계에 있었소. 아득한 옛날 옥저국 시대부터 소국 울릉도는 옥저에게 조공을 바쳤고, 옥저 노인들이 울릉도에서 해신제를 지내는 사실을 아는 등 조선과 울릉도는 하나의 풍습을 가지고 있었소이다."

박어둔은 신라 지증왕 때 우산국을 정벌한 이사부를 비롯해 고려조와 조선조의 울릉도와 우산도(독도)의 통치와 조공, 쇄환 정책을 자세히 설명했다.

"지금 저는 울릉도와 우산도 양도 태수로 임명받았고 안용복 행수는 양도의 감세관으로 활동하고 있소. 현재 울릉도 서항 남항 동항에 조선인 112호, 400여 명이 살면서 둔전을 일구며 어렵에 종사하고 있소."

안용복은 아예 지필묵을 꺼내 조선 팔도를 적은 뒤 특별히 강원도 밑에 '이 도에는 죽도와 송도가 속한다(此道中竹嶋松嶋有之)'라고 주석을 달아 보여주며 말했다.

"이미 조선에서는 두 섬이 강원도 산하 행정 명으로 되어 있고, 여기에 사는 조선주민들은 세금을 내며 살고 있지요. 지금 당장 신증동국여지승람을 보시오. 울릉도와 우산도는 조선의 영토임을 알 수 있을 것이오."

울릉도와 우산도가 역사적으로나 행정적으로 조선의 영토라는 박어둔의 당당한 말에 도쿠가와 쓰나요시는 똥 씹은 얼굴이 되었다.

도쿠가와는 강아지의 등을 쓰다듬으며 다시 똥배짱을 내밀었다.

"죽도와 송도는 오랫동안 빈 섬이어서 일본 배와 우리 사람들을 보내어 우리 땅으로 편입한 지가 오래되었다. 나는 그 두 섬을 호키 주 나의 신하들에게 도해면허증과 함께 봉지로 주었다. 그런데 이제 와서 갑자기 자다가 봉창 두들기는 소리를 하는 것이냐!"

박어둔이 말했다.

"도해면허증을 주었다는 것은 외국의 땅이라는 것을 인정하는 것 아니오? 당신들이 대마도나 북해도에 갈 때는 도해면허증을 주지 않습니다. 조선과 중국 등 외국에 갈 때에만 도해면허증을 발급하지 않습니까? 그것만 봐도 울릉도와 우산도는 당신들의 땅이 아니라 조선 땅이 분명하오."

양도 감세관 안용복이 굽힘없이 말했다.

"두 섬은 빈 섬이 아니라 엄연히 주인이 있는 땅이오. 임진왜란 때 당신들이 우산도와 울릉도를 침입한 뒤 쇄환, 공도정책으로 전환해 섬이 잠시 비었을 따름이오. 가족이 잠시 여행 갔는데 빈집이라고 다른 사람이 들어가서 살면 뭐가 되겠소? 주거침입을 한 도둑이 될 뿐이오."

도쿠가와 쓰나요시가 도둑이라는 말에 갑자기 개를 집어던지며 버럭 소리를 질렀다.

"네 놈들이 감히 날 도둑 취급해? 네 놈 둘이 죽음 앞에서도 그런 말을 하는지 한번 보자. 여봐랏, 이 둘을 당장 처형시켜라!"

박어둔은 쓰나요시가 던진 강아지를 받아 조심스럽게 쓰다듬으며 강단있게 말했다.

"조선을 위해 바치는 목숨이 하나뿐인 게 안타깝소."

"네 놈들이 작은 섬 두 개 때문에 얼마나 조선에 충성을 하는지 한번 보마. 개 목숨도 소중하거늘 사람의 목숨을 하찮게 버리겠다면 얼마든지 죽여주마."

도쿠가와의 명령이 떨어지자 시립한 궁정 호위대들이 덤벼들었다. 이들은 번병으로 에도성 입구 백인번소에서 숙식을 하고 있는 관백의 호위무사들이었다.

둘은 곧바로 일본 감옥으로 들어갔다.

박어둔과 안용복이 들어간 일본 감옥은 그야말로 지옥도였다. 어두운 감방은 통풍이 되지 않아 악취가 코를 찌르고 이가 득실거렸다. 방마다 절도와 강도를 비롯한 범죄자들과 강간범, 승려, 야소교를 믿고 들어온 기리스탄도 있었다. 가장 끔찍한 고문을 당한 죄인들은 기리스탄들이었다. 그들은 예수의 십자가 고상으로 '후미에(踏み絵, 기독교인을 색출하기 위해 밟게 하는 성상 그림)'를 만들어놓고 그 그림을 밟지 않는 자는 팔다리와 목을 톱으로 써는 고문을 가해 죽였다.

죽도와 송도를 침탈한 수괴로 낙인찍힌 박어둔과 안용복은 무릎에 돌을 쌓아 놓는 이시다카(石高, 돌쌓기) 고문을 받기 시작했다. 처음에 무릎에 50근 무게의 돌을 다섯 장 올렸다. 곧바로 입에서 거품이 나오고 온몸이 파랗게 변하더니 피가 쏟아져 나왔다.

시모오도코(下男, 고문집행관)는 돌의 수를 늘려가 안용복과 안용복의 무릎 위에 10장까지 올렸다.

무릎이 터지고 입에서 피가 흘러 나왔다.

"이래도 죽도와 송도가 네 놈들 땅이냐?"

"그렇다. 울릉도와 우산도는 천만 번 물어도 조선 땅이다. 이 원숭이 놈들아!"

"에잇, 아직도 뜨거운 맛을 제대로 못 봤군! 네 놈들을 죽여 해자의 물고기 밥으로 던져줄 테다."

시모오도코는 돌 위에 자신의 비둔한 몸을 올렸다.

"으윽."

극한 고통이 계속되자 박어둔은 가수면 상태에 빠져 오히려 황홀한 느낌이 들었다. 얼핏 잠이 들었나 했는데 환상 중에 박제상의 얼굴이 보였다.

"차라리 계림의 개돼지로 살지언정, 왜왕의 부하가 되어 호의호식하지 않겠다."

결국 왜왕은 박제상을 화목더미 위에 올려 온몸을 태운 다음, 타다 남은 부스러기마저 참수를 할 정도로 잔인하게 죽였다.

울산 출신의 박어둔은 어릴 때부터 박제상의 이야기를 들었을 뿐만 아니라 직접 치술령에도 올라가 망부석과 멀리 바다의 수평선을 보며 충신의 삶을 흠모해왔다.

그도 박제상처럼 되었으면 했지만 현실은 역사와 달랐다.

지독한 고문 속에 몇 번이고 까무러쳤고, 박어둔은 6가지 사형 중 책형을 선고받았을 때 모든 것을 포기하고 싶었다.

책형이란 죄인을 나무 십자가에 묶은 뒤 히닌(非人, 망나니의 일종)이 창으로 옆구리에서 목까지 20-30회 찔러 마침내 목을 찔러 죽이는 형벌이다.

박어둔과 안용복은 용수를 머리에 쓴 채 사형장으로 끌려갔다.

이젠 충성과 애국심 따위의 정신이나 의식이 들지 않았다. 그저 그는 혼이 빠진 몸으로 서 있을 뿐이었다.

누가 자신을 알아주고 기억해줄 것인가? 수억 개의 눈을 가진 역사도 비켜갈 것이다. 그저 업둥이로 자라나 반역의 누명을 쓴 적도 있으며 현감과 태수였던 한 사람이, 조선과 일본의 영토 쟁계 속에 고문으로 죽어 흙 이불조차 덮지 못하고 해자의 물고기 밥으로 던져질 것이다.

용수가 머리에서 벗겨졌다. 눈이 부셨다. 갑자기 개소리가 들렸다. 박어둔은 아키타 견 다섯 마리가 있는 방에 던져졌다. 아키타 견은 조선의 진돗개와 모양이 비슷하나 몸집이 훨씬 큰 대형견으로 한 번 물면 죽을 때까지 놓지 않아 일본인들이 곰과 멧돼지 사냥에 데리고 가는 개였다. 사흘을 굶은 개들은 박어둔이 방에 들어가자마자 이빨을 으르렁거리며 덤벼들었다.

그때 그는 방어와 공격 자세를 취하려다 순간적으로 생각했다.

'개 쇼군이라는 그는 내가 살기 위해 개를 공격해서 한 마리라도 죽이는 걸 싫어할 거야.'

개의 이빨이 용수에 박혀 눈알을 찌르려 했다. 하지만 그는 '이럴 때는 가만히 멈춰서 있는 게 최고야.'라며 평정심을 잃지 않았다. 개들은 용수만 공격해 물어뜯을 뿐 죽은 듯 가만히 앉아 있는 그를 더 이상 공격하지 않았다.

박어둔은 극한의 상황에 몰렸을 때 시공을 초월한 이상한 경험을 했다. 자신의 정신이 몸에서 이탈하여 천장에 머물면서 자신을 보고 있었다. 몸과 마음이 분리된 것이다. 그는 다섯 마리의 개 중에서 대장개의 새끼가 바로 개 쇼군이 자신에게 던졌던 그 강아지라는 걸 알았다. 대장개는 박어둔의 몸에서 자기 강아지를 안았던 냄새를 맡고 다른 개들을 통제하고 있었던 것이다.

얼마나 시간이 흘렀을까.

그는 개 방에서 나와 도쿠가와 앞에 세워졌다. 안용복도 옆에 있었다.

도쿠가와가 강아지의 목을 만지면서 중얼거리듯 말했다.

"박어둔, 안용복. 개 방에서 용케도 살아나왔군."

"뜻을 가진 자는 뜻을 이룰 때까지 죽지 않습니다."

박어둔이 말했다.

"네 놈 둘은 정말 질리도록 끈질긴 놈들이야. 하지만 두 섬을 네 놈들에게 줄 수 없어."

도쿠가와가 성이 난 듯 염소수염이 바르르 떨렸다.

마지막 승부수를 띄워야 할 시기가 온 듯했다.

박어둔은 도끼로 장작을 패듯 단호하게 말했다.

"만약 울릉도 우산도 두 섬에 도해금지령을 내리지 않는다면 조선은 초량왜관을 폐쇄할 것입니다."

"무엇이, 초량왜관을 폐쇄한다고?"

박어둔의 단호한 말에 놀란 도쿠가와가 강아지를 던지는 바람에 '깨갱'하는 소리가 들렸다.

개쇼군 도쿠가와 쓰나요시는 목에서부터 벌건 화가 치밀어 올라 얼굴과 죳마게(일본상투) 밑의 면도한 이마까지 붉은 대추 빛으로 물들었다.

"동래의 초량왜관을 폐쇄하다니! 도대체 그건 누구의 발상인가?"

박어둔은 도쿠가와가 던진 강아지를 받아서 조심스레 쓰다듬으며 말했다.

"누구의 발상도 아니고 남북으로는 이어도로부터 송화강까지, 동서로는 우산도로부터 비단섬까지 통치하시는 조선 대왕의 명령입니다."

"거짓말하지 말라! 초량왜관은 일조간 평화의 상징이다. 그것을 폐쇄하면 제2의 경장의 역(임진왜란)이 일어날 것이다."

"장군, 이미 일본은 조선 땅 울릉도와 우산도를 침범해 동해안에서 전쟁이 시작되고 있습니다."

"아무리 그렇다고 해도 초량왜관만은 안 된다."

박어둔은 초량왜관 폐쇄의 패로 기대 이상의 효과를 보았다.

초량왜관이 어떤 곳인가.

부산포에 건립한 초량왜관은 숙종 4년에 완공된 것으로 그 규모가 약 11만 평에 건물 150여 동이 들어선 거대한 공간이다. 건설기간 3년, 건설에 참여한 조선인은 연간 125만 명, 일본인 기술자는 약 2천 명이었다.

초대형 외국인 거류구역인 초량왜관에는 매월 여섯 번의 시장이 열렸는데 상주하는 왜인 500여 명에 임시 숙박하는 일본인, 동래부의 문무대소 관원 및 그 가족까지 합해 적어도 3,000명이 장날에 모여 거래를 했다. 상인과 군인, 주변의 주민까지 포함하면 그 규모는 더욱 커진다.

초량왜관은 일본으로서는 황금알을 낳는 거위였다.

동아시아는 은을 중심으로 하는 은 본위 사회였다. 그중 일본의 은은 생산량도 많은 데다 순도가 높았다. 초량왜관은 일본의 은을 수출하던 곳이었고 조선의 인삼, 생사, 비단, 쌀 등의 물품이 일본으로 넘어가는 곳이었다.

초량왜관은 일본 막부의 가장 거대한 보물창고였다. 이곳을 폐쇄하는 것은 일본으로서는 대마도를 잃는 것보다 더 뼈아픈 손실이었다.

도쿠가와는 보좌에서 벌떡 일어나더니 초조한 기색으로 뭔가를 중얼거리며 서성거리기 시작했다. 박어둔은 여유있게 개를 쓰다듬으며 그가 할 말을 기다리고 있었다.

조선에 설치된 왜관은 지난 300년 동안 한일 관계에 따라 수차례 폐쇄와 재개를 반복했다.

도쿠가와가 말했다.

"왜관의 치폐(置廢, 설치와 폐기)는 전쟁과 같은 중대한 사건이 아니면 일어날 수 없다. 만약 조선이 초량왜관을 폐쇄한다면 그날부터 일본해군은 동래부를 점령할 것이다."

박어둔도 지지 않았다.

"좋소이다. 그러면 조선수군은 원래 조선 경상도의 직할령이었던 일본 대마도를 점령해 조선 땅으로 삼을 것입니다. 어떡하시겠소? 장군. 초량왜관을 잃지 않으려면 울릉도와 우산도가 조선의 영토라는 장군의 서계를 저에게 주십시오. 그것이 도쿠가와 막부를 일으킨 이에야스의 뜻을 따르는 길입니다."

나라시대 정창원을 설치한 이래로 일본의 재정 창고 절반이 조선에서 들어오는 물품으로 채워졌다. 원래 조선 땅인 두 섬 죽도와 송도는 우리가 가만 있으면 그만이다. 허나 초량왜관을 잃으면 일본의 수입 절반을 잃게 된다.

도쿠가와 쓰나요시는 한참 생각에 잠겨 있더니 이윽고 노중(老中, 가신의 우두머리)을 불러 말했다.

"울릉도와 우산도는 조선의 영토라는 문구를 써주어라. 다만 조선이 초량왜관을 건드려서는 안 된다는 항목도 삽입하도록 하라."

"예."

노중은 문서를 작성해 도쿠가와의 인장을 찍고 조선왕에게 보내는 서계를 완성했다.

"이제 만족하나?"

"만족합니다."

"그럼, 그 강아지를 도로 돌려주게."

강아지를 돌려받은 쓰나요시는 부드럽게 강아지의 머리를 쓰다듬으면서 말했다.

"도쿠가와 가문은 대대로 조선과 선린의 우호관계를 유지하고 있지. 내가 관백에 취임할 때도 조선통신사 500명이 사절로 와서 축하해주었지. 헌데 호키주 놈들은 내 강아지에게 뼈다구 하나 주는 일도 없이 말썽만 부리고 있단 말이야. 우리 어부들에게 죽도와 송도에 들어가지 못하도록 도해금지령을 내리겠네."

숙종 8년(1682) 조선왕은 조선통신사의 정사에 윤지완, 부사 이언강, 종사관 박경후를 임명하고 대규모사절단을 에도로 보내 5대 쇼군의 취임을 축하했다. 쓰나요시는 박어둔의 압박외교술에 넘어가 도해금지령을 내렸던 것이다. 하지만 조선통신사가 쓰나요시의 마음을 조선에 우호적으로 돌리는 데 기여한 것만은 분명한 사실이다.

막부 장군의 수결과 인장이 찍힌 공식 문서를 받아들고 에도성을 나온 박어둔은 벌거벗고 춤이라도 추고 싶은 심정이었다.

임진왜란 이후 시작된 울릉도와 우산도의 쟁계를 일본과 매듭지은 것이다. 안용복과 박어둔은 울릉도와 우산도를 지킴으로써 우리의 영토를 세 배 이상 확장했다.

일본의 장군이 조선의 대왕께 문안드립니다.
왕의 사절 겸 울릉도 우산도 양도 태수 박어둔과 양도 감세관 안용복이 일본에 배를 타고 와 울릉도와 우산도는 조선의 땅이라고 주장하므로, 역사와 지도 등을 상고한 결과 조선의 영토임을 인정하게 되었습니다. 이에 두 섬에 일본배가 출어하지 못하도록 조처한 일본의 국금(國禁)을 상세히 알려 주고 후히 대접하였습니다. 일본국은 지금부터 양도에 배가 들어가는 것을 용납하지 못하게 하고 금제를 보존하여 두 나라의 교의에 틈이 발생하지 않도록 유의하겠습니다.

다만 초량왜관은 임진전쟁 후 일본과 조선 사이의 평화와 교역의 우뚝한 상징으로 이것을 폐쇄해서는 결코 안 되는 것임을 요청하는 바입니다.

　　　　　　　일본국 막부 장군 도쿠가와 쓰나요시 수결

개 쇼군이라고 불리는 쓰나요시는 사랑하는 개 때문에 일본 전역에 동물 살생 금지령도 내린 인물이었다. 조선 사절이 에도에 찾아와 일본인의 양도 도해에 대해 강하게 항의하자 도해 금지령을 내린 것은 그에 비하면 미미한 사안일지도 모른다.

박어둔과 안용복을 에도에서 보낸 도쿠가와는 즉시 대마도 도주에게 밀명을 보냈다.

초량 왜관

천신만고 끝에 막부 장군의 수결이 있는 서계를 받아들고 에도성을 나온 박어둔과 안용복은 감격에 겨웠다. 임진왜란 이후 지금까지 다퉈온 울릉도와 우산도의 쟁계를 마침내 매듭지은 것이다. 둘은 귀국하기 위해 에도에서 나가사키로 향했다. 둘은 한시라도 바삐 관백의 서계를 조정에 전해주고 싶어 발걸음을 빨리 했다.

하지만 도쿠가와는 도보보다 빠른 파발마를 통해 나가사키 봉행(奉行, 치안과 행정의 수장)과 대마도 도주에게 명령을 내렸다. 박어둔과 안용복이 지닌 서계를 빼앗아 없애고 새로운 서계로 바꿔치기하라는 것이었다.

외국 배들이 드나드는 나가사키는 자유분방하고 번창한 항구였다. 봉행과 도주는 나가사키에 온 박어둔과 안용복을 환대하며 기린각(麒麟閣)이라는 곳으로 초대했다.

샤미센 음악과 함께 아이코(愛子)라는 여성이 물 비단 너울을 두른

채 한 마리 아름다운 기린으로 바뀌었다. 기린은 이마에 뿔이 하나 돋은 일각수에다 사슴의 몸, 말의 갈기, 말의 말굽, 소의 꼬리를 가진 오색 동물이다. 기린은 수컷 기와 암컷 린을 합쳐 부르는 두 마리 동물이었으나 후대에 하나로 통합해서 기린으로 굳어버렸다.

그러나 오늘 기린각에서 춤추는 아이코는 한 마리 암컷 린(麟)이었다. 아이코는 옷 대신 기린의 오방색을 입고 화려한 춤을 추었다. 머리의 뿔은 백색, 사슴의 몸은 청색, 말의 등 갈기는 황색, 말발굽은 흑색, 소의 꼬리는 황색이었다. 오방색 기린무는 선정적이고 도발적이었다.

샤미센의 선율에 따라 뱀처럼 서로 뒤틀리는 가슴과 허리와 엉덩이 곡선은 숨 막히는 분위기를 연출했다.

나가사키 봉행과 대마도 도주는 박어둔과 안용복에게 술을 권하며 말했다.

"땅에는 용, 하늘에는 봉황이지만 기린은 능히 용봉을 희롱하는 동물이지요."

기린무가 끝나자 무대 앞 객석에서 박수가 터져 나왔다.

봉행이 아이코를 불러서 안용복과 박어둔 사이에 앉히며 소개했다.

"여기는 아이코지요. 기린무는 이곳을 들리는 네덜란드, 영국인들이 아주 좋아하지요."

안용복이 말했다.

"기린무가 자극적이군요."

아이코가 말했다.

"두 분이 조선에서 오셨다니까 제가 미리 입에 맞는 차를 준비했어요."

"이게 뭐요?"

"인삼, 갈근, 오미자, 맥문동을 달인 차입니다."

"오, 이건 제호탕이라고 조선의 왕이 즐겨 마시는 차지요."

둘은 봉행과 도주가 영접해 대접하는 자리여서 기분좋게 차를 마셨다.

그런데 제호탕에 원지, 사상자, 토사자에다 부자, 아편, 대마, 음양곽의 진액을 몰래 넣었다. 왜의 약전원에서 제조한 이 약은 조금만 복용해도 환각이 발생하고 의식이 마비되는 강력 환각제였다.

차를 마신 둘은 조금 뒤 그 자리에서 쓰러져 잠이 들었다. 다음날 둘은 나가사키 객잔에서 잠이 깨었다. 어떤 일을 만나도 대범했던 안용복 행수의 얼굴이 창백했다. 에도에서부터 품속에 소중하게 간직했던 관백의 서계가 감쪽같이 사라졌기 때문이었다.

안용복이 박어둔에게 말했다.

"자고 일어나니 아무리 찾아도 관백의 서계가 없어졌네."

"저도 아이코가 준 차를 마시고 정신을 잃고 이제 깨었습니다."

"동생, 나가사키 봉행과 대마도 도주의 초청에 너무 안심을 했어. 이를 어쩌면 좋나."

"우리가 잃어버린 것이 아니라 놈들이 탈취해간 것입니다. 왜의

술수가 어제 오늘 일이 아니지 않습니까. 어차피 관백의 서계는 받은 것이고 문구 하나하나 모두 기억하고 있으니 염려 마십시오."

박어둔과 안용복은 나가사키, 대마도를 거쳐 동래부로 들어갔다.

동래부에 도착하자 동래부사 한명상은 박어둔과 안용복을 동헌 뜰에 무릎 꿇리고 말했다.

동래부사는 둘을 형신(刑訊, 고문을 가며 신문함)했다.

"박어둔, 안용복 네 놈들의 죄를 네 놈들이 알렸다!"

"왕명을 받고 일본에 가서 국위를 선양한 죄밖에 없습니다."

박어둔이 당당하게 말했다.

"왕명을 함부로 팔지 마라. 방금 한양에서 내려온 왕명은 네 놈들을 추문(推問, 조사)하라는 것이다."

두 포졸이 좌우에서 붉은 장대 두 개를 박어둔과 안용복의 가랑이 사이에 집어넣어 젖히며 주리를 틀었다.

"으아악. 으악."

박기산은 가랑이가 찢어지는 고통에 비명을 지르다 혼절했다.

한 바가지 찬물이 끼얹어졌다.

동래부사의 추문이 이어졌다.

"박어둔과 안용복, 네 놈들은 방금을 어기고 울릉도로 건너갔고, 불법 도해해 일본으로 들어갔다. 그것만 해도 효수형에 처할 죄인데 감히 외교사절을 사칭해 일본 관백을 만났다니 세상이 이런 대죄가 어디 있나!"

박어둔이 동래부사에게 말했다.

"모든 것을 한양에서 밝히겠습니다. 빨리 한양으로 압송해 주십시오."

"그러지 않아도 경옥(京獄)으로 압송하라는 명령이다. 네 놈들이 행적을 낱낱이 조사한 뒤에 올려 보내라는 어명이시다."

동래부사는 형신을 멈추지 않았다.

박어둔은 나라와 백성을 사랑하는 길이 참으로 험난하다는 것을 알았다. 박제상, 계백, 장보고, 최영, 정몽주, 사육신, 이순신, 허균은 나라와 백성을 뜨겁게 사랑하였기에 죽음과 고난을 겪어야 했다. 자신을 그런 반열에 올리는 것은 송구한 일이나 울릉도와 우산도를 왜놈으로부터 온몸으로 지켜온 사형 안용복은 충분히 그럴 자격이 있다. 빨리 이 지옥 같은 형신에서 벗어나 한양으로 올라가 왕에게 모든 것을 사뢸 것이다.

숙종의 친국

    숙종은 대조전에서 장희빈과 한낮의 정사를 벌이고 있었다. 이제 장희빈은 희빈이 아니라 중전이었다. 아들 윤(昀, 경종)을 원자로 책봉하고 중전에 올라 인생의 정점에 선 장희빈이 요즘 큰 고민에 빠져 있었다. 일생일대의 강적 최숙빈을 만나 건곤일척의 싸움을 앞두고 있었다. 최숙빈이 회임을 하고 아들 금(昑, 영조)을 낳은 뒤부터 장희빈과 최숙빈의 물밑싸움은 시작되었다.

    숙종이 중전(장희빈)에게 물었다.

    "중전이 가장 경계해야 할 일이 무엇이오?"

    "외척의 개입이 아닐까요?"

    "그게 아니고, 바로 질투요. 중전은 후덕한 마음을 가지고 후궁과 비빈을 잘 다스려야 하거늘, 마치 승냥이처럼 후궁들을 물어뜯는다는 상선(尙膳, 내시의 우두머리)의 보고가 있었소."

    상선은 장희빈이 아들을 낳은 최숙빈을 불러 뺨을 때리고 목을 졸

랐을 뿐만 아니라 신당을 차려놓고 최숙빈이 아들과 함께 죽기를 저주한다는 소문까지 들었다고 고했다.

숙종은 최근 인현왕후를 폐위하고 밖으로 내친 것에 대해 후회하고 있었다. 인현왕후를 폐출시킬 만큼 요란했던 장희빈과의 교합도 시간이 지나니 소금에 절인 배추잎처럼 시들했다.

왕은 아래에서 열심히 꼼지락거리고 있는 장희빈을 물끄러미 바라보았다.

경국지색이긴 했으나 세월은 이길 수 없었다. 얼굴이나 몸, 아랫도리가 옛날의 미색이 아니었다.

"내가 인현을 내친 것은 잘못한 일이야."

"마마, 무슨 소리예요? 인현은 서인을 등에 업고 원자를 낳은 저를 저주했어요. 그년을 다시 궁중으로 들인다면 저는 자진해서 죽겠어요."

장희빈은 왕과 교합 중에도 앙탈을 부렸다.

숙종은 최숙빈을 만난 지금, 장희빈에 대한 열정도 점점 식어가고 장희빈을 비호하며 정권을 휘두르는 남인에게도 염증이 나기 시작했다. 남인은 경신대출척 이후 전멸했다가 장희빈의 아들 윤의 원자책봉을 반대하는 서인의 영수인 송시열에게 사약을 내려 죽임으로써 서인을 몰락시켰다. 서인은 김수흥, 김수항 등의 거물 정치인이 숙청되고 대신 권대운, 김덕원, 목래선 등의 남인이 정치적 실세로 등용되었다.

하지만 타고난 정략가인 숙종은 새로운 환국을 맞이하기 위한 방법으로 장희빈을 내치고 인현왕후를 환궁시킬 기회를 엿보고 있었다. 인현왕후를 여자로 사랑해서가 아니었다. 왕의 마음은 이미 아이를 잉태한 무수리 출신인 최숙빈에게 가 있었다. 왕은 호불호(好不好)가 명확한 사람이었다. 장희빈을 내치고 폐출된 인현왕후를 데려와 환국을 하되 마음은 최숙빈에게 주리라 작정했다.

숙종은 습관대로 장희빈의 몸속에 파정을 했지만 곧 중전의 침전에서 나와 근정전으로 갔다. 대역죄인 박어둔과 안용복의 친국이 잡혀 있었기 때문이었다.

숙종은 근정전 앞 육조마당에 국청(鞠廳)을 열었다. 일본에서 압송된 일본 도해 죄인 박어둔과 안용복이 포박을 당한 채 묶여 있고, 좌우로 재상들이 시립하고 일본에서 온 차왜(差倭, 왜의 외교사절) 다치바나 마사시게(橘眞重)가 죄인들을 노려보고 서 있었다.

숙종이 마당에 세워진 보좌에 앉자 장희빈의 척족인 우의정 민암이 말했다.

"대역죄인 박어둔과 안용복은 고개를 들라. 영중추부사는 이자들의 죄상을 밝혀라."

영중추부사가 죄상을 말했다.

"박어둔과 안용복 두 죄인은 방금령을 어기고 울릉도와 우산도에 건너갔으며, 일본으로 무단 도해하여 태수와 감세관으로 사칭하는 등 아조의 외교질서를 어지럽혔습니다."

역사상 가장 많은 왕비를 거느렸던 숙종은 궁중 여인의 일로 머리가 복잡했지만 울릉도와 우산도 말이 나오자 눈빛이 반짝였다.

왕은 박어둔의 얼굴을 살펴보았다. 강렬하고 도전적인 인상이 옛날 그대로였다. 왕 자신이 박어둔에게 울릉도 정벌과 일본 도해를 명령했기 때문에 원래 이 자는 죄가 없다. 그러나 민감한 외교문제였기에 왕명은 은밀하게 내려졌고 누구도 그 사실을 알지 못했다. 왕은 박어둔과 안용복을 대역죄인이 아니라 영웅으로 맞이하려고도 생각했다. 하지만 천시금이 그의 생각을 바꾸게 했다. 놈은 역린을 건드렸다. 박어둔이 천시금을 빼돌리지만 않았더라면 대역죄인이 되어 이 자리에 무릎을 꿇은 채 친국을 당하지 않았을 것이다.

"흠, 박어둔 그대는 나의 은총을 입은 자 아니더냐?"

"그러하옵니다. 상감마마의 성은으로 경신환국 때 저희 집안이 복권되었고, 경상도 암행어사와 울릉도와 우산도 양도 태수직을 제수받았습니다."

이 말을 듣고 재상들이 '언제 주상께서 박어둔에게 울릉도와 우산도 양도 태수직을 제수했단 말인가'고 수군거리기 시작했다.

숙종은 방금 교접이 끝난 장희빈의 체취를 떨어버리는 듯 용포 소매를 떨치며 말했다.

"난 경상도 암행어사를 제수한 적은 있어도 양도 태수를 임명한 적은 없다. 그런데 진정 박어둔과 안용복은 울릉도와 우산도에 들어가 왜인과 왜선들을 내쫓고 우리 강토로 회복했는가?"

"그러하옵니다. 왕명을 받자옵고 두 섬에 거주하는 왜인과 왜선들을 내쫓았지만 그럼에도 일본 왜선은 끊임없이 두 섬으로 쳐들어왔습니다. 이에 왜구들의 침섭을 발본색원하기 위해 일본 에도로 들어가 막부 장군 도쿠가와 쓰나요시를 만나 담판을 했습니다."

이때 우의정 민암이 말했다.

"죄인들은 왕명을 빙자하고 있으나 두 섬에 들어간 것과 일본으로 도해한 것은 방금을 어긴 대죄입니다. 대역죄인들을 벌하고 일본에 사죄의 공문을 보내는 게 옳다고 생각하옵니다."

민암의 말이 끝나자 일본의 차왜 다치바나가 서툰 조선어로 민암의 말을 거들었다.

"과연 그러하므로. 박어둔과 안용복 이 두 자는 죽도와 송도 태수와 감세관을 사칭하며 돈을 뜯어내다 호키주 어선들에 의해 일본으로 나치(拏致, 붙잡혀 송치됨)된 자들이므로. 이에 에도의 장군께서 서신을 보내어 다음과 같이 죽도에 조선의 배가 고기 잡는 것을 금하기를 청하였습니다."

차왜 다치바나는 에도 막부의 장군으로부터 직접 받은 서신이라며 왕에게 전달했다.

조선의 대왕께 올립니다.

귀역의 바닷가에 고기 잡는 백성들이 해마다 본국의 죽도에 배를 타고 왔으므로, 토관이 국금을 상세히 알려 주고 다시

와서는 안 된다는 것을 굳이 알렸습니다. 그럼에도 올해 4월 박어둔과 안용복을 비롯한 어민 40여 명이 죽도에 들어와서 난잡하게 고기를 잡으므로, 토관이 박어둔, 안용복 2인을 잡아두고서 한때의 증질(證質, 대질심문의 증인)로 삼으려고 했습니다. 호키주 태수가 에도에게 이 사실을 빨리 알림으로 인하여, 본국에서 두 어민을 조사한 뒤 대마도 도주에게 맡겨 고향에 돌려보내도록 했습니다. 지금부터는 죽도와 송도 두 섬에 결단코 조선 배를 용납하지 못하게 하고 더욱 금제(禁制)를 보존하여 두 나라의 교의에 틈이 발생하지 않도록 하시길 바랍니다.

막부 장군 도쿠가와 쓰나요시 수결

차왜의 말이 끝나자 우의정 민암(閔黯)이 고개를 끄덕이며 말했다.

"상감마마, 조선에서 이미 어민을 단속하여 외양에 나가지 못하도록 방금한 지 오래입니다. 비록 우리나라의 울릉도일지라도 아득히 멀리 있는 이유로 왕래하지 못하게 했는데, 하물며 그밖의 섬과 나라뿐이겠습니까?"

박어둔은 만약 이 서계의 글이 사실이라면 자신의 말을 뒤집은 일본 막부장군은 그야말로 똥장군보다 못한 놈이라고 생각했다. 그 똥장군에 아부하는 외척 민씨도 똑같이 똥 같은 자들이라고 여겨졌다.

"막부장군의 말대로 국경을 넘어 깊이 들어가서 난잡하게 고기를 잡는 것은 국법으로서 마땅히 엄하게 징계하여야 할 것입니다. 범인들을 형률에 의해 엄히 다스리고 이후에는 조선의 해척들이 울릉도에 출어하는 것과 일본에 도해하지 못하도록 해야 할 것입니다."

장희빈의 당숙이기도 한 민암은 이미 서울왜관인 동평관의 감호관 다이라로부터 거액의 뇌물을 받아 박어둔과 안용복을 처형하는 데 적극적이었다.

이때 영의정 남구만이 나서며 민암의 말에 반론을 폈다.

"상감마마, 신이 생각하건대 울릉도는 조종의 강토입니다. 신라 때부터 토공을 바쳤으며, 고려 태조 때에 섬사람이 방물을 바쳤습니다. 이후 우리가 왜적이 침입하는 근심을 견딜 수가 없어서 안무사를 보내어 유민을 찾아오게 하고 그 땅을 텅 비워 두게 했으나, 지금 왜인들로 하여금 거주하게 할 수는 없습니다."

"남 대감, 영명하신 태종임금과 세종대왕이 실시한 이래 줄곧 지켜온 방금과 공도정책을 감히 대감이 뒤엎으려고 하는 것이오? 법령을 몰라 방금을 어기는 무지한 해척들도 엄히 처벌하고 있거늘 이들은 알면서도 일부러 방금을 어겨 울릉도를 제집 드나들 듯이 했고, 무단으로 일본을 도해했기에 사형이 마땅하다고 생각합니다."

"무슨 당치도 않은 말이오? 조종의 강토를 지킨 두 사람에게 상을 주지 못할망정 극형을 주려 하십니까?"

박어둔은 영의정 남구만의 변론을 조용히 듣고 있었다.

돌이켜보면 남구만 어사의 명으로 시작한 울릉도의 쇄환과 탐사가 그의 운명을 바꾸어 놓았다.

남구만 어사가 당시 울진현감인 자신에게 지어준 시조를 아직도 기억하고 있었다.

박어둔은 '재 너머 사래 긴 밭'을 울릉도와 우산도로 생각했다.

왕은 민암과 남구만의 치열한 변론을 들은 뒤 명했다.

"오늘은 이만 합시다. 대역죄인 박어둔과 안용복, 둘을 다시 경옥에 하옥하라."

그날 밤 왕은 은밀히 박어둔을 강녕전으로 불러내었다.

〈독도 전쟁 1권 끝〉